Diebe, Lügner und Helden wie wir

Matthew Baker, geboren in Michigan, USA, hat bislang vor allem Kurzgeschichten geschrieben und bereits verschiedene Stipendien erhalten. »Diebe, Lügner und Helden wie wir« ist sein erster Roman.

Matthew Baker

Diebe ★ Lügner und Helden wie wir

Aus dem Englischen von

Wieland Freund und Andrea Wandel

Carlsen

Robert Rowe, ich pflanze dich hier

Auch den, der namenlos blieb

FSC
www.fsc.org
MIX
Papier aus verantwortungsvollen Quellen
FSC® C083411

Veröffentlicht im Carlsen Verlag
Juni 2018
Mit freundlicher Genehmigung des Thienemann Verlages

Umschlagillustration und -typografie: Max Meinzold
Umschlaggestaltung: formlabor
Corporate Design Taschenbuch: bell étage
ISBN: 978-3-551-31727-8
Das Motto aus J. M. Barries »Peter Pan« entnehmen wir
der Übersetzung von Martin Rometsch,
erschienen 2010 im Knesebeck Verlag, München.

Peter war allein in der Lagune. Der Fels ragte jetzt nur noch wenig aus dem Wasser und bald würde er ganz überflutet sein. … Peter war anders als andere Jungen. Trotzdem hatte er jetzt Angst. Er zitterte wie das Meer, wenn sich die Wellen kräuseln. Aber auf dem Meer folgt ein Schauder dem anderen, bis es Hunderte davon gibt, während Peter nur diesen einen spürte. Im nächsten Augenblick stand er wieder aufrecht auf dem Felsen. Auf seinem Gesicht lag sein bekanntes Lächeln, und sein Herz trommelte und sagte: »Sterben ist ein schrecklich großes Abenteuer.«

– JAMES MATTHEW BARRIE, Peter Pan

WENN DU DAS HIER FINDEST

Wenn ich sterbe oder von den Isaacs entführt werde, muss jemand erfahren, was wirklich mit meinem Großvater passiert ist. Wo mein Großvater wirklich ist. Deshalb schreibe ich das Ganze hier auf. Ich werde diese Aufzeichnungen unter meinen Sachen in der Kommode aufbewahren, wenn ich also tot bin, wenn du das hier liest, bedeutet das, dass du die Kommode ausräumst, um meine Klamotten wegzuschmeißen. Was bedeutet, dass du auch das Beil gefunden hast – ich habe es nicht geklaut, Zeke hat es geklaut, um die Kellertür einzuschlagen –, und den Ohrring hast du auch gefunden, den habe ich wirklich geklaut, aber behalten habe ich ihn nur, um mich zu erinnern, was Kayley zu Jordan gesagt hat. Ich werde alles genau so aufschreiben, wie es sich ereignet hat. Ich werde nicht lügen, um mich mutiger oder cleverer zu machen, als ich tatsächlich war, ich war nämlich gar nicht mutig und auch nicht clever, ich hatte Angst, und selbst wenn ich lauter Einsen gehabt und Quadratwurzeln wie die Quadratwurzel von 537289 auswendig gewusst hätte, hätte ich die Probleme nicht alleine lösen können. Wenn ich tot bin, tut mir das leid, ich musste alles auf eine Karte setzen. Wir haben versucht die Erbstücke zu finden. Darum geht es hier. Vergrabene Erbstücke. Eine Karte mit Zahlen und Buchstaben. Einen Revolver, eine Uhr, einen Hammer, eine Truhe. Es geht um meinen Großvater, meinen Vater, meinen Bruder. Es geht um den Versuch, jemanden zu retten, den man liebt.

Das ist es, was ich sagen will. Du musst verstehen, wie alles gekommen ist. Du musst verstehen, dass nichts davon meine Schuld ist. Wenn man elf ist, kann man sich nicht immer für Gut oder Böse entscheiden. Manchmal muss man sich zwischen böse und böse entscheiden. Manchmal muss man sich zwischen böse und noch böser entscheiden.

BAUMJAHRE

Mein Bruder ist ein Baum. Er war nicht immer ein Baum. Als ich sieben war, war meine Mom schwanger, und mein Bruder war in ihr drin. Schon immer hatte ich mir einen Bruder gewünscht, und jetzt sollte ich endlich einen kriegen. Aber in der Nacht vor meinem achten Geburtstag kam mein Bruder zu früh raus. Er war nur halb fertig, nicht ganz. Die Ärzte konnten nichts machen. Er war schon tot. Wir hatten ihm noch nicht mal einen Namen gegeben.

Ich hätte wissen müssen, dass mein Bruder zu früh geboren werden würde, weil die Geburt eines Bruders eine große Sache ist. Die Ärzte hatten gesagt, dass mein Bruder erst Monate nach meinem achten Geburtstag auf die Welt kommen würde, aber das konnte einfach nicht sein. Große Sachen geschehen nur in den Jahren, in denen man eine Primzahl ist. Eine Primzahl ist eine Zahl, die man nur durch eins und sich selber teilen kann –

die Primzahlen, die ich bisher gewesen bin, sind zwei, drei, fünf, sieben und elf. Als ich zwei war, wurde unser Hund von einem Lkw überfahren. Als ich drei war, hat unsere Küche gebrannt. Als ich fünf war, habe ich mir das Bein gebrochen, eine Klasse übersprungen, und unsere Hündin wurde trächtig, und wir mussten die Welpen abgeben. Als ich sieben war, wurde meine Mom schwanger, und mein Bruder kam zur Welt und starb. Als ich elf wurde, wurde mein Vater von dem Werk, in dem er Autos gebaut hatte, gefeuert und ist ans Nordufer gezogen, um da in der Werkstatt meines Onkels zu arbeiten, und er war nie mehr zu Hause, und wir mussten unsere Hündin abgeben, weil wir uns das Futter nicht mehr leisten konnten. So was passiert nicht, wenn man keine Primzahl ist. In dem Jahr, in dem mein Bruder gestorben ist, war ich sieben und meine Mom war einundvierzig und mein Dad war dreiundvierzig. Wir waren alle Primzahlen. Mein Bruder hatte keine Chance.

Als er gestorben war, haben meine Eltern gesagt, dass wir einen Baum pflanzen würden, um uns für immer an ihn zu erinnern. Dann sind sie weggefahren (so wie sie vorher weggefahren sind, ins Krankenhaus, als alles schieflief) und mit einem aufs Autodach gebundenen Baum wiedergekommen – einer

Kiefer, einem Setzling, kaum jünger als ich, in Baumjahren gerechnet. Nachdem wir meinen Bruder am äußersten Ende des Gartens, hinter der Schaukel, auf die er nicht klettern konnte, und hinter dem Sandkasten, in dem er nicht buddeln konnte, vergraben hatten, haben wir uns auf die Veranda gesetzt und Limonade getrunken. Ich war so glücklich wieder einen Bruder zu haben. Meine Eltern haben danach nie mehr über ihn gesprochen, aber ich hatte begriffen, dass er nicht mehr tot war – dass er stattdessen dieses andere geworden war.

In den Jahren danach bin ich im Wald von einem Hund gebissen worden und habe eine weiße Narbe an der Hand zurückbehalten, und mein Dad ist in der Garage über mich gestolpert, und ich habe eine weiße Narbe am Knie zurückbehalten, und die Vögel haben mit ihren Schnäbeln auf meinen Bruder eingepickt, und er hat Narben an seinen Ästen zurückbehalten, und mein Dad ist mit der Schubkarre gegen meinen Bruder gelaufen, und mein Bruder hat eine Narbe an seinem Stamm zurückbehalten, und ich habe mein Messer in einer seiner Astgabeln aufbewahrt, und manchmal hingen meine Socken von seinen Zweigen und meine Schuhe an seinen Wurzeln, und ich habe seine Zapfen auf meiner Fensterbank aufbewahrt und ganze

Händevoll seiner Nadeln auf meiner Kommode und seinen Harz in einem Glas in meinem Zimmer in dem Haus, in das er nicht gehen konnte, und so sind wir zusammengewachsen. Ich erzählte ihm alles.

DER STRÄFLING LEBT

Angefangen hat alles, als ich aus der Schule gekommen bin und meine Mom gerufen hat: »Nicholas, komm in die Küche, ich muss dir was sagen.« Eigentlich hat alles angefangen, als mir die Isaacs in der Schule aufgelauert und gesagt haben: »Heute Abend bei Sonnenuntergang auf dem Friedhof, und denk nicht mal dran, nicht zu kommen.« Oder eigentlich hat alles mit den Spind-Partnern angefangen.

Siebte Klasse bedeutet, einen anderen Bus zu nehmen, in ein neues Gebäude zu müssen, seinen Spind mit jemandem zu teilen. Alle in meiner Stufe waren dreizehn oder zwölf, aber weil ich im Kindergarten ein Jahr übersprungen habe, war ich immer noch erst elf. Die Siebtklässler sind in einem eigenen Gebäude gegenüber der Highschool untergebracht. Jeder musste sich einen Spind-Partner suchen. Keiner wollte Zeke Song, also kriegte ich ihn, denn mich wollte auch keiner. Zeke ist ein Dieb.

Er klaut Sneakers aus der Umkleide, Rucksäcke vom Chor und Musikinstrumente aus dem Probenraum. Dann verkauft er alles für Geld. Das Geld bewahrt er in einem goldfarbenen Rucksack ganz unten in unserem Spind auf.

Er wird nicht gemieden, weil er ein Dieb ist. Er wird gemieden, weil er sich mit einem silbernen Stift Meerjungfrauen auf die Arme malt und manchmal Lehrer anbellt, als wäre er ein Hund. Er würde wahrscheinlich trotzdem noch Freunde haben, selbst mit den silbernen Meerjungfrauen-Tattoos und der Bellerei, hätte er nicht in der fünften Klasse den kleinen Isaac auf den Mund geküsst. Deshalb meidet ihn jeder. Man kann nicht erwarten dem kleinen Isaac so zu kommen und danach noch Freunde zu haben.

Ich habe Zeke nie zu normalen Zeiten an unserem Spind getroffen – während der Schulzeit schlich er immer herum und klaute. Vor ein paar Tagen, als ich gerade mein Lunchpaket aus dem Spind holte (meine Eltern konnten das Mittagessen in der Kantine nicht mehr bezahlen), habe ich also beschlossen den goldenen Rucksack aufzumachen. Bloß, um das Geld zu zählen. Alle waren schon in der Kantine. Der Flur war leer. Der goldene Rucksack lag wie üblich ganz unten im Spind, und Zekes Wörterbuch – ein dickes, mit lauter Flecken auf dem Umschlag – lag auf dem Brett darüber.

Ich zog den Rucksack-Reißverschluss zur Hälfte auf. Dann sah ich den kleinen Isaac und den großen Isaac den Flur runterkommen. Die Isaacs sind keine Brüder – sie heißen bloß beide Isaac. Der kleine Isaac ist der, der den Ball übers Spielfeld dribbelt. Der große Isaac wartet unter dem Korb.

»Da bist du ja«, sagte *forte* der kleine Isaac. Im Orchester hatten wir neue Begriffe gelernt. Forte bedeutet »spiel laut«. Piano bedeutet »spiel leise«. Da capo bedeutet »noch mal von vorne«, also »spiel das Lied noch einmal«. Im Orchester spiele ich Geige. Forte und piano und da capo kannte ich schon von den Geigenstunden, aber ein paar von uns hatten die Wörter erst an dem Morgen gelernt.

Ich machte den Rucksack wieder zu, klappte den Spind zu und verstellte das Nummernschloss.

Der große Isaac presste seinen Daumen gegen den Spind.

»Schließ ihn auf«, sagte *forte* der große Isaac.

»Aber ich geh jetzt Mittag essen«, sagte *forte* ich.

»Er hat gesagt, dass du ihn aufschließen sollst«, sagte *piano* der kleine Isaac.

Manchmal, wenn Leute piano sprechen, bedeutet das, dass sie Angst vor einem haben. Manchmal bedeutet piano, dass nur du hören sollst, was sie sagen. Und manchmal bedeutet piano auch, dass sie müde sind. Aber wenn der kleine Isaac piano spricht, ist das eine Warnung.

Der Chorleiter bog mit einem Stapel Noten um die Ecke und warf uns einen Blick zu.

Die Isaacs zogen die Brauen hoch und verdrehten die Augen.

»Scheiß auf den Spind, Isaac«, sagte der große Isaac.
forte

»Stimmt, Isaac, scheiß auf den Spind«, sagte der kleine Isaac.
forte

Der kleine Isaac lächelte ein falsches Lächeln. Der große Isaac lächelte ein falsches Lächeln. Ich versuchte mich an ihnen vorbeizudrücken. Sie packten mich. Ich bin ziemlich dünn, von daher bin ich leicht zu packen.

»Hör zu«, sagte der kleine Isaac und sah mich finster an.
piano
»Heute Abend bei Sonnenuntergang auf dem Friedhof, und denk nicht mal dran, nicht zu kommen.«

Warum wollten sie sich mit mir treffen? Nach der Schule, im Bus, versuchte ich mir einen Reim darauf zu machen. Ich wohne in einem Dorf am Südufer des Michigansees. Der See ist so groß wie ein Meer, es dauert einen ganzen Tag, ihn mit dem Segelboot zu überqueren. Wenn der Bus an der Werft vorbeifährt, kann man den See durch die Bäume sehen, einfach nur Wasser und mehr und noch mehr Wasser, das nie aufhört. Michigan hat 64969 Gewässer (Primzahl). Man ist nie weiter als sieben Meilen von einem entfernt (Primzahl). Und alles, was nicht Wasser ist, sind Bäume. Plötzlich kam mir die Idee, dass die Isaacs mich bitten würden ihre Matheaufgaben zu checken. So was kommt vor, weil alle wissen, dass mein Hirn wie ein Taschenrechner funktioniert. Ich beschloss zu hoffen, dass es das war, was die Isaacs wollten. Ich starrte aus dem Fenster.

Genau in diesem Moment brach in der Bank gegenüber ein Kampf los. Damals war mir nicht klar, dass dieser Kampf erwähnenswert war, aber er ist erwähnenswert, 100 %. Der Kampf brach zwischen zwei Kindern aus meiner Klasse los, Jordan Odom und Mark »Flachgesicht« Huff. In der sechsten Klasse war Jordan mit Mark Huff befreundet gewesen. In der sechsten Klasse war Jordan mit jedem befreundet gewesen. Aber an diesem Nachmittag sprang Mark Huff im Bus plötzlich über seinen Sitz auf den von Jordan. Sie umschlangen sich, als würden sie sich in den Armen liegen, mit der einzigen Ausnahme, dass sie sich dabei gegenseitig in die Rippen boxten. Die Geluso-Zwillinge sprangen auch über ihre Sitze und droschen ebenfalls auf Jordan ein. Ein Geluso schlug mit dem Kopf vor Jordans Kinn. Ein Geluso biss Jordan ins Ohr. Mittlerweile johlten *forte* alle und wollten, dass Jordan verlor.

Mr Carl, unser Fahrer, stoppte den Bus am Straßenrand.

»Schluss jetzt!«, brüllte *forte* Mr Carl.

Der Bus hatte gegenüber vom Geisterhaus gehalten, wo es ringsherum sonst gar nichts gab. Von der Straße aus konnte man das Dach über die Wipfel ragen sehen, die eine Hälfte der Schindeln war weg, die andere von der Sonne ausgebleicht. Früher galt es als Mutprobe, das Geisterhaus zu erkunden, aber seit einer der Geister Mark Huff aus dem Dachbodenfenster gestoßen hatte, traute sich niemand mehr hin.

»He, Schluss jetzt, hab ich gesagt!«, brüllte *forte* Mr Carl. Er wurde richtig sauer.

Alle hörten zu johlen auf. Die Geluso-Zwillinge kletterten auf ihre Sitze zurück. Mark Huff humpelte zu seinem. Jordan hat wirres rotes Haar und eine Zahnlücke. Jetzt hatte er auch noch ein blutiges Ohr, eine aufgeplatzte Lippe und eine Wunde am Kinn.

»Du bist tot«, murmelte Mark Huff.
piano

Jordan sagte nichts – starrte bloß auf seine Schuhe.

Zu Hause holte ich die Post aus dem Briefkasten, rannte die Auffahrt hoch, klaubte die Zeitung von der Treppe. Der Wagen meiner Mom stand in der Auffahrt statt in der Garage, was bedeutete, dass sie heute schon mal wohin gefahren war und bald wieder weg wäre. Da waren Eicheln, dunkelgrün und blassbraun, die von den Bäumen auf das Auto gefallen waren und sich zwischen Windschutzscheibe und Motorhaube verklemmt hatten.

Ich wusste, dass es ein Jahr der großen Sachen werden würde. Ich war elf Jahre alt (Primzahl). Außerdem war ich in der siebten Klasse (Primzahl). Außerdem schrieben wir das Jahr 1999 (Primzahl). Nachdem mein Dad seinen Job verloren hatte und ans Nordufer hatte ziehen müssen, war die nächste große Sache das Schild gewesen, das meine Mom in unserem Vorgarten aufgestellt hatte. ZU VERKAUFEN stand darauf. Meine Eltern erklärten, wir könnten uns unser Haus nicht mehr leisten. Genau davor hatte ich Angst gehabt. Viele Leute im Dorf hatten ihren Job verloren, hatten ihre Häuser an die Banken verloren. Die Häuser standen leer und warteten auf jemanden mit Geld, der sie kaufte. Niemand hatte das Geld, sie zu kaufen. Ich mochte unser Haus, aber ich konnte auch woanders glücklich sein. Das war nicht das Problem. Das Problem war, dass mein Bruder, der Baum, im Garten begraben war und wir ihn nicht mitnehmen konnten.

Ich vermied es, das ZU VERKAUFEN-Schild anzusehen, denn jedes Mal wenn ich es sah, fühlte ich mich hilflos und verloren und irgendwie benommen. Aber hören konnte ich es trotzdem. Es schwankte und knarrte *piano* im Wind, so als wollte es mich jedes Mal daran erinnern, dass meine Tage hier gezählt waren. Ich schlüpfte ins Haus, dumpf fiel *forte* die Tür hinter mir ins Schloss.

Unsere Küche roch nach Zimt, wie üblich, und außerdem, das war neu, nach Zigaretten. Mom raucht jetzt?, dachte ich, sagte aber nichts. Eltern haben alle möglichen Geheimnisse. Wenn man mit ihnen zusammenwohnt, findet man ständig neue Sachen über sie heraus. Ich stapelte die Briefumschläge auf der Anrichte neben den Zeitungen.

»Hat Dad heute angerufen?«, fragte *forte* ich.

»Er ruft an seinem nächsten freien Tag an«, sagte *forte* meine

Mom. »Wie sonst auch.« Auf dem Schneidebrett schnitt *forte* sie Tomaten. Sonst machte sie mir kein Sandwich nach der Schule, aber es sah ganz danach aus, als würde sie mir ein Sandwich machen. Sie trug ihre Uniform, außerdem ihr Namensschild, auf dem BEA steht. Sie arbeitet im Seniorenheim, wo sie die Laken wechselt und die Böden wischt. Wir haben beide struppige Haare und Stupsnasen.

»Nicholas, dein Großvater ist da.«

Ich strich mir eine schwarze Haarlocke aus der Stirn.

»Großvater? Was für ein Großvater? Ich dachte, der wäre tot?«, sagte *forte* ich.

»Großvater Funes ist tot. Das ist Großvater Rose«, sagte *forte* meine Mom.

»Dein Vater?«, fragte *forte* ich.

»Ja«, sagte *forte* meine Mom.

»Du hast gesagt, er ist tot«, sagte *forte* ich.

»Ich habe nie gesagt, dass er tot ist«, sagte *forte* meine Mom.

»Du hast ganz bestimmt gesagt, dass er tot ist«, sagte *forte* ich.

»Ist er nicht«, sagte *forte* meine Mom.

»Wo ist er gewesen?«, fragte *forte* ich.

»Im Gefängnis«, sagte *forte* meine Mom.

Dads Spitzname für meinen Großvater Rose war *Der Sträfling*. Ich hatte das nie verstanden. Bis jetzt.

»Im Gefängnis? Seit wann? Die ganze Zeit?«, fragte *forte* ich.

»Zwei Mal. Einmal, bevor ich geboren wurde. Und einmal, seit ich fünfzehn war«, sagte *forte* meine Mom. Sie schnitt sich mit dem Messer in den Finger. Sie schnappte nach Luft, *piano* als wollte sie sagen, DAS TAT WEH. Sie drehte den Wasserhahn auf und hielt den Finger unter den Strahl. »Und wenn ich gesagt habe, dass er tot ist, dann, weil jeder gesagt hat, dass er diesmal vor Ablauf seiner Strafe sterben würde, und ich dachte, dass es für mich und dich und uns alle besser wäre, gleich zu sagen, dass er schon tot ist.« Sie trocknete sich die Hände an einem verblichenen Handtuch ab. »Aber er ist nicht gestorben. Er hatte Krebs, hat ihn aber überlebt. Er hatte einen Schlaganfall, hat ihn aber überlebt. Er hatte noch einen Schlaganfall, hat ihn aber überlebt. Irgendwie hat er alles überlebt und seine Strafe abgesessen, und heute hat er mich vom Bahnhof aus angerufen und gesagt, dass er zu Hause ist.«

Meine Mom hatte kaum je über Großvater Rose gesprochen. Und sie hatte nie auch nur angedeutet, dass er ein Krimineller war. Oder dass er im Gefängnis saß. Oder dass er lebte.

»Wohnt er jetzt hier?«, fragte *forte* ich.

»Er ist neunundachtzig, Nicholas. Manchmal ist er verwirrt. Manchmal weiß er nicht mehr, wo er ist oder was er macht oder mit wem er redet«, sagte *forte* meine Mom. »Als ich zum Bahnhof gefahren bin, war er nicht mehr da. Ich habe die Telefonzellen abgesucht. Ich habe auf den Bahnsteigen gesucht. Ich habe einen Arbeiter gebeten auf der Toilette nachzusehen. Er war nirgendwo. Dann bin ich wieder nach Hause gefahren, krank vor Sorge. Und da habe ich ihn gesehen. Lief die Straße runter, von oben bis unten voller Staub, und zog einen Koffer hinter sich her. Er ging in die völlig falsche Richtung. Es hat eine Stunde gedauert, bis ich ihn im Auto hatte. Er konnte sich nicht erinnern mich angerufen zu haben. Er konnte sich nicht mal erinnern, wer ich war.« Sie legte die Tomatenscheiben auf das Sandwich. »Er kann hier nicht bleiben. Wir können uns nicht um ihn kümmern. Schon gar nicht, solange dein Dad nicht da ist.« Sie reichte mir den Teller. »Ich bin schon spät dran. Ich kann heute auf der Arbeit nicht fehlen. Du musst auf ihn aufpassen. Heute Abend frage ich nach einem Platz im Seniorenheim. Das Sandwich ist für ihn. Falls du Hunger hast – es gibt noch Reste.«

Ich wollte sagen: »Ich kann nicht auf Großvater Rose aufpassen, weil ich mich mit den Isaacs auf dem Friedhof treffen muss, und wenn ich nicht komme, tun sie mir weh.« Aber das konnte ich ihr nicht erzählen.

»Wenn er dir eine Zigarette anbietet, sagst du Nein. Wenn er dir beibringen will, wie man ein Auto klaut, sagst du Nein. Wenn er verwirrt ist, lass ihn. Aber wenn er abhauen will, siehst du zu, dass er sich wieder hinsetzt, und machst ihm den Fernseher an«, sagte meine Mom. »Er kann auf dem Sofa schlafen, okay? Ruf mich an, wenn du Fragen hast. Mach deine Hausaufgaben, putz dir die Zähne.« Sie küsste mich aufs Haar, was ich nur zulasse, wenn wir alleine sind. Dann riss sie die Tür auf.

Großvater Rose saß mit einer Zigarette zwischen den Fingern auf einem Stuhl. Er hatte einen dichten, drahtigen Bart, weiß mit grauen Strähnen, an den Wangen verfilzt, auf der Oberlippe gekräuselt, verknotet unter dem Kinn. Er trug eine graue Hose, einen Ledergürtel und ein bläuliches Hemd, dessen Ärmel bis zu den Ellbogen hochgekrempelt waren. Hinter ihm riss der Wind goldene Blätter von den Eichen, wehte sie in den Wald. Ohne Auf Wiedersehen zu sagen, machte Mom die Tür hinter sich zu.

Ich brachte ihm das Sandwich.

»Ich habe gehört, dass du ein Rechengenie bist«, sagte *forte* Großvater Rose. Er biss in das Sandwich und starrte mich an, während er kaute. Alle sagen, dass meine Augen die Farbe von Limonen haben, aber mein Dad hat braune Augen und meine Mom hat braune Augen, also hatte ich immer gedacht, dass meine grünen Augen von niemandem kommen würden. Aber die Augen von Großvater Rose hatten das gleiche Grün wie meine. Er war groß und knochig, und seine Haut war faltig und voller Adern, und sein Gesicht war übersät mit Sommersprossen. Er war der beste Großvater, den ich mir hätte vorstellen können. Ich hatte zu viel Angst vor ihm, um etwas zu sagen oder auch nur Atem zu holen. »Ein Mathegenie. Wie Großmutter Rose. Deine Großmutter Rose war auch ein Mathegenie. Würdest du mir meinen Stock bringen, Junge?«

Er kratzte sich den Bart, als wäre es ein Pullover, den er sonst nicht trug. Ich brachte ihm den Stock, der an der Hauswand lehnte.

»Zeit für ein Schläfchen«, sagte *forte* Großvater Rose. »Ich habe eine lange Reise vor mir. Ich werde meine Energie brauchen.«

Er schluckte den Rest des Sandwichs runter und humpelte ins Haus. Ich wollte wissen, ob er schon mal jemanden umgebracht hatte. Ich wollte wissen, ob er noch meinen Namen wusste.

Großvater Rose lag schon schnarchend auf dem Sofa. Ich *forte* nahm die Geige aus meinem Rucksack und sprang über das Geländer und lief zum Waldrand, um mit meinem Bruder, dem Baum, zu reden. Wir reden mit Musik. Wenn ich ein Problem habe, frage ich meinen Bruder um Rat. Mein Bruder weiß immer eine Lösung. Wenn ich nicht zu Hause bin, spricht mein Bruder mit den Vögeln, die schon überall waren und alles gesehen haben, und mit den alten Bäumen, die mächtig weise sind.

Ich sägte mit meinem Bogen über die Geige und machte Töne, die sagten: BRUDER, UNSER GROSSVATER ROSE IST IRGENDWIE DOCH NOCH AM LEBEN UND BEI UNS ZU HAUSE. ICH SOLL AUF IHN AUFPASSEN, ABER ICH SOLL AUCH DIE ISAACS AUF DEM FRIEDHOF TREFFEN. ALSO WAS JETZT?

Mein Bruder benutzt den Wind, um Musik mit seinen Ästen zu machen. Manchmal helfen ihm auch die Vögel mit ihren Liedern.

Das Lied meines Bruders sagte: TRIFF DICH MIT DEN

ISAACS, ABER NIMM DEIN MESSER MIT. ICH PASSE VON HIER AUS AUF UNSEREN GROSSVATER AUF.

Mein Messer war im Haus, in meinem Zimmer, irgendwo in meinem Schrank. Ich hatte keine Zeit, es zu holen. Die Sonne ging unter. Die Isaacs warteten wahrscheinlich schon. Ich versteckte meine Geige unter der Veranda und rannte die Auffahrt hinunter.

★

Unsere Straße verläuft von der Werft am Geisterhaus vorbei durch unser Viertel in die Stadt. Ich lief natürlich Richtung Stadt. Ich überquerte die Brücke aus Stein, wo der Wald schließlich in Laternenmasten und Bürgersteige überging, und immer weiter. Unser Stadtkern ist bloß eine Straße, von Läden mit rechteckigen Schildern und Rautenfenstern gesäumt. Kurz vor der Ladenzeile liegt der Friedhof mit Hunderten und Hunderten sich neigender Grabsteine und bröckelnden Grabmalen auf unkrautüberwucherten Hügeln. Das Seniorenheim liegt gegenüber, der Haupteingang zeigt zum Friedhofstor. Ich hatte nie Großeltern, die im Seniorenheim gewohnt haben, nur eine Mutter, die dort arbeitet. Über die Metallspitzen des Zauns quälte ich mich auf den Friedhof.

forte

Goldene Wolken zogen über den Friedhof, darunter lehnten der kleine Isaac und der große Isaac an einem von einem Jungen aus Stein gekrönten Grabmal. Von ein paar steinernen Blättern abgesehen war der steinerne Junge nackt. Der Zugang zur Gruft darunter war mit einer Kette versperrt. Es war die Sorte Gruft, in der ganze Familien bestattet sind. XAVIER 1847–1913 stand darauf.

»Hi«, sagte *forte* ich.

»Betrachte dich als verspätet«, sagte *forte* der kleine Isaac.

Der große Isaac packte mich und schleifte mich hinter das Grabmal und stieß mich gegen den Jungen aus Stein, während der kleine Isaac sich nach einem modrigen Seil im Gebüsch bückte. Ich rief *forte* um Hilfe, als die Isaacs mich an die steinernen Beine banden.

Der große Isaac boxte mir in die Rippen.

»Hör auf zu schreien«, sagte *forte* der kleine Isaac.

»Du benimmst dich wie ein Kindergartenkind«, sagte *forte* der große Isaac.

»Alles, was wir wollen, ist die Kombination für dein Schließfach«, sagte *forte* der kleine Isaac.

Die Isaacs lugten um das Grabmal. Ein Lkw ratterte *forte* am

Friedhof vorbei. Die Isaacs trugen schwarze Basketball-Hoodies. Basketball-Hoodies haben Namen und Nummern auf den Rücken gedruckt. Auf dem vom kleinen Isaac stand ISAAC 17. Auf dem vom großen Isaac stand ISAAC 19. Die Bauchtasche des kleinen Isaac wölbte sich. Was drin war, hatte die Form eines Messers.

»Kein Lehrer in der Nähe diesmal«, sagte der kleine Isaac.
forte

»Wollt ihr an Zekes Geld?«, fragte ich.
forte

»Glaubst du, wir bräuchten Zekes Geld?«, fragte der klei-
forte
ne Isaac. »Wir brauchen von niemandem Geld. Unsere Eltern kaufen uns alles, was wir wollen. Dein Spind-Partner hat uns etwas gestohlen. Etwas, das wir brauchen.«

»Ihr wollt Zekes Geld«, sagte ich.
forte

Der große Isaac versetzte mir wieder einen Schlag. Ich zwang mich an Musik zu denken, damit ich nicht an Schmerzen denken musste. Forte heißt laut, dachte ich. Piano heißt leise, dachte ich. Da capo heißt, von vorn anfangen, das Lied noch mal spielen, dachte ich. Der große Isaac verpasste mir noch eine. Alle in der Schule lieben die Isaacs. Die Isaacs sind so gemein wie Jordan Odom, aber Jordan ist zu jedem gemein, weshalb jeder ihn hasst. Die Isaacs sind nur zu Kindern wie mir gemein, solchen, die keine Freunde haben. Jedes Jahr müssen sich die Isaacs zusätzliche Jahrbücher kaufen, weil so viele Kinder in ihre originalen Jahrbücher geschrieben haben, dass kein Platz mehr für weitere Unterschriften ist. Der große Isaac schlug mich wieder. Ich wollte den Isaacs die Kombination nicht verraten. Ich versuchte Zeke zu schützen.

Der kleine Isaac öffnete die Schnürsenkel meiner Sneakers und zog sie mir aus und schleuderte sie hinter einen Grabstein. Der große Isaac hob ein Bein, um mit seinem Stiefel auf meine Zehen zu treten. Ich zuckte zusammen und drückte mich gegen den Jungen aus Stein.

»Verrat uns einfach die Kombination«, sagte *piano* der kleine Isaac.

Dann überlegte ich, wie ich ihnen die Kombination verraten könnte, ohne sie zu verraten. Ich brüllte sie hinaus, in einer Sprache, die sie nicht sprachen. Ich brüllte sie in Quadratwurzeln.

»Die Quadratwurzel von 529! Die Quadratwurzel von 49! Die Quadratwurzel von 2209! Das ist die Kombination!«, brüllte *forte* ich.

Der große Isaac trat mir trotzdem auf die Zehen. Wieder brüllte *forte* ich die Quadratwurzeln. Der kleine Isaac griff in die Bauchtasche seines Hoodies.

»Hab es kommen sehen«, sagte *forte* der kleine Isaac und holte einen Taschenrechner aus der Tasche. »Ich bin vielleicht kein Genie, aber das heißt noch lange nicht, dass ich nicht weiß, wie man mit einem Taschenrechner umgeht.« Er hämmerte verschiedene Zahlen in die Tastatur. »23. 7. 47.« Er schnaubte. *piano* »Danke, Trottel.«

Die Isaacs stolzierten davon und verschwanden hinter ein paar moosüberzogenen Grabsteinen.

Ich warf mich so lange gegen das Seil, bis ich mich daraus befreien konnte. Dann hockte ich mich unter das XAVIER-Grabmal und warf einen Blick unter mein Shirt. Meine Rippen waren von frischen Blutergüssen bedeckt. Meine Zehen taten weh. Ich wusste, wie es die Isaacs sahen. Für die Isaacs war die Sache noch nicht gegessen, das war mir klar. Das war das Da capo. Ich war ein Lied, das sie weitersingen wollten.

Ich fand meine Sneakers hinter einer blumengeschmückten Urne. Mit einem Schuh in jeder Hand humpelte ich nach Hause. Auf Strumpfsocken bahnte ich mir meinen Weg über Steine, Eicheln, rosig schimmernde Glasscherben. An der Straße schwankten die Wipfel, Eichhörnchen sprangen von Ast zu Ast. Ich war gerade auf der Steinbrücke, zurück über den Bach, als ich im Wald etwas aufleuchten sah. Das Schimmern einer Jeans, das Flackern eines Hemds. Jemand drückte sich zwischen den Bäumen herum. Es war mein Spind-Partner.

Zeke schlüpfte zwischen den Bäumen hindurch auf die Straße. Seine Hunde waren auch dabei, drei Schäferhunde mit hellen Augen und fetten Zungen. Zeke hatte dunkles Haar wie ich, aber es war bis auf die Kopfhaut geschoren. Seine Arme waren wie üblich mit Meerjungfrauen vollgemalt.

»Hast du ihnen die Kombination verraten?«, fragte Zeke.
forte

»Ich wollte es nicht«, sagte ich.
forte

»Schlappschwanz«, sagte Zeke.
forte

Er hatte vorher noch nie mit mir geredet. Er näselte und klang irgendwie maulig. Einer seiner Schäferhunde knurrte.

»Was hast du ihnen geklaut?«, sagte ich. Aber Zeke und sei-
forte
ne Schäferhunde waren zurück in den Wald getrabt, durch den
forte
Bach geplanscht, waren längst verschwunden. Jetzt hasste er mich auch.

Und als ich nach Hause kam, hielt Großvater Rose kein Nickerchen auf dem Sofa, saß nicht auf der Veranda, war nirgendwo. Sein Stock war weg. Er war weg. Goldene Blätter waren ins Haus geweht, durch die Tür, die er nicht zugemacht hatte.

Ich hatte ihn verloren.

Ich wusste nicht mal, wo ich anfangen sollte zu suchen.

EINE WARNUNG

Alle haben Angst vor mir wegen meiner Theorien. Ich habe zu viele davon. Ich rede darüber, wenn ich es besser ließe. Das Problem ist, dass ich immerzu denke und nicht damit aufhören kann. Wie an diesem Morgen in der ersten Klasse, als ich plötzlich über etwas nachgedacht habe, worüber ich mir vorher nie Gedanken gemacht hatte. Ich wachte auf, blinzelte ein paarmal, ich sah die Decke über meinem Bett – und dann stellte ich fest, dass ich in demselben Körper steckte, in dem ich eingeschlafen war. Und das fand ich verblüffend. Es kam mir komisch vor. Dass ich nie in einem anderen Körper stecken würde. Dass ich immer in meinem eigenen Körper feststecken würde. Dass ich jeden Morgen unter derselben Zimmerdecke aufwachen würde. Ich weiß nicht wieso, aber es machte mich traurig. Sogar mehr als traurig. Traurig^{traurig} – traurig hoch traurig – traurig mit sich selbst malgenommen, traurig oft. Dass ich nie erfahren würde, wie es wäre, ein anderer zu sein als ich selbst – wie Schokolade auf anderen Zungen schmeckte, wie Grün für andere aussah, wie es sich anfühlen würde, ihre Füße zu haben.

Auf dem Spielplatz malte ich an diesem Nachmittag mit Kreide von zu Hause einen Wald. Mark Huff und die Geluso-Zwillinge hatten sich etwas Kreide ausgeborgt, um Piraten zu malen, die auf einem Geisterschiff kämpften. Ich hörte auf zu malen.

»Wollt ihr etwas wissen, das, wenn man erst mal angefangen hat darüber nachzudenken, einem nicht mehr aus dem Kopf geht, und dann verliert man den Verstand?«, fragte ich.
forte

Mark Huff sagte Ja. Die Geluso-Zwillinge sagten gar nichts.
piano

»Ihr wacht jeden Morgen in demselben Körper auf. Ihr werdet immer nur in ein und demselben Körper stecken. Ihr werdet immer nur ihr selber sein«, sagte ich.
forte

Keiner von ihnen sagte ein Wort. Sie gaben mir meine Kreide zurück. Dann liefen sie zum Fußballplatz. Davor hatten sie sich fast jeden Tag meine Kreide ausgeborgt. Danach hatten sie sich nie wieder meine Kreide ausgeborgt.

Ich erzähle das, um dich zu warnen. Die Kinder in der Schule reden nicht mit mir, weil sie glauben, dass ich gefährliche Ideen habe. Und ohne gefährliche Ideen kann ich nicht erzählen, was geschehen ist. Wenn du das hier gefunden hast, kann ich dich nicht daran hindern, es zu lesen. Aber vielleicht möchtest du dich ja selber daran hindern.

DAS GEISTERHAUS

Ich geriet in Panik. Ich lief in mein Zimmer, wog brüchige braune Kiefernnadeln in der hohlen Hand und atmete. Die Nadeln riechen wie mein Bruder, das hilft mir mich zu beruhigen. Ich atmete durch die Nadeln, knackig herbe Luft. Ich musste nachdenken.

Großvater Rose war verschwunden. Das war eine Tatsache. Meine Mom hatte Nachtschicht und würde erst kurz vor Tagesanbruch nach Hause kommen. Das war eine Tatsache. Wenn ich Mom anrief und ihr sagte, dass ich Großvater Rose verloren hatte, würde ich für den Rest meines Lebens aus dem Verkehr gezogen werden oder zumindest bis zur achten Klasse. Das war eine Tatsache. Ich würde Großvater Rose alleine finden müssen.

Ich hatte keinen einzigen Anhaltspunkt, wohin Großvater Rose gegangen sein könnte. Um das herauszufinden, brauchte ich zusätzliche Informationen. Im Schlafzimmer meiner Eltern fand ich Großvater Roses Gepäck, einen Lederkoffer mit Metallscharnieren. In dem Koffer waren:

1. Eine kaputte Spieldose, dunkles Holz mit goldenen Schnörkeln auf dem Deckel
2. Ein Ausweis mit Stempeln auf jeder Seite, dazu ein Foto von MONTE ROSE
3. Ein paar Briefe, geschrieben in einer Sprache, die ich nicht verstand (Italienisch?)
4. Unterwäsche (Boxershorts mit grünen Streifen)
5. Socken (die Sorte mit den goldenen Zehen)

Ich speicherte diese Informationen. Ich schlüpfte in meine Sneakers. Dann kramte ich im Schrank nach dem Messer. Das Messer hat eine rissige Lederscheide, einen rissigen Ledergriff und eine stumpfe schartige Klinge von der Länge eines Zirkels. Ich band es an mein Bein, wo es unter der Jeans versteckt war, und machte mich auf die Suche nach Großvater Rose.

★

Inzwischen war die Abendbrotzeit gekommen und gegangen, und die üblichen Gesichter aus der Nachbarschaft waren draußen und genossen, was vom Tageslicht noch übrig war, bevor die Dämmerung hereinbrach. Mark Huff trat *piano* einen Fußball durch den Garten. Die Geluso-Zwillinge rasten auf ihren Fahrrädern herum und schrien *forte* etwas von Zombies. Emma Dirge und ihre Schwestern schwebten auf dem Trampolin, auf dem Weg hoch klebten ihnen die Röcke an den Beinen, auf dem Weg runter bauschten sie sich auf. Unter dem Trampolin lümmelte Leah Keen im Gras und sah zu, wie die Füße das Trampolin eindellten. Alle ignorierten mich, wie üblich.

Die Geluso-Zwillinge schlitterten *piano* mit ihren Rädern an mir vorbei.

»Habt ihr meinen Großvater gesehen?«, rief *forte* ich.

Sie machten kehrt und kamen neben mir zum Stehen.

»Was hast du gesagt?«, fragte *forte* Schiefe Zähne.

»Habt ihr meinen Großvater gesehen?«, sagte *forte* ich.

»Wir achten nicht auf alte Leute«, sagte *forte* Monobraue.

Sie sprangen auf ihre Fahrräder und rasten *piano* wieder davon.

★

Zeke und seine Schäferhunde lagen zwischen den Wildblumen am Bachrand. Zeke hatte seine Jeans bis zu den Knien hochgekrempelt und fütterte die Schäferhunde mit Keksen aus seiner Hemdtasche. Ich lugte über das Geländer der Steinbrücke.

»Während ich von Typen gefoltert wurde, die dich hassen, ist mein Großvater weggelaufen«, rief *forte* ich.

Zeke sagte nichts.

»Es ist deine Schuld, dass er weg ist, also wirst du mir helfen ihn zu suchen«, sagte *forte* ich.

Ein Schäferhund hob den Kopf und knurrte *piano*.

»Du kannst mich nicht zwingen«, sagte *forte* Zeke.

Das stimmte, was frustrierend war, also trat ich gegen die Brücke, was wehtat. Zeke lachte *forte*. Ich schob mir eine Locke aus der Stirn und ging weiter.

Doch als ich über die Brücke ging, kamen Zeke und seine Hunde aus dem Wald auf die Straße.

»Wenn ich dir helfe, musst du schwören, dass du den Isaacs beim nächsten Mal keine einzige Zahl verrätst«, sagte *forte* Zeke.

»Sie haben unsere Kombination schon«, sagte *forte* ich.

»Das bringe ich in Ordnung«, sagte *forte* Zeke.

»Wie?«, fragte *forte* ich.

»Außerdem, wenn du deinen Großvater suchst, bist du auf dem Holzweg. Er ist nicht Richtung Stadt gegangen. Er ist Richtung Werft gegangen«, sagte *forte* Zeke.

»Du hast ihn gesehen?«, fragte *forte* ich.

»Er hat die gleichen Augen wie du«, sagte Zeke.

forte

★

Die Schäferhunde mussten Großvaters Fährte aufnehmen, also gingen wir zu mir nach Haus.

Manchmal finde ich es komisch, dass wir einem Einzelnen einen Namen geben, nicht aber einer Gruppe von Leuten. Mein Name zum Beispiel ist Nicholas und der von meiner Mom Beatrice, aber wenn wir zusammen sind, Nicholas + Beatrice, sind wir etwas anderes. Wenn ich ein Teil von Nicholas + Beatrice bin, bin ich anders, als wenn ich nur Nicholas bin. Wenn der kleine Isaac nur der kleine Isaac ist, ist er nett, und wenn der große Isaac nur der große Isaac ist, ist er nett, aber der kleine Isaac + der große Isaac sind zusammen gemein, wohingegen der kleine Isaac + der große Isaac + Mark Huff zusammen wieder nett sind.

Nicholas + Zeke war eine Aufgabe, die noch nie jemand hatte lösen müssen. Emma Dirge und Leah Keen saßen auf den knorrigen Ästen einer Buche und beobachteten uns durch die Blätter. Für sie war Nicholas + Zeke = ? Sie wussten nicht, ob Nicholas + Zeke etwas war, mit dem sie besser redeten oder es besser ließen.

Als wir unsere Auffahrt hochliefen, ließen Emma und Leah sich von der Buche fallen, wischten sich den Rindenmulch von den Knien und liefen dann zu Mark Huff hinüber, wahrscheinlich, um ihm alles brühwarm zu erzählen. Ich kramte den Schlüssel aus der Tasche und machte uns auf.

Im Haus war es still. Im schwindenden Licht wirkten die Möbel bläulich. Die Schäferhunde schnupperten an den Sofakissen, den Klaviertasten, dem Ofen. Zeke bellte sie an und sie trotteten mit uns durch den Flur, schnupperten am Teppich.

Großvater Roses Koffer war noch im Schlafzimmer meiner Eltern. Meiner Mutter hätte es vermutlich nicht gefallen, dass ich jemanden aus der Schule hierherführte – insbesondere, wenn das Bett nicht gemacht war und ein ungewaschener Schlafanzug vom Lampenschirm hing –, aber das hier war offenkundig ein Notfall. Durch die schmutzige Fensterscheibe war unser Garten zu sehen – mein Bruder war aufgebracht, bebte im Wind, sorgte sich um Großvater Rose.

Ich klappte den Koffer auf. Zeke nahm die Spieluhr heraus, strich mit dem Finger über ihre goldene Kurbel, ihre goldene Schließe, die goldenen Wirbel des Musters auf dem Deckel aus dunklem Holz.

»Woher hat dein Großvater so was Altes?«, sagte Zeke.
forte

»Woher weißt du, dass sie alt ist?«, sagte ich.
forte

Zeke kaute auf seiner Unterlippe. Er stopfte die Spieluhr in den Koffer. Dann rupfte er eine Handvoll schmutziger Socken aus dem Koffer, damit die Schäferhunde daran schnupperten.

»Habt ihr den Geruch?«, murmelte Zeke und strich ihnen
piano
über die Schädel.

★

Ich wusste nicht, ob wir jetzt Freunde waren oder bloß Spind-Partner auf der Suche nach einem verschwundenen Großvater. Ich war für Freunde, weil ich dachte, ein Freund wäre wie ein Bruder. Es war nicht so, dass ich meinen Bruder nicht liebte. Es war nur so, dass ich manchmal gern auch einen lebendigen Bruder gehabt hätte.

Die Schäferhunde trotteten voraus, suchten im Kies nach der Fährte von Großvater Rose.

»Was hat dein Großvater vor?«, fragte Zeke.
forte

»Ich weiß nicht, ob er überhaupt was vorhat. Manchmal ist er verwirrt«, sagte ich.
forte

»Er sah nicht verwirrt aus. Er sah aus, als ob er etwas vorhätte«, sagte Zeke.
forte

Wir hatten beinahe die Werft erreicht. Wir bogen um die Kurve, auf den verwaisten Teil der Straße, an dem das Geisterhaus auf seinem Hügel stand. Seine gewundene Zufahrt war, wie der Rest des Hügels, unter totem Laub begraben. Auf dem Briefkasten fehlten einige Zahlen.

Die Schäferhunde stoppten, hoben ihre Köpfe, ihre Schnauzen wiesen dahin, wo das Geisterhausdach aus den Wipfeln ragte.

Mir gefiel nicht, worauf das hier hinauslief. Allein der Anblick des Geisterhauses fühlte sich für mich wie eine Heimsuchung an. Ich wollte nicht mal in die Nähe dieses Hügels.

Zeke schnupperte.
piano

»Er hat geraucht«, sagte Zeke. »Riechst du das?«
forte

Ich schnupperte. Ich roch gar nichts, außer feuchten Blättern, feuchter Kiefer und dem Wind vom See.

Zeke schnupperte wieder, finster.
forte

»Wir sind nah dran«, sagte Zeke. »Ich rieche Zigaretten-
forte
rauch.«

★

Ich flehte die Fährte an, die Richtung zu wechseln, aber stattdessen tauchten die Schäferhunde ins Unterholz und staksten über einen umgestürzten Holzzaun und galoppierten *piano* dann stracks den Hügel rauf, die Nasen in Blättern und Zweigen und Erde, bis der Geruch uns den ganzen Weg zum Geisterhaus geführt hatte.

»Warst du schon mal hier?«, raunte *piano* ich.

»Nicht seit der Geist Mark Huff aus dem Dachfenster gestoßen hat«, raunte *piano* Zeke.

Der Himmel wurde dunkel und Sterne leuchteten auf und alles wurde ein Schattenriss. Vor uns zeichnete sich das Geisterhaus ab. Zerfetzte Vorhänge wehten hinter zerschlagenen Fenstern. Ein toter Walnussbaum krümmte sich neben der Veranda. Unkraut wuchs durch herabgefallene Fensterläden. Ein Eimer baumelte stöhnend *piano* von einem Seil über dem steinernen Brunnen. Ich fror auf einmal und war wie erstarrt. Ich hatte zu viel Angst, um mich näher ans Haus zu wagen – stand zitternd da und umklammerte mein Messer mit beiden Händen.

»Großvater Rose?«, flüsterte *piano* ich.

Zeke schlich die Stufe zur Veranda hoch, beugte sich über die Holzbohlen, drehte sich dann um und winkte mit einem Zigarettenstummel.

Ich folgte ihm. Die Schäferhunde strichen unter mir umher,

schnüffelten an den Wurzeln des Walnussbaums, den Himbeersträuchern an der Kellerwand, einem Vogelnest, das vom Dach geweht war. Ich stellte mir vor, wie jeden Augenblick ein totenblasses Gesicht hinter einem der Fenster auftauchen würde, um uns etwas zuzukreischen, das alles nur noch schlimmer machte.

»Glaubst du, dass er reingegangen ist?«, flüsterte ich.
piano

»Versuchen wir durchs Fenster zu schauen«, flüsterte Zeke.
piano

Die Schäferhunde waren verschwunden. Wir schlichen über die Veranda, an der Tür vorbei, aufs Fenster zu. Ich war mir nicht sicher, ob ein Messer viel gegen einen Geist ausrichten konnte, aber meines blieb gezückt. Ich schwitzte. Ich atmete kaum. Ich konnte nicht aufhören mir dieses kreischende Gesicht vorzustellen. Wir duckten uns unter den Fenstersims, dann lugten wir ins Geisterhaus.

Totes Laub auf dem Boden. Weiße Asche im Kamin. Dolche aus Scherben hingen vom Fensterrahmen. Nichts schien sich zu rühren, außer den flatternden Vorhängen.
piano

Plötzlich hörten wir hinten im Garten einen Krach.

Zeke schaute ängstlich.

»Was war das?«, sagte Zeke.
forte

Wir sprangen über das Geländer der Veranda ins Gras und

spähten am Regenrohr vorbei in den Garten. Die Schäferhunde umkreisten grollend einen windschiefen Holzschuppen und schnauften *piano* bei jedem neuen Geruch in den Schmutz.

Hinter dem Schuppen erstreckte sich eine Wiese voller Hundsgift und Disteln bis zum Wald. Fledermäuse huschten durchs Dunkel. Normalerweise sah man in meinem Viertel um diese Zeit lauter erleuchtete Fenster. Aber hier gab es kein einziges – so als hielte das Geisterhaus nicht nur Menschen fern, sondern auch andere Häuser.

Die Finsternis hinter dem Schuppen ließ das Licht im Inneren des Schuppens umso gespenstischer wirken. Irgendetwas glomm darin – ein geisterhafter, goldener Schein drang durch die Ritzen der Holzläden und färbte die nackte Erde rings um die Hütte ascheweiß.

Wir schlichen auf den Schuppen zu, pressten die Gesichter gegen die Läden und blinzelten ins Licht.

Drinnen machte sich Großvater Rose im Licht einer verrosteten Laterne an einer zugemüllten Werkbank zu schaffen.

»Das ist er!«, flüsterte *piano* ich.

Großvater Rose murmelte *piano* vor sich hin. »Dann der Schlüssel, dann die Truhe, dann das Zahnrad.« Dann rief *forte* er: »Nein!

Sindbad, Clemens! Nein nein nein!« Dann murmelte *piano* er wieder: »Dann der Schlüssel, dann die Truhe, dann das Zahnrad.« Er klang überhaupt gar nicht wie der Großvater Rose, den ich kennengelernt hatte. Er klang wie ein ganz anderer Großvater Rose. So verwirrt, wie meine Mom behauptet hatte.

»Ich muss los«, flüsterte *piano* Zeke.

»Aber …«, sagte *piano* ich.

»Ich hab meinen Teil getan«, flüsterte *piano* Zeke.

Zeke wich zurück. Er bellte *forte* seine Schäferhunde an, dann lief er in den Wald, die Hunde im Schlepptau. Dann war er fort.

Ich steckte mein Messer weg, dann klopfte *piano* ich an die Schuppenwand und schob die Tür auf. Großvater Rose ließ seinen Stock fallen und taumelte gegen die Werkbank.

»Ich bin's«, sagte *forte* ich.

Großvater Rose runzelte die Stirn.

»Wer?«, fragte *forte* Großvater Rose.

»Bitte, Großvater Rose, wir müssen nach Hause«, sagte *forte* ich.

»Aber ich suche etwas«, sagte *forte* Großvater Rose.

»Was denn?«, sagte *forte* ich.

Großvater Rose musterte die verrosteten Werkzeuge über

der Werkbank. Er berührte ein Stemmeisen, einen Hammer, eine Säge. Er kratzte sich mit beiden Händen den Bart. »Ich weiß es nicht mehr«, murmelte er. Dann schlug er gegen die
piano *forte*
Schuppenwand. Er schrie: »Ich weiß es nicht mehr!«
forte

Ich versuchte so zu tun, als hätte ich keine Angst vor ihm.

»Du bist ein bisschen durcheinander, Großvater Rose. Nimm meine Hand. Ich bringe dich nach Hause, da kannst du Fernsehen gucken und alles wird gut«, sagte ich.
forte

Ich nahm seinen Arm. Er war vielleicht groß, aber er war auch unheimlich dünn. Mit geschlossenen Augen war es, als hielte man den Arm eines Kindergartenkindes. So dünn war er. Ich löschte die Laterne und führte Großvater Rose aus dem Schuppen ins Dunkel.

★

Zu Hause schaffte ich ihn aufs Sofa und machte ihm noch ein Sandwich. Er biss hinein und starrte mich beim Kauen an. Breiiger Tomatensaft rann zwischen seinen Fingern hindurch und tropfte auf den Teller. Das zerlumpte Laken, das meine Mom immer über das Sofa breitete, war um seine Schultern geschlungen. Er hatte es kaum bis hierher geschafft – ich hatte ihn den ganzen Weg stützen müssen.

»Du musst mich da wieder hinbringen«, sagte *forte* Großvater Rose.

»Das ist das Geisterhaus«, sagte *forte* ich.

»Das ist mein Haus«, sagte *forte* Großvater Rose.

»Dein Haus?«, sagte *forte* ich.

Ich wusste nicht, ob ich es immer noch mit dem verwirrten Großvater Rose zu tun hatte oder wieder mit dem echten.

»Mom hat nie erzählt, dass sie mal im Geisterhaus gewohnt hat«, sagte *forte* ich.

»Hat sie auch nicht«, sagte *forte* Großvater Rose. »Ich hab da gewohnt.«

»Wann?«, sagte *forte* ich.

»Ich hab was versteckt«, sagte *forte* Großvater Rose.

Ich starrte aus dem Fenster auf die Umrisse der Bäume am Ende des Gartens.

»Ich auch«, sagte *forte* ich. »Mein Bruder ist da hinten. Wenn wir das Haus verkaufen müssen, sehe ich ihn nie wieder.«

»Bruder?«, sagte *forte* Großvater Rose.

Ich erzählte Großvater Rose von meinem Bruder, dem Baum.

Er hörte zu kauen auf. Er schluckte, blinzelte. Er starrte durchs Fenster auf die Bäume.

»Ich weiß nicht, wie man ein Großvater ist«, murmelte *piano* Großvater Rose.

»Ich weiß auch nicht, wie man ein Großvater ist«, sagte *forte* ich.

Er zwinkerte nicht. Sonst versuche ich zu helfen, wenn jemand etwas nicht weiß, aber auf diesem Gebiet kannte ich mich überhaupt nicht aus.

»Wahrscheinlich ist es genauso wie Vatersein«, sagte *forte* ich.

»Das hab ich auch nie kapiert«, murmelte *piano* Großvater Rose.

Er wischte sich ein paar Tomatenkerne aus dem Filz um seinen Mund, dann biss er wieder in das Sandwich.

»Hilf mir zu finden, was ich versteckt habe, und du verlierst gar nichts«, sagte *forte* Großvater Rose mit vollem Mund.

»Was finden?«, sagte *forte* ich.

»Erbstücke«, sagte *forte* Großvater Rose und schluckte den Bissen hinunter. »Deine Familienerbstücke. Seit neunundzwanzig Jahren sind sie am selben Ort versteckt. Sie waren da versteckt, als ich verhaftet wurde.«

»Wo versteckt?«, sagte *forte* ich.

»Ich war im Gefängnis, neunundzwanzig Jahre lang diesmal«, sagte *forte* Großvater Rose. »Ein paar von den Jahren waren für Sachen, die ich wirklich gemacht habe. Die meisten waren für Sachen, die ich nicht gemacht habe. Aber neunundzwanzig Jahre lang habe ich für den Tag überlebt, an dem ich deiner Mutter die Erbstücke geben könnte.« Er reichte mir den Teller. »Ich musste noch ein paar andere Dinge erledigen nach meiner Entlassung. Aber die sind nun erledigt. Die Erbstücke sind mein letzter Job.« Er wickelte sich in das Laken. »Ich dachte, sie würde das verstehen. Aber sie versteht's nicht. Sie faselt immer nur irgendwas von Seniorenheim.« Er sank ins Sofa. »Ist mir egal, wo ihr mich hinbringt, wenn wir die Erbstücke gefunden haben. Von mir aus ins Seniorenheim, wenn ihr wollt. Aber noch nicht jetzt.« Das Laken hob und senkte sich mit seiner Brust. »Ich habe mein Leben verschwendet. Fehler gemacht, Ärger gemacht. Bevor ich sterbe, will ich eine Sache richtig machen.«

»Wie viel sind sie wert?«, fragte ich.
forte

Er atmete wie jemand kurz vor dem Ertrinken.

»Ich habe eine Karte angefertigt«, sagte Großvater Rose.
forte

Er packte meinen Ellbogen. Sein Griff war schwach.

»Damit ich mich erinnere«, sagte Großvater Rose.
forte

Er blinzelte jetzt häufiger.

»Meine Tattoos«, murmelte Großvater Rose und dann fie-
piano
len ihm die Augen zu und sein Mund klappte auf und sein Kopf

sank aufs Kissen. Er war ganz bleich. Er rührte sich nicht. Ich war fast sicher, dass er tot war.

»Großvater Rose?«, flüsterte ich.
piano

Ich beugte mich über sein Gesicht. Ich presste ein Ohr gegen seine Lippen. Ich hörte gar nichts.

Dann pfiff der Atem leise in seiner Brust, wie Wind in einer
piano
Höhle.

Er war nicht tot. Er schlief nur.

Das ZIMMER eines Toten

Ich war mir nicht sicher, ob es diese Erbstücke gab, aber wenn es die Karte gab, gab es vielleicht auch die Erbstücke. Und wenn es die Erbstücke gab, konnten wir die Erbstücke verkaufen und unser Haus behalten und meinen Bruder retten.

Aber was war mit den Tattoos?

Was für Tattoos?

Großvater Rose schnarchte *forte* schon. Ich nahm seine Hände. Seine Hände hatten Altersflecken, aber null Tattoos. Ich drehte seine Hände um. Seine Handflächen hatten tiefe Falten, aber null Tattoos. Ich schob seine Hemdsärmel hoch bis zu den Ellbogen. Auf seinen Armen waren weiße Haare, aber null Tattoos. Ich schob seine Hosenbeine hoch bis zu den Knien. Auf seinen Beinen waren weiße Haare, aber null Tattoos. Ich band ihm die Schuhe auf, verschrammte Mokassins mit braunen Schnürsenkeln. Ich warf seine Socken auf den Teppich. Ich ging in die

Hocke. Seine Füße hatten zu lange Zehennägel, aber null Tattoos. Ich bog seine Füße zur Seite. Auf seinen Fußsohlen waren ein schwarzer Fleck, eine weiße Narbe und eine Monsterwarze, aber null Tattoos. Ich stand auf. Auf seinem Nacken war ein Muttermal in Form eines Whirlpools. Auf seinem Nacken waren null Tattoos.

Wenn die Tattoos an einer speziellen Stelle waren, seinem Hintern oder so, würde ich da nicht nachsehen.

Ich holte ihm noch ein Laken und wusch *piano* die Teller ab und holte meine Geige unter der Veranda hervor. Am Tisch schlief ich über den Hausaufgaben ein.

★

Als meine Mom nach Hause kam, pellte sie mir die Hausaufgaben vom Gesicht und führte mich ins Bad. Ich schlief noch halb, die Stirn verschmiert mit Zahlen in Spiegelschrift.

»Wenn wir genug Geld hätten, um das Haus zu behalten, würden wir es dann behalten?«, murmelte *piano* ich.

Sie wusch mir die Zahlen aus dem Gesicht.

»Würden wir. Aber so viel Geld werden wir nie wieder haben. Nicht, wenn dein Dad den Job im Werk nicht zurückkriegt«, murmelte *piano* meine Mom.

Mit einem harten blauen Handtuch tupfte sie mein Gesicht trocken.

»Ich werde das Haus retten und jeden Baum in diesem Garten«, murmelte *piano* ich.

Sie hielt inne, dann legte sie das Handtuch weg und küsste mich auf die Stirn.

»Tut mir leid, Kleiner, aber das ist unmöglich«, murmelte *piano* meine Mom.

Sie brachte mich in mein Zimmer. Großvater Rose schnarchte immer noch. Ich kroch ins Bett und schlief gleich wieder ein.

★

Am nächsten Morgen schlüpfte ich noch vor dem Frühstück in meine Sneakers, schnappte mir meine Geige und rannte raus zu meinem Bruder, dem Baum.

Auf der Veranda hielt ich inne. Ein Hirsch mit einem Geweih stand neben meinem Bruder.

Der Hirsch sah mich an. Hinter mir fiel *forte* die Tür zu. Der Hirsch sprang in den Wald.

WER WAR DAS?, sagte mein Lied.

BLOSS EIN FREUND, sagte das Lied meines Bruders.

Die Erde war blasser geworden. Das Gras gelber. Wir hatten seit Wochen keinen Sturm gehabt. Ohne Regen konnte mein Bruder nicht trinken. Ich zupfte ein paar Töne auf meiner Geige.

WIE GEHT ES DIR?, sagte mein Lied.

MEINE WURZELN SCHMERZEN, sagte das Lied meines Bruders.

SAG MIR, WENN DU DURST HAST, sagte mein Lied.

Ich lief in die Garage und kramte nach einem Eimer.

In der Garage hatte mein Vater ein altes Foto von mir und meiner Mom beim Schaukeln an die Wand gepinnt, was insofern unheimlich peinlich war, als mein Kopf damals noch viel zu groß für meinen Körper war. Eigentlich ist er das noch immer. Ich füllte einen Eimer mit Wasser und goss es um meinen Bruder herum aus, bis alles ganz matschig war und voller grauer und brauner Wirbel.

VIEL BESSER, sagte das Lied meines Bruders.

Dann wurde mein Bruder still und trank nur noch.

Vielleicht gibt es die Erbstücke gar nicht. Vielleicht gibt es die Erbstücke doch. Und wenn es eine Chance gab, meinen Bruder zu retten, dann musste ich es versuchen.

Vor gestern hatten meine Chancen unter 1 % gelegen.

WAS GRINST DU?, sagte das Lied meines Bruders, aber ich lief schon wieder ins Haus.

Zum Frühstück aß ich Haferbrei. Großvater Rose war wach, aber schon wieder verwirrt. Von meinem ersten bis zum letzten Löffel Haferbrei starrte er mit leeren Augen aus dem Fenster auf das Vogelhaus.

Seinen Koffer hatte ich schon durchsucht – er hatte keine Karte mitgebracht, wenigstens keine aus Papier. Aber in der Nacht zuvor hatte es fast so geklungen, als wollte er sagen, die Karten und die Tattoos seien ein und dasselbe.

Meine Mom briet Eier. Es zischte auf dem Herd.
forte

»Sind die Tattoos die Karte?«, zischte ich.
piano

Großvater Rose blinzelte. Meine Mom streute Pfeffer in die Pfanne. Ich aß einen Löffel Haferbrei, tief über die Schüssel gebeugt, den Blick fest auf Großvater Rose gerichtet.

»Sind die Tattoos die Karte?«, zischte ich.
piano

Die Pantoffeln meiner Mom schlurften über den Fußboden,
piano
als sie die Eier zum Tisch brachte. Ich tat, als zählte ich die Sprünge in der Schüssel. Großvater Rose starrte in die Luft.

Ich beschloss, einfach meine Mom zu fragen, was sie wusste.

»He, Mom, haben wir eigentlich Familienerbstücke?«, sagte *forte* ich.

Meine Mom zog die Stirn kraus, hob ihren Teller an und strich sich, als sie sich setzte, über die Bluse.

»Hat Großvater Rose dir etwas davon erzählt?«, sagte *forte* meine Mom mit einem Seitenblick auf Großvater Rose. »Gestern im Auto hat er die ganze Zeit darüber geredet. Tut mir leid, Schatz, aber es gibt keine Erbstücke. Ich habe es dir erklärt, manchmal ist er verwirrt.«

Auch Eltern konnten sich irren. Für den Moment entschied ich, ihre Theorie über die Erbstücke zu ignorieren. Vor allem, weil sie mir nicht gefiel.

Meine Mom pustete sich eine Haarsträhne aus den Augen und griff nach ihrer Serviette.

»Heute Nachmittag bringe ich ihn ins Seniorenheim«, sagte *forte* meine Mom.

»Kann er nicht einfach hier wohnen?«, sagte *forte* ich.

»Im Seniorenheim ist er am besten aufgehoben. Jemand muss ständig auf ihn aufpassen. Auch wenn das heißt, dass wir noch einen Kredit aufnehmen müssen«, sagte *forte* meine Mom.

Ich hatte gesehen, wie Großeltern dort lebten. Wecken bei

Tagesanbruch. Pillen zu jeder Mahlzeit. Nächtliches Schrubben in sarggroßen Duschen. Großvater Rose würde dort nicht glücklich sein. Niemand war das.

Breiiger Orangensaft schwappte *piano* aus einem Krug in eine Tasse.

Dann hatte ich, den Mund voller Haferbrei, plötzlich eine geniale Idee.

»Ich komme mit«, sagte *forte* ich.

»Du willst mitkommen?«, sagte *forte* meine Mom verblüfft.

»Ja«, sagte *forte* ich.

Er wollte nicht ins Seniorenheim, bevor wir nicht die Erbstücke gefunden hätten. Aber das Seniorenheim war womöglich der einzige Ort, an dem ich die Wahrheit über die Tattoos erfahren konnte. Beim Duschen mussten die Alten vollkommen nackt sein – wo immer die Tattoos waren, die Pflegerin, die an diesem Abend Dienst hatte, würde alles zu Gesicht kriegen.

»Dann hole ich dich auf dem Weg ab«, sagte *forte* meine Mom.

★

In der Schule, auf dem Parkplatz, verhökerte Zeke ein gestohlenes Paar Sneakers an einen Schüler mit gepiercten Lippen. Zeke trug jeden Tag ein schlichtes graues Shirt und extradunkle Jeans, aber jeden Tag andere Sneakers. Die von heute waren grellweiß mit silbernen Schnürsenkeln. Was für Sneakers Zeke auch trug, sie waren immer zu verkaufen, es war wie Reklame. Wenn man wollte, verkaufte er einem die Sneakers direkt von seinen Füßen und wechselte dann in ein neues Paar.

Als ich aus dem Bus stolperte, kam Zeke vom Müllcontainer
forte
getrabt und drückte mir einen gefalteten Zettel in die Hand.

»Unsere neuen Zahlen«, murmelte Zeke.
piano

Er lief in die Schule, sein Wörterbuch wie einen Football unterm Arm.

Ich faltete den Zettel auseinander. Auf dem Zettel stand in silbernen Buchstaben 08–27–16. Es war dieselbe Silberfarbe, aus der auch die Meerjungfrauen auf Zekes Armen waren.

Mr Tim, der Hausmeister, machte sich an der Tür unseres Spinds zu schaffen. Der kleine Isaac und der große Isaac lehnten in der Toilettentür und beobachteten ihn aus den Kapuzen ihrer Hoodies. Mr Tim war nicht sehr alt, aber schon zu etwa 83 % kahl.

»Ist das dein Spind?«, sagte Mr Tim.

Ich nickte.

»Ezekiel hat mir alles erzählt«, sagte Mr Tim. »Ich habe da
forte

eine Frage. Seit Wochen kann sich keiner von euch beiden an die Kombination erinnern? Seit Wochen habt ihr Angst, mir zu sagen, dass ihr die Kombination vergessen habt? Seit Wochen schleppt ihr euch an euren Büchern ab, statt mich zu bitten die Kombination zurückzusetzen? Wieso haben alle Angst vor mir? Das frag ich mich wirklich.«

Ich wusste nicht, was ich sagen sollte.

»Die neue Kombination hast du gekriegt?«

Ich nickte.

Mr Tim grunzte (*piano*) etwas, das so klang wie NICHT WIEDER VERGESSEN, dann rollte er einen Mülleimer Richtung Chor. Die Isaacs lehnten immer noch in der Toilettentür.

Ich stellte (*piano*) unsere neuen Zahlen ein. Ich hasste unsere neuen Zahlen. Die alten waren alle Primzahlen gewesen, aber unter den neuen waren null Primzahlen, außerdem war nur eine ungerade.

Auf dem Weg zum Sport riss ich den Zettel in Schnipsel. Ich hatte Angst, die Isaacs würde mir folgen, um an die neue Kombination zu kommen, also warf ich die eine Hälfte der Schnipsel in den Mülleimer im Flur und die andere Hälfte der Schnipsel in den Mülleimer in der Cafeteria.

Nach der Schule stand der Wagen meiner Mom am Bordstein. Großvater Rose saß auf der Rückbank. Er trug graue Hosen, einen Ledergürtel und ein bläuliches Hemd wie sonst auch und umarmte seinen Koffer. Ich sprang ins Auto. Wir fuhren zur Bank, dann zum Supermarkt, dann am Friedhof mit seinen bemoosten Grabsteinen und verschlossenen Grabmalen vorbei und weiter zum Seniorenheim.

Ein schnauzbärtiger Pförtner bewachte den Eingang von einem Kassenhäuschen aus und schlürfte dampfenden Kaffee.
piano
Omas und Opas gafften aus nummerierten Türen, in Rollstühle gekrümmt oder über Rollatoren gebeugt. Meine Mom lächelte einer Frau mit schütterem Haar und zitternden Händen zu, berührte einen blinden Mann mit stockender Stimme im Nacken.
forte
Das Seniorenheim roch nach Haarspray, Rasiercreme und was auch immer es für ein Chemiezeugs war, mit dem meine Mom wischte. Wir gingen in die Cafeteria. Meine Mom verschwand im Büro. Es war erst fünf, aber hier war das Abendessen schon vorbei, die Cafeteria war leer.

Großvater Rose starrte die Wand an, wo die Speisekarte in Kreide auf einer Tafel stand.

– FRÜHSTÜCK: FRUCHTJOGHURT RÜHREI

– MITTAGESSEN: SCHINKENSANDWICH SUPPE

– ABENDESSEN: PUTE ERBSEN MÖHREN

Ein Pfleger kam vorbei und änderte die Speisekarte von heute auf morgen. Er musste dazu nur drei Wörter wegwischen und ersetzen.

– FRÜHSTÜCK: FRUCHTJOGHURT GEKOCHTES EI

– MITTAGESSEN: PUTENSANDWICH SUPPE

– ABENDESSEN: RIND ERBSEN MÖHREN

Großvater Rose blinzelte. Der Pfleger ging wieder. Das Essen klang eklig.

»Wenn du erst raushast, wo du hier bist, wirst du wahnsinnig, tut mir leid. Aber wir haben hier was zu erledigen. Und meine Mom hätte dich eh hergebracht«, sagte ich.
glissando

Im Orchester hatten wir gelernt, dass mezzo »mittel« bedeutet. Mezzoforte bedeutet also »spiel leiser als forte« und mezzopiano bedeutet »spiel lauter als piano«. Von ganz laut bis ganz leise ist es also forte, mezzoforte, mezzopiano, piano. Glissando haben wir auch gelernt. Ein Glissando ist, wenn man plötzlich von Ton zu Ton springt – wie wenn ein Junge spricht und seine Stimme bricht. In der Schule werden ständig

Glissandi gespielt – ein Junge versucht ganz normal zu sprechen und plötzlich, bei einem beliebigen Wort wie Milch zum Beispiel, springt seine Stimme eine ganze Oktave. In der Nähe von Emma Dirge und Leah Keen glissandoe ich ständig. Wenn man glissandot, kann man nur noch so tun, als hätte man nicht geglissandot, und beten, dass es niemand gemerkt hat. Aber natürlich hat es nie niemand gemerkt.

»Die Stimme kenne ich doch«, sagte[*forte*] ich.

Es war eine Stimme aus der Schule. Die Stimme eines Schülers. So was hörte man hier sonst nicht.

»Wenn ich dich alleine lasse, läufst du nicht weg, hörst du?«, sagte[*forte*] ich.

Großvater Rose klammerte sich an seinen Stock, blinzelte die Tafel an, still[hirntod]. Auf eine Antwort zu warten, wenn er in diesem Zustand war, war sinnlos.

»Beweg dich einfach nicht«, sagte[*forte*] ich.

Ich schlich mich fort, über den Flur.

★

Jordan Odom hockte im Schneidersitz auf dem Fußboden von Zimmer Nr. 37 (Primzahl), die Hände flach auf dem Linoleum. Mit so kurzen dicken Fingern könnte er auf einem Keyboard nie im Leben eine Oktave greifen. Seine Sneakers waren aus rissigem Leder und seine Jeans so ausgewaschen, dass sie fast gar keine Farbe mehr hatte. Sein Sweatshirt sah nach Altkleidersammlung aus. Sein Kinn und seine Ohren waren verschorft von der Prügelei im Bus mit Mark »Flachgesicht« Huff. Den Spitznamen Flachgesicht hatte Jordan erfunden. Jordan hatte jedermanns Spitzname erfunden. Auch einer der Gründe, warum er keine Freunde mehr hat. Jordan hat den Geluso-Zwillingen die Spitznamen Schiefe Zähne und Monobraue verpasst (der eine hat schiefe Zähne, aber keine zusammengewachsenen Augenbrauen, der andere hat zusammengewachsene Augenbrauen, aber keine schiefen Zähne). Emma Dirge hat er Hinki getauft und Leah Keen Stinki.

Ich überlegte, in die Cafeteria zurückzukehren. Bald würde das Duschen anfangen. Was auch geschah, ich durfte Großvater Roses Säuberung nicht verpassen. Aber ich musste einfach wissen, was vor sich ging. Meine Neugier war auf dem Höhepunkt.

Ich beugte mich vor und linste tiefer in den Raum hinein. Ein glatzköpfiger Großvater lag auf dem Bett. Die Streifen aus Licht, die durch das Rollo drangen, kreuzten die weißen Streifen auf seinem Schlafanzug. Sein Schädel war mit Leberflecken übersät und er hatte eine Zahnlücke wie Jordan. Damals war mir nicht klar, dass dieses Gespräch erwähnenswert war, aber es ist erwähnenswert, 100 %.

»Dann finde ich ein neues Zuhause für dich«, sagte *forte* Jordan.

»Ich will kein Zuhause. Ich will Euthanasie«, sagte *forte* Jordans Großvater.

»Euthanasie?«, sagte *forte* Jordan.

»Den Gnadentod. Ein coup de grace. Wie wenn ein Hund Krebs hat oder so alt geworden ist, dass ihm alles immer wehtut. Dann schläfern seine Besitzer den Hund einfach ein, das ist das Beste, was sie tun können«, sagte *forte* Jordans Großvater.

»Du meinst, sie bringen ihn um?«, sagte *forte* Jordan.

»Ich bin ein alter Hund. Mir tut alles immer weh. Ich will nicht wie Don Wilmore enden«, sagte *forte* Jordans Großvater. »Don Wilmore ist neunzehn Jahre lang hier gewesen, bis er so alt war, dass sogar seine Erinnerungen verfault waren. Er wusste nichts mehr. Nicht mal mehr die Namen seiner Kinder. Nicht mal mehr den Namen seiner Frau. Er hatte Herzattacken, Lungenentzündung, Bronchitis, er hätte x-mal sterben sollen, aber die Pfleger haben ihn nicht gelassen, ihn immer wieder gerettet, ihn immer wieder ins Leben zurückgeholt. Die letzten Jahre war er niemand mehr. Nur noch eine leere Hülle.«

Das zu hören machte mich nervös[hilflos]. Großvater Roses Erinnerungen faulten auch. Ich wusste nicht, wie viel Zeit ihm noch blieb, bis sie völlig weggefault wären.

Jordans Großvater tastete nach seiner Brille.

»Aber lass uns über was Schönes reden. Erzähl mir von deinem Schultag! Was hast du gelernt?«, sagte *forte* Jordans Großvater.

Jordan schielte, als er daran dachte.

»Also, ich habe gelernt, dass, wenn man die Spülung eines Urinals aus schierer Langeweile ungefähr hundert Mal betätigt, das Urinal dann kaputtgeht und die Jungstoilette komplett unter Wasser setzt«, sagte *forte* Jordan.

»Tut mir leid, aber das zählt nicht als Wissen«, sagte *forte* Jordans Großvater.

»Der Hausmeister hat fast geweint, als er das ganze Wasser gesehen hat«, sagte *forte* Jordan.

Jordan lehnte sich gegen den Heizkörper. Er entdeckte mich im Flur. Er runzelte die Stirn.

»He, zieh Leine, Zeke-Lover«, sagte *mezzoforte* Jordan.

»Was soll das heißen?«, sagte *forte* ich.

»Das heißt ›zieh Leine‹, also, warum verschwindest du nicht?«, sagte *mezzoforte* Jordan.

»Was soll Zeke-Lover heißen, meine ich«, sagte *forte* ich.

»Das soll heißen, dass jeder sagt, dass ihr zusammen rumlauft«, sagte *mezzoforte* Jordan.

Jordans erster Spitzname für mich war ›Taschenrechner‹ gewesen. ›Zeke-Lover‹ war nicht besser.

»Wenn du nicht aufpasst, knutscht er dich, so wie den kleinen Isaac«, sagte *mezzoforte* Jordan.

»Er hat mir bloß geholfen meinen Großvater zu finden«, sagte *forte* ich.

Eine Frau in einem grauen, papierartigen Nachthemd rollte vorbei, ungefähr einen halben Stundenkilometer schnell. Ihr Haar sah aus, als hätte sie gerade einen Stromschlag erlitten. Sie bremste, saß da, hustete, *forte* dann schob sie ihren Rolli wieder an. Sie wirkte genauso verwirrt wie Großvater Rose.

»Threnos, komm runter von diesem Boot!«, rief *mezzoforte* sie.

Ihr Rollstuhl quietschte *mezzopiano* Richtung Cafeteria. Jordan zog die Knie an, die Hände an seinen Sneakern, und sah mich an.

»He, Taschenrechner, hatte ich dir nicht gesagt, dass du Leine ziehen sollst?«, sagte *glissando* Jordan.

★

In der Cafeteria war die Frau in dem grauen, papierartigen Nachthemd vor Großvater Rose zum Halten gekommen. Dann hatte sie ihm auf die Schuhe gekotzt. Jetzt weinte sie.

»Schlimmer als im Knast«, murmelte *piano* Großvater Rose.

»Es tut mir leid, Hunter, es tut mir leid«, heulte *mezzopiano* die Frau. Sie sabberte. Ich wollte ihr helfen sich den Mund abzuputzen, traute mich aber nicht, sie anzufassen.

Meine Mom kam mit einem Karton an der Cafeteria vorbei und sah, was passiert war.

»Alles in Ordnung, Ms Wilmore«, sagte *mezzopiano* meine Mom. Sie putzte der Frau mit einer Serviette den Mund ab. »Wir müssen Sie umziehen.« Sie schob die Frau in den Flur.

Ich sagte nichts. Ich war einigermaßen fassungslos.

»Früher war ich kräftiger«, sagte *mezzopiano* Großvater Rose. »Jetzt bin ich schwach, noch schwächer als vor vier Wochen, schwächer denn je.« Er schlug seine Beine, wie man ein totes Pferd schlägt, wenn man ohne es nicht mehr weiterkommt. »Ich dachte, ich würde sie selber finden, aber das schaffe ich alleine nicht mehr. Wenn ich sie finden soll, brauche ich deine Hilfe. Wenn es noch schlimmer kommt, musst du sie vielleicht ganz alleine finden.«

»Die Erbstücke?«, sagte ich.
forte

»Ich bettele nicht gerne, aber wenn es sein muss, bettele ich von mir aus auch«, sagte Großvater Rose. Er klammerte sich
mezzopiano
an den Saum meines T-Shirts. »Ich habe nicht mehr viel Zeit. Schaff mich hier raus. Bring mich dahin zurück. Bitte, Junge.«

»Du kannst nicht im Geisterhaus wohnen«, sagte ich, war
forte
mir da allerdings nicht so sicher. Auf wen soll man hören, wenn Großvater und Mutter nicht dasselbe wollen?

Die Erinnerung schwand aus seinen Augen, wie eine Welle, die ans Ufer schlägt und dann ins Meer zurückweicht.

»Wo ist die Karte?«, sagte ich.
forte

»Ich hab mich selber tätowiert«, murmelte Großvater Rose.
mezzopiano

»Wo?«, sagte ich.
forte

»Damit ich mich erinnere«, murmelte Großvater Rose.
mezzopiano

»Sind die Erbstücke im Geisterhaus?«, sagte ich.
forte

»Alles«, murmelte Großvater Rose.
mezzopiano

»Wie viel sind sie wert? Genug, dass wir das Haus behalten können? Genug, um meinen Bruder zu retten?«, sagte ich.
forte

Sein Blick leuchtete auf.

»Noch mehr …«, sagte Großvater Rose, aber da kam meine
forte
Mom mit Schrubber und Eimer in die Cafeteria zurück.

Meine Mom knallte *forte* den Eimer auf den Fußboden. Ein bisschen Chemie schwappte *piano* heraus.

»Ms Wilmores Mann ist letzte Woche gestorben. Wir räumen gerade sein Zimmer aus. Danach können wir Großvater Rose auspacken«, sagte *forte* meine Mom.

»Ich soll in das Zimmer eines Toten?«, sagte *forte* Großvater Rose.

Ich sparte mir den Hinweis, dass hier jedes Zimmer das Zimmer eines toten Mannes war. Kinder mieden diesen Ort aus demselben Grund, aus dem sie das Geisterhaus mieden. Weil Menschen hier gestorben waren.

»War sie deshalb so aufgelöst? Weil ihr Mann gestorben ist?«, sagte *forte* ich.

»Nein«, sagte *forte* meine Mom. Sie tauchte *piano* den Schrubber in den Eimer. »Meistens hat sie keine Ahnung, wo sie ist. Meistens weiß sie nicht mal, dass er gestorben ist.«

Es war hier noch viel schlimmer als gedacht.

★

Großvater Rose hatte Zimmer Nr. 53 (Primzahl). Bis vor einer Woche hatte hier Mr Wilmore gewohnt. Ich wollte nicht wissen, ob sein Geruch noch in der Luft hing oder seine Stimme noch von den Wänden widerhallte. Auf dem Flur gingen die Pfleger von Raum zu Raum, Duschen wurden an- und abgedreht *(forte)*, an und ab. Meine Mom erledigte den Papierkram im Büro. Eine Pflegerin mit Locken und dreckiger Brille packte für Großvater Rose ein Stück Seife aus. Großvater Rose wollte nicht duschen. Er faselte etwas von »Schnapsschmugglern«. Er fragte ständig nach dem »Wärter«. Als die Pflegerin ihm unter die Dusche half, fing ich an zu plappern. Es war Zeit für meinen genialen Plan.

»In der Schule machen wir ein Projekt«, sagte *(forte)* ich. »Über Verwandte mit Tätowierungen.«

Ein schwacher Duft von Zitronenseife schwebte durchs Zimmer. Die Pflegerin stand vor dem Duschvorhang Wache.

»Verständlicherweise möchte ich ihn nicht nackt sehen, denn das wäre ja ekelhaft«, sagte *(glissando)* ich. »Aber Sie müssen ihn nackt sehen und das löst mein Problem. Also, die Tattoos sind irgendwo auf seinem Körper. Wenn Sie so weit wären, bräuchte ich dann eine komplette Liste all seiner Tattoos plus eine detaillierte Beschreibung von jedem.«

Die Pflegerin bückte sich nach einer Shampooflasche, die aus der Dusche gerollt war. Wasser schwappte *(mezzopiano)*. Etwas klapperte *(mezzoforte)*.

»Können Sie sie sehen? Lesen? Wenn es sehr viele sind, nehmen Sie sich bitte Zeit«, sagte *forte* ich.

Die Pflegerin streckte einen Arm in die Dusche, um Großvater Rose festzuhalten. Ich hatte keine Ahnung, ob sie mir überhaupt zuhörte. Dass sie mich ignorieren könnte, hatte ich nicht einberechnet.

»Also?«, sagte *forte* ich.

Das Wasser versiegte. Großvater Rose verstummte. Die Pflegerin half ihm aus der Dusche. Er war in einen Bademantel gehüllt. Das Wasser lief ihm aus dem Bart. Die Pflegerin trocknete ihm das Gesicht ab.

»Tut mir leid«, sagte *mezzoforte* die Pflegerin.

Die Pflegerin machte ein Kreuz auf einem Klemmbrett an der Wand.

»Aber dein Großvater ist gar nicht tätowiert«, sagte *mezzoforte* sie, grinste und huschte ins Zimmer nebenan.

ALLE SCHRIEN

Im Fußball bin ich der Schlechteste. Das kommt, weil alle immer schreien.

Sobald ich den Ball habe, denke ich: Spiel ab!, und alle schreien *forte*: »Schieß!«, und ich spiele trotzdem ab. Dann sind alle sauer auf mich, weil ich das Falsche gemacht habe. Wenn alle mich anschreien, will ich allen zuhören, aber ich kann nicht. »Schieß schieß schieß!«, aber ich dachte ja schon: Spiel ab!, und wenn ich erst mal an etwas gedacht habe, kann ich nicht anders, dann mache ich es auch.

Mein Hirn schreit mich auch manchmal an, als wäre es mein Team. Meine Mom backt Kirschteilchen, weil jemand im Seniorenheim Geburtstag hat, und ich beuge mich über das Blech und schaue die Teilchen an und schnuppere an ihnen und die Jungs in meinem Hirn schreien *forte*: »Iss sie nicht, die sind nicht für dich, die sind für die Geburtstagsfeier!«, aber dann esse ich doch ein paar, fünf oder sechs oder sieben. Ich forme einen Schneeball aus Eis und Erde und Steinen und sehe, wie jemandes Großmutter im Auto vorbeifährt, und die Jungs in meinem Hirn schreien *forte*: »Nicht den Schneeball werfen!«, und ich versuche auf sie zu hören, ich will auf sie hören, aber ich werfe den Schneeball trotzdem, und der Schneeball knallt *forte* vor die Stoßstange des Autos, und ich renne in den Wald, und die Großmutter steigt in die Bremsen.

An diesem Abend, im Seniorenheim, schrien die Jungs in meinem Hirn lauter denn je. Großvater Rose saß auf seinem Bett, in diesem Bademantel und geborgten Pantoffeln, und flehte mich an, ihn heimlich zum Geisterhaus zu bringen. Meine Mom erledigte immer noch den Papierkram. Er wollte, dass ich sie anlog. Er wollte, dass ich ihn versteckte. Er wollte, dass ich ihr nicht verriet, wo er war, damit wir zusammen nach den Erbstücken suchen konnten. Ich hatte immer noch keine Tattoos entdeckt und wusste nicht, wo die Karte war, mein Plan war total in die Hose gegangen. Ich brauchte zusätzliche Informationen – selbst wenn ich die nur im Geisterhaus kriegen konnte. Die Jungs in meinem Hirn schrien *forte*: »Hör nicht auf ihn, hör auf deine Mom, sie weiß, was sie tut!«, aber noch während alle schrien, dachte ich, ich bring dich weg, und ich weiß auch schon ganz genau, wie.

KIDNAPPER

Am nächsten Tag war Orchester. Alle spannten ihre Bögen, fetteten Kork, putzten Tasten, bespritzten sich mit Ventil-Öl, spähten durch Mundstücke, spielten mit den Zimbeln, dem Xylophon und den Tamburinen herum. Zwei Mädchen mit Trompeten gingen ihre Parts durch *mezzopiano*, die Gegenmelodie zur Melodie, ihre Trompeten-Trichter waren mit Gummi-Dämpfern verstopft. Ich saß da wie betäubt und tat gar nichts.

Die Leute im Seniorenheim würden ausflippen, wenn Großvater Rose entkäme. Vor allem meine Mom.

Aber Großvater Rose zählte auf mich.

Ich hätte kotzen können vor Angst.

★

Zurück aus der Schule, packte ich einen Rucksack für den Ausbruch. Dann setzte ich mich an den Tisch. Offiziell löste ich Gleichungen, inoffiziell zeichnete ich einen Plan des Seniorenheims. Meine Mom trug ein Sweatshirt von meinem Dad mit gekreuzten Hockeyschlägern auf der Brust.

»Willst du heute gar nicht Großvater Rose besuchen?«, sagte meine Mom, *mezzoforte* pflückte ihre Schlüssel von der Anrichte und barg ihr Portemonnaie aus dem Lehnsessel.

»Hausaufgaben«, sagte ich. *mezzopiano*

Sie schnappte sich ihre Uniform, küsste mich aufs Haar und stürmte aus der Tür.

Mein Bruder hatte eine Tropfenschildkröte zu Besuch. Es hatte immer noch nicht geregnet. Ich wässerte meinen Bruder, schnappte mir meinen Rucksack und lief zum Friedhof.

★

Ich duckte mich hinter die Xavier-Gruft. Braune Gänse watschelten zwischen den Grabsteinen umher und schnatterten. *forte* Durch den Zaun sah ich zum Seniorenheim hinüber und beobachtete die Fenster.

Jordan Odom schlurfte allein ins Seniorenheim. Seine Lippe war wieder aufgeplatzt. Seine Handgelenke waren verschrammt. Tote Blätter klebten an seinem Sweatshirt, an seinem Rucksack, in seinem Haar, so als wäre er in einem Kampf zu Boden gegangen.

Meine Mom wischte die Cafeteria.

Der schnauzbärtige Pförtner nippte an einer Tasse Kaffee.

Ich stieg durch das Fenster von Zimmer Nr. 53 ein.

★

Der Ausbruch wurde eher so etwas wie eine Entführung. Großvater Rose war wieder verwirrt. Er wusste nicht, wer ich war, und gebrauchte derart unflätige Begriffe, dass ich sie hier nicht aufschreiben kann, er fluchte unbeschreiblich.
forte

»Was ist das hier für eine Verschwörung?« Das brüllte er auch.

»Psst, Großvater Rose«, zischte ich.
piano

Im Raum nebenan wurde ebenfalls gebrüllt. Irgendwie ging
forte
es ums Abwasser.

Ich kippte meinen Rucksack aus und schüttelte die Verkleidung heraus. Ein geblümtes Schultertuch. Ein Schlapphut aus Stroh. Eine weiße Lockenperücke. Die stammte noch aus einem Theaterstück, in dem ich einen toten Komponisten gespielt habe.

Ich stülpte Großvater Rose die Perücke über den Kopf, stülpte den Strohhut über die Perücke und wickelte ihn in das Schultertuch.

»Du Teufel«, murmelte Großvater Rose.
piano

»Du hast diesem Plan zugestimmt!«, zischte ich.
piano

Ich warf erst seinen Koffer aus dem Fenster, dann schob ich ihn gleich hinterher. Großvater Rose stolperte, holperte und stürzte auf den Beton. Seine Handflächen waren verschrammt und blutig, als ich ihm aufhalf.

Jordan Odom sah uns mit offenem Mund aus dem Fenster von Zimmer Nr. 37 zu.

Ich schnappte mir den Koffer, dann lenkte ich Großvater Rose Richtung Geisterhaus.

★

Wir kamen etwa einen halben Kilometer pro Stunde voran. Großvater Rose stützte sich schwer auf den Stock und keuchte. Er schien jetzt < verwirrt. Er pfropfte *mezzopiano* sich den Hut fester auf die Perücke, das Schultertuch flatterte im Wind. Ich roch Grillrauch – kokelndes Fleisch, jemand verbrannte irgendwo Laub. Die Straße wand sich an Häusern vorbei, unter schwankenden Ahornbäumen. Oberstufler beluden einen Kofferraum. Mittelstufler rutschten über die Planke eines Baumhauses in einen goldenen Haufen Laub. Grundschüler hockten in einer Auffahrt, rissen Puppen die Köpfe ab, warfen die Köpfe ins Gras und sangen *mezzoforte* ein Lied über Babys. Grundschüler sind die Verrücktesten.

»Wir werden verfolgt«, murmelte *piano* Großvater Rose.

»Was?«, flüsterte *piano* ich.

Der Koffer knallte *forte* mir gegen die Knie. Ich warf einen Blick zurück. Ein alter Mann humpelte uns nach. Es war Jordans Großvater. Jordan schleifte ihn hinter sich her.

»Können wir sie abschütteln?«, murmelte *piano* Großvater Rose.

»Wir kürzen durch den Wald ab«, flüsterte *piano* ich.

Hinter einer Kurve stahlen wir uns ins Unterholz. Ein Zweig spießte das Schultertuch auf, einzelne Goldfäden lösten sich. Großvater Rose eroberte das Tuch zurück. Ich warf einen Blick über die Schulter, aber hinter uns war niemand mehr.

»Die sind wir los!«, flüsterte *piano* ich.

Großvater Rose nickte und grunzte *piano*. Der Wind stöberte *forte* im rotbraunen Laub, das überall um uns herum taumelnd zu Boden fiel. Protestierende Reiher aufscheuchend *forte* überquerten wir den Bach.

★

Erst auf der Veranda des Geisterhauses, die abblätternde Farbe und den gespaltenen Türknauf vor Augen, begriff ich, auf was ich mich da eingelassen hatte. Diesmal war es mit Reingucken nicht getan. Diesmal musste ich wirklich reingehen.

Knarrend *piano* öffnete sich die Tür. Großvater Rose humpelte ins Geisterhaus, hinterließ seine Fußspuren im Staub. Totes Laub raspelte *piano* über den Boden. Zerfledderte Vorhänge flatterten *piano* im Wind. Großvater Rose brach vor dem Kamin zusammen und wischte sich mit den Hemdsärmeln den Schweiß von der Stirn.

Ich betrat das Geisterhaus. Knarrend *mezzopiano* fiel die Tür ins Schloss. Ich war noch nie im Geisterhaus gewesen. Aber ich hatte Geschichten gehört, die man sich hinter vorgehaltener Hand erzählt, an der Bushaltestelle, in der Schule. Geschichten über schwebende Juwelen, tanzende Spiegel. Geschichten über Waschbecken voll Blut. Geschichten über blitzende Geister, die Kinder blenden.

Großvater Rose kratzte sich mit beiden Händen den Bart. Sein Blick wanderte vom Kamin zum Treppenhaus, vom Treppenhaus zur Tür.

»Kannst du hier schlafen?«, fragte *piano* ich.

»Nicht das erste Mal, dass ich auf dem Boden schlafe«, sagte *forte* Großvater Rose.

»Ich kann dir was zu essen bringen«, sagte *piano* ich.

»Ich trinke Wasser aus dem Brunnen«, sagte *forte* Großvater Rose.

Seine Lautstärke machte mich nervös. Für den Fall, dass es hier doch Geister gab, sollten wir sie nicht hervorlocken, fand ich. Und hier schien kein Zimmer kein Spukzimmer zu sein. Von der Tür konnte ich ins Badezimmer sehen, wo ein Schatten über dem angeschlagenen Waschbecken zuckte. Die losen Holzbohlen auf dem Küchenfußboden sahen aus, als hätte sie jemand von unten durchstoßen wollen. Über der Treppe baumelte ein Haken von einer Kette. Wahrscheinlich war er für einen Kronleuchter gedacht, vielleicht für einen Lynchmord. An der Wand über dem Kamin war ein runder Fleck dunkler als der Rest. Wahrscheinlich hatte dort mal ein Porträt gehangen. Vielleicht war ein Geist hier durch die Wand geschlüpft. Es roch sogar unheimlich hier drinnen. Meine Haut hörte gar nicht auf zu kribbeln. Als würde mich etwas Unsichtbares bürsten.

»Ich muss sofort nach Hause, damit ich ein Alibi habe, wenn die Pfleger merken, dass du weg bist. Aber morgen nach der Schule komme ich wieder. Dann können wir anfangen zu suchen«, sagte *piano* ich.

Ich hörte ein Murmeln *piano*.

Plötzlich wirkte auch Großvater Rose nervös.

»Hast du das auch gehört«, flüsterte *piano* Großvater Rose.

Ich wich zurück bis an die Wand. Großvater Rose fasste seinen Stock fester. Geschichten über Türen, die sich in Luft auflösten. Geschichten über Geister aus Dampf, die die Haut von Kindern verbrühten. Geschichten über Schreie aus dem Kamin. Wieder dieses Murmeln *mezzopiano*. Etwas schepperte *mezzoforte*. Etwas zischte *forte*. Die Tür schwang auf.

Ich ließ den Koffer fallen, er sprang *forte* auf, Socken rollten bündelweise über den Boden.

»Taschenrechner?«, sagte *glissando* jemand.

Jordan betrat das Geisterhaus, seine Sneakers wirbelten Staub auf.

»Wir haben sie nicht abgehängt, Junge«, murmelte *piano* Großvater Rose.

★

Jordan zeigte mit dem Finger auf mich.

»Was machst du hier?«, sagte *forte* Jordan.

»Nichts«, sagte *forte* ich.

»Weißt du nicht, was mit Mark Huff passiert ist?«, sagte *forte* Jordan.

»Geist, Dachbodenfenster, geschubst«, sagte ich.
forte

»Und du bist trotzdem hergekommen?«, sagte Jordan.
forte

»Du musst hier verschwinden«, sagte ich.
forte

Jordan legte mir einen Arm um die Schultern, wie ein Trainer, der seinem Schlüsselspieler eine geheime Anweisung gibt. »Dein Opa kann das Seniorenheim nicht ausstehen, also hast du einen anderen Platz für ihn gefunden. Aber Opa Dykhouse, mein Opa, kann das Seniorenheim auch nicht ausstehen. Er kann nicht mehr essen, nicht mehr schlafen. Er ist nur noch deprimiert. Ich will, dass er hier ein Zimmer kriegt.«

Opa Dykhouse kam händeringend herein. Er trug ausgeblichene Jeans und einen dunkelroten Pullover.

»Jordan?«, flüsterte Opa Dykhouse.
piano

»Es gibt noch andere verlassene Häuser«, zischte ich.
piano

»Das hier ist das einzige Geisterhaus«, sagte Jordan.
piano

»Dieses Haus ist besetzt«, zischte ich.
piano

»Ich verrate deinen Eltern, wo du deinen Opa versteckst«, sagte Jordan.
piano

»Mr Rose?«, flüsterte Opa Dykhouse.
piano

»Alles klar, König Gunga, du kannst hier wohnen«, rief Jordan.
forte

Ich hatte Jordan noch nie einen Spitznamen verwenden hören, der nicht gemein war. Ich wollte auch so einen Spitznamen wie Opa Dykhouse. Ich wollte einen Spitznamen wie König Gunga.

»Ich gehe zurück ins Seniorenheim, Jordan«, sagte *forte* Opa Dykhouse. »Ich bin nur mitgekommen, um sicherzugehen, dass Mr Rose auch wieder ins Seniorenheim geht. Das weißt du.«

»Du gehst auf keinen Fall zurück. Du kannst das Seniorenheim nicht ausstehen. Das hier ist jetzt dein Haus. Du wohnst jetzt hier«, sagte Jordan.

»Ja, ich kann das Seniorenheim nicht ausstehen. Aber dieses Haus ist völlig heruntergekommen, aller Wahrscheinlichkeit nach asbestverseucht und stürzt vermutlich bald ein«, sagte *forte* Opa Dykhouse.

»Na und? Das zählt nicht! Du wolltest sterben, hast du gesagt! Da kommt dir ein gefährlicher Ort doch gerade recht, oder etwa nicht?«, sagte *forte* Jordan.

Opa Dykhouse ignorierte das.

»Mr Rose? Ich bin's, Mr Dykhouse«, flüsterte *mezzopiano* Opa Dykhouse. »Wir haben uns beim Frühstück kennengelernt. Wissen Sie noch? Wir haben über Boote gesprochen.«

Großvater Rose kauerte vor dem Kamin, murmelte *piano* etwas von billigen Sarggriffen.

Irgendwo bellten *mezzopiano* Hunde. Knarrend *mezzopiano* fiel die Tür ins Schloss. Opa Dykhouse klemmte seine Brille am Pulloverkragen fest und sah mich kopfschüttelnd an, als hätte ich eine Aufgabe nicht verstanden.

»Es tut mir leid, Nicholas, aber hier kann dein Großvater nicht bleiben«, sagte *forte* Opa Dykhouse.

»Er muss aber«, sagte *forte* ich.

»In seinem Zustand kann er nicht alleine bleiben«, sagte *forte* Opa Dykhouse.

»Sie können ihn nicht dahin zurückbringen!«, sagte *forte* ich. »Unsere Familienerbstücke sind hier irgendwo versteckt, und wir verlieren unser Haus, wir haben kein Geld mehr, um es zu halten, wenn wir die Erbstücke nicht finden! Großvater Rose ist der Schlüssel! Er hat sie versteckt! Er glaubt sie finden zu können! Er glaubt, dass wir sie zusammen finden können!«

»Woher weißt du, dass es diese Erbstücke gibt?«, sagte *forte* Opa Dykhouse.

Die Hunde bellten *mezzoforte* wieder. Über die Wiese hinter dem zerbrochenen Küchenfenster war die Dunkelheit hereingebrochen.

Ich saß auf der Treppe und raufte mir die Haare. Es fühlte sich an, als versaute ich gerade die wichtigste Prüfung meines Lebens.

»Ich weiß, dass es eine Karte gibt, aber ich weiß nicht, wo. Ich weiß, dass sie eintätowiert ist, aber ich weiß nicht, wem. Ich weiß, dass Großvater Rose hier gewohnt hat, aber ich weiß nicht, wann«, sagte *piano* ich.

»Er hat hier gewohnt?«, sagte *mezzopiano* Opa Dykhouse.

»Wenn wir unser Haus verlieren, verlieren wir meinen Bruder. Mein Bruder liegt im Garten begraben«, sagte *piano* ich.

Großvater Rose rieb sich Asche von seinen Händen an die Hose – weiße Streifen auf grauem Grund – und murmelte *piano* etwas von Gefängnisschiffen.

»Jetzt gerade ist er verwirrt, aber ich musste ihm schwören, dass ich ihn herbringe. Sie können ihn nicht zurück ins Seniorenheim schaffen. Die Erbstücke könnten unser Haus retten. Bitte, Opa Dykhouse, lassen Sie ihn hier, verraten Sie niemandem, wo wir sind, vergessen Sie, dass Sie uns je gesehen haben«, sagte *piano* ich.

Opa Dykhouse strich sich über die Wangen, schüttelte wieder den Kopf.

»Er kann nicht allein bleiben«, sagte *forte* Opa Dykhouse. »Wenn er hierbleiben soll, dann muss jemand bei ihm sein.« Er hob den Zeigefinger, wie zur Warnung. »Und – ich könnte das machen – aber unter bestimmten Bedingungen.« Er wies auf die leeren Räume. »Wir bräuchten Essen. Wir bräuchten Laken. Wir bräuchten Seife, Besteck, Kissen.«

Jordan johlte *forte*. Etwas quiekte *mezzopiano* in der Küche. Mäuse oder Streifenhörnchen vielleicht.

»Ich bin mir nicht sicher, ob er einen Mitbewohner will«, sagte *forte* ich.

»Ein Mitbewohner oder das Seniorenheim«, sagte *forte* Opa Dykhouse.

»Manchmal ist er durcheinander. Und: Er war im Gefängnis. Es wird nicht ganz leicht, mit ihm zusammenzuwohnen«, sagte *forte* ich.

»Ich war fast vierzig Jahre lang Bibliothekar an einer Schule«, sagte *forte* Opa Dykhouse. Er lehnte sich gegen die Tapete. »Was immer er anstellen könnte, ich hab's schon erlebt.«

Großvater Rose lag vor dem Kamin, den Strohhut tief im Gesicht. Die Locken seiner Perücke hatten sich verheddert.

»Mein Vater hat dieses Haus gebaut«, murmelte *piano* Großvater Rose. »Ich habe mein Leben lang nur Fehler gemacht. War nichts als gierig. Ist mir egal, was mit mir geschieht, wenn wir sie erst gefunden haben. Sobald wir sie deiner Mutter gegeben haben, wohne ich, wo immer du willst. Aber bis dahin weigere ich mich zu sterben, weigere ich mich aufzugeben, höre ich nicht auf zu suchen. Wir können sie nicht in ihrem Versteck lassen. Die Erbstücke sind ein Vermögen wert. Dieses eine Mal will ich das Richtige tun.«

Seine Brust hob und senkte sich. Weiße Asche stob auf. Die Hunde bellten wieder. Die Veranda knarzte. Ein Hund jaulte,
forte *piano* *forte*
Krallen kratzten über die Veranda. Bevor ich rufen oder schrei-
piano
en oder irgendjemanden warnen konnte, tauchte ein Schatten im Fenster auf.

Zeke spähte herein. Zekes Augen waren > sonst. Doppelt so groß vielleicht.

»Erbstücke?«, sagte Zeke.
forte

Wie nicht anders zu erwarten schnarchte Großvater Rose.
piano

WELCHE UNTERWELT

Meine Mom kam nicht vor Tagesanbruch nach Hause. Ich hörte die Tür zufallen *piano*, leise Schritte, Schlüssel klimperten *piano* auf den Tisch. Als ich Großvater Rose entführt hatte, war ich in meinen Augen = ein Held gewesen, doch jetzt kam ich mir < heldenhaft vor. Ich tat, als würde ich schlafen. Ich wollte nicht sehen, wie sie sauer wurde.

Sie hatte schon angerufen, gerade als ich durch die Tür gekommen war. Völlig außer sich, hatte sie mich unterbrochen, um mir zu sagen, dass Großvater Rose aus dem Seniorenheim fortgelaufen sei, und gefragt, ob er zu Hause aufgetaucht wäre. Als ich Nein sagte, bat sie mich, im Seniorenheim anzurufen, sobald er auftauchen würde, und dass sie jetzt losmüsse und ich mir keine Sorgen machen solle, und dann hatte sie auch schon aufgelegt.

Jetzt stand sie in der Tür. Zur Wand gedreht, in mein Bettzeug gekuschelt, sah ich ihren Schatten über die Wand wandern. Irgendwie wusste sie schon, dass ich nicht schlief, aber ich tat trotzdem noch so.

»Wir sind die ganze Nacht rumgefahren und haben nach ihm gesucht«, sagte *piano* meine Mom.

Sie hockte sich auf meine Bettkante. Die Metallfedern quietschten *glissando*. Ich versuchte ruhig und gleichmäßig zu atmen.

»Wir haben ihn nicht gefunden«, sagte *piano* meine Mom.

Die Jungs in meinem Hirn brüllten *forte*: »Sag ihr, wo er sich versteckt!« Sie brüllten *forte*: »Sag was, sag ihr die Wahrheit!«

Sie küsste mein Haar.

»Keine Angst, mein Schatz. Er ist vielleicht alt, aber dafür ist er zäh. Es geht ihm bestimmt gut, wenn wir ihn finden«, sagte *piano* meine Mom.

Ich kam mir vor wie < nichts. Sie machte sich Sorgen um mich und meine Gefühle, dabei wusste ich, wo Großvater Rose war.

★

Als ich aufwachte, schlief meine Mom auf dem Sofa, eine verblichene Fotografie auf ihrer Brust, das Gesicht eingerahmt von ihrem offenen Haar. Auf dem Foto rauchte ein junger

Großvater Rose unter Birken eine schwarze Zigarette. Er trug Hemd und Hosenträger, war allein und glatt rasiert. Fotos von Großvater Rose hatte ich schon gesehen. Fotos von Großmutter Rose allerdings nie. Meine Mom hatte gesagt, Großmutter Rose hätte sich nie fotografieren lassen wollen.

Ich aß etwas Toast. Ich schnappte mir meine Sneakers, meinen Rucksack, meine Geige. Ich lief durch Nebel und Tau und hockte mich an die Wurzeln meines Bruders.

ICH HABE GROSSVATER ROSE IM GEISTERHAUS VERSTECKT, WO WIR JETZT NACH UNSEREN ERBSTÜCKEN SUCHEN, sagte mein Lied.

DER HERBST IST DA. BALD WIRD ES SCHNEIEN. DU KANNST UNSEREN GROSSVATER NICHT FÜR IMMER VERSTECKEN. IN EINEM HAUS OHNE FENSTER HAT ER ES NICHT WARM, sagte das Lied meines Bruders.

Ich war still[grübelte].

ES WIRD ZEIT, DASS DU DIE WAHRHEIT ERFÄHRST, sagte mein Lied. UNSERE ELTERN VERSUCHEN UNSER HAUS ZU VERKAUFEN. SIE SAGEN, DASS WIR DICH NICHT MITNEHMEN KÖNNEN.

Die Wurzeln meines Bruders krallten sich in die Erde.

WENN WIR DIE ERBSTÜCKE NICHT FINDEN, MÜSSEN WIR WEGZIEHEN UND DICH FÜR IMMER ZURÜCKLASSEN, sagte mein Lied. ABER AUS DEM GEISTERHAUS WURDEN SCHON IMMER SACHEN VON KINDERN MITGENOMMEN, SOGAR DIE TÜRKNÄUFE UND DIE TÜREN AUS DEN SCHRÄNKEN. WAS, WENN SIE UNSERE ERBSTÜCKE SCHON VOR JAHREN GESTOHLEN HABEN ODER DIE ERBSTÜCKE NIE IM GEISTERHAUS VERSTECKT WAREN ODER SICH GROSSVATER ROSE EINFACH NICHT MEHR DARAN ERINNERN KANN, WO DIE KARTE IST, ODER ES DIE TATTOOS GAR NICHT GIBT? WAS, WENN ICH EINMAL EINE CHANCE HABE, ALLES IN ORDNUNG ZU BRINGEN. UND ES VERBOCKE UND ALLES BLOSS NOCH SCHLIMMER MACHE?

NICHTS DAVON MUSST DU FÜRCHTEN, sagte das Lied meines Bruders.

Der Tau auf den Zweigen meines Bruders glitzerte in der Sonne.

Das Lied meines Bruders sagte: ICH GLAUBE FEST DARAN, DASS DU MICH RETTEN KANNST.

Vor der Schule sprang *forte* ich aus dem Bus. Mr Carl bellte *forte* Auf Wiedersehen.

Auf dem Parkplatz prügelten *forte* der kleine und der große Isaac mit Stöcken auf einen Müllcontainer ein. Zekes Wörterbuch lag auf dem Asphalt daneben, als hätte es jemand dort fallen lassen.

»Komm raus, komm raus, Zeke, du Freak!«, brüllte *forte* der kleine Isaac und schlug scheppernd *forte* gegen den Container.

Zeke spähte hinter einem silbernen Van hervor. Ich huschte hin und kauerte mich neben ihn.

»Warum bekämpfen die Isaacs jetzt Müllcontainer?«, flüsterte *piano* ich.

»Sie glauben, dass ich da drin bin«, flüsterte *piano* Zeke. »Sie waren hinter mir her, wollten mich umbringen, haben sie gesagt, also bin ich in den Container gesprungen. Hinterherspringen fanden sie eklig, also haben sie die Klappe zugemacht und sich Stöcke besorgt. Ich hab mich weggeschlichen, bevor sie wieder da waren.«

Die Isaacs riefen *forte* wieder Zekes Namen. Hinter dem Container hatten Schüler ihre Initialen in den Putz geritzt. VF +

BR stand da, die Initialen meiner Eltern, umgeben von einem krummen Herz. Dasselbe hatte mein Dad, als das hier noch die Schule meiner Eltern gewesen war, in die metallene Seite des Trinkwasserbrunnens geritzt, in die Ecke eines Spiegels auf dem Klo der Cafeteria und auch noch in den Turnhallenboden.

»Ich helfe dir, die Erbstücke zu finden, aber wenn wir sie finden, kriege ich die Hälfte ab«, sagte Zeke.
piano

»Wie könntest du mir schon helfen?«, sagte ich.
piano

»Ich habe einen Plan vom Geisterhaus«, sagte Zeke.
piano

»Wo hast du den gefunden?«, sagte ich.
piano

»Hab ihn mir von ein paar Oberstuflern geborgt«, sagte
piano
Zeke.

»Geborgt heißt gestohlen?«, sagte ich.
piano

Ich wollte nicht die Hälfte der Erbstücke hergeben. Aber ich hatte keine Ahnung, wie ich sie alleine finden sollte. Und die Hälfte von allem war mehr als alles von nichts.

»Wenn die Erbstücke im Geisterhaus versteckt sind, werden wir den Plan brauchen«, sagte Zeke.
piano

»Es gibt eine Karte«, sagte ich. »Irgendwo.«
piano

»Ich kann nicht warten, bis dein Großvater wieder weiß, wo die ist. Und wir brauchen sowieso keine Karte. Ich bringe ein

Beil mit. Wir nehmen das Geisterhaus auseinander. Wir finden die Erbstücke, noch bevor die Sonne untergeht«, sagte *piano* Zeke.

Mr Tim kam über die Laderampe auf den Parkplatz gejoggt und schrie *forte* die Isaacs an, sie sollten den Container in Ruhe lassen. Der Stock des kleinen Isaac zerbrach *piano*. Der kleine Isaac trat *forte* gegen den Container. Der große Isaac fluchte unbeschreiblich, und die Isaacs stülpten *piano* sich ihre Kapuzen über und verdrückten sich ins Schulgebäude.

★

Ich fand Jordan an seinem Spind, er gab gerade die Kombination ein. Jemand hatte mit schwarzem Marker *Teil deinen Spind mit Davy Jones* auf seine Spindtür geschrieben.

»Wie alt ist dein Großvater?«, sagte *mezzoforte* ich.

»Irgendwas mit siebzig. Einundsiebzig? Dreiundsiebzig? Wieso?«, sagte *mezzopiano* Jordan.

Dreiundsiebzig war eine Primzahl. Aber egal wie alt genau er war, er war beinahe jung genug, um Großvater Roses Sohn zu sein. Großvater Rose war neunundachtzig (Primzahl). Er würde keine Primzahl mehr sein, bis er siebenundneunzig wäre. Es würde fast zehn Jahre dauern, bis wieder eine große Sache für ihn anstehen würde.

»Wie ist er an den Spitznamen König Gunga gekommen?«, sagte *mezzoforte* ich.

»Genau genommen ist es die Abkürzung für ›König Gunga, gefürchteter Wikinger, Liebling aller Tiere, gefürchtet auf den sieben Weltmeeren‹«, sagte *mezzopiano* Jordan.

Ich war so neidisch, dass ich mich kaum auf den Beinen halten konnte. Der Spitzname war noch besser, als ich gedacht hatte.

»Würdest du jetzt bitte verschwinden?«, sagte *mezzopiano* Jordan.

Er zog *piano* vergeblich an der Tür des Spinds. Er hatte die falsche Kombination eingegeben.

»Erzähl nur keinem was von den Erbstücken«, sagte *mezzoforte* ich.

»Keinem was erzählen?«, sagte *forte* Jordan.

Er stellte *piano* die Zahlen noch mal ein.

»Tut mir leid, Taschenrechner, aber deinen Schatz gibt es nicht«, sagte *mezzoforte* Jordan.

★

Während der Orchesterprobe verschwand der Orchesterleiter im Büro, um ein paar Notenblätter zu holen. Notenblätter – Linien mit Noten dazwischen – sind das Knochengerüst eines Musikstücks, das man mit seinem Instrument zum Leben erweckt. Der Orchesterleiter verwahrt die Notenblätter kistenweise in seinem Büro.

In der Sekunde, da die Tür hinter ihm zuging, fingen drei der Schlagzeuger an »Die Ballade von Dirge und Keen« zu singen. Emma Dirge und Leah Keen sind nicht im Orchester, aber alle finden, dass es trotzdem lustig ist, das Lied zu singen.

Die Ballade von Dirge und Keen handelt von Emma Dirge und Leah Keen und einem Paar entflohener Zirkusaffen. Im Lauf des Lieds verlieben sich Emma und Leah in die Affen. Was dann passiert, sollte ich hier besser nicht wiedergeben.

Es ist ohne Zweifel eins der gemeinsten Lieder, die je geschrieben wurden. Was bedeutet, dass es natürlich von Jordan ist. Er hatte es im Winter der sechsten Klasse geschrieben, als Emma Dirge noch mit ihm befreundet war und Leah Keen noch mit ihm befreundet war und genauso Mark Huff und die Geluso-Zwillinge und die Isaacs. Mehr noch als die Spitznamen ist das Lied der eigentliche Grund, warum alle ihn hassen – alle mögen Emma und Leah, und jedes Mal wenn Emma und Leah hören, wie jemand das Lied singt, rennen sie zusammen aufs nächstbeste Klo, um zu heulen.

Ein paar der Tubas sangen jetzt mit und machten die Be-

forte

wegungen, die zu dem Lied gehören. Alle hassen Jordan, weil er das Lied geschrieben hat, aber trotzdem können sie es nicht lassen, es zu singen.

★

In Mathe hatte ich mir gerade die Karteikarten vorgenommen, als Jordan angeschlichen kam. In dieser Woche beschäftigte ich mich mit imaginären Zahlen wie *i*, was die Quadratwurzel von -1 ist. *i* gibt es nicht, aber die Mathematiker arbeiten trotzdem damit, um bestimmte Probleme zu lösen.

»Hast du deine Zecke gefragt, ob sie heute Abend wieder zum Geisterhaus kommt?«, murmelte *piano* Jordan und duckte sich hinter meinen Tisch.

»Zeke hilft mir, die Erbstücke zu finden«, sagte *piano* ich, den Blick immer noch auf meine Karteikarten geheftet.

»Ich will diesen Dieb nicht im Geisterhaus haben, solange mein Opa da ist«, murmelte *piano* Jordan und tat so, als würde er sich die Schnürsenkel binden.

»Ist notiert«, sagte ich.

In den ersten Wochen nach den Sommerferien habe ich am Matheunterricht der elften Klasse teilgenommen, zusammen mit den Elftklässlern, wie sich versteht. Aber nach der Stunde haben sie mich geschubst, Flaschen nach mir geworfen und mich einmal sogar in einem Spind eingesperrt. Also kommt jetzt einmal die Woche der Mathelehrer vorbei, erklärt mir, was sie in der Woche machen, und lässt mir die Hausaufgaben da. Weshalb ich im normalen Algebra-Unterricht der siebten Klasse sitze und in der letzten Reihe meine Hausaufgaben mache, während Jordan und Leah Keen und die Geluso-Zwillinge Baumdiagramme zeichnen. Niemand soll mich stören. Ich soll mich auf meine Zahlen konzentrieren.

»Ich hab den noch nie leiden können«, murmelte *piano* Jordan. Er fummelte noch immer an seinen Schnürsenkeln rum.

Dann erspähte ihn der Mathelehrer und zitierte *forte* ihn zum Vorrechnen an die Tafel.

★

Das Auto meiner Mom war am Straßenrand geparkt, gegenüber der Bushaltestelle. Sie trug Bandohrringe und ein graues Sweatshirt. Sie hatte den Tag frei.

»Wir gehen einkaufen«, sagte *forte* meine Mom.

Ich hatte keine Lust, konnte aber nicht Nein sagen. Wenn meine Mom mies drauf ist, kauft sie grünen Tee, dunkle Schokolade und Joghurt und verputzt dann alles. Gemessen daran, wie mies drauf sie wegen Großvater Rose war, würden wir einen ganzen Einkaufswagen voller Schokolade mitnehmen. Ich kletterte ins Auto.

»Gestern ist noch ein Mann aus dem Seniorenheim weggelaufen«, sagte *forte* meine Mom. Sie kramte in ihrem Portemonnaie. »Er heißt Edmond Dykhouse.« Sie reichte mir ein Foto von Opa Dykhouse. »Wenn du ihn irgendwo siehst, Nicholas, musst du Bescheid sagen.«

Ich sah mir das Foto an. Ich saß ganz still. Ich gab ihr das Foto zurück.

»Ich habe mir sein Gesicht gemerkt«, sagte *glissando* ich.

Tatsachen sind Tatsachen, ganz egal wie alt man ist, aber mit dem Glauben ist das anders. Das ist das Härteste, wenn man elf ist. Bevor man elf ist, glaubt man alles, was einem seine Eltern erzählen, aber wenn man erst mal elf ist, muss man sich entscheiden, was man glauben will und was nicht, und manchmal führt das zu Konflikten. Meine Mutter arbeitete im Seniorenheim. Sie mochte es – sie glaubte daran –, aber ich hatte mich dagegen entschieden.

»Die beiden sind als vermisst gemeldet worden«, sagte *forte* meine Mom.

Wir fuhren zum Supermarkt. Der Supermarkt ist in der Innenstadt, gegenüber der Spielhalle und genauso groß. Ein paar Großväter in Regenmänteln waren auf einer Bank davor geparkt, wahrscheinlich warteten sie auf ein paar Großmütter. Die Regenmäntel ergaben überhaupt keinen Sinn. Am Himmel waren null Wolken.

Beim Einkaufen beäugte meine Mom die Großväter durchs Schaufenster, so als glaubte sie, einer von ihnen würde sich in Großvater Rose verwandeln, wenn sie nur lange genug hinsähe.

»Ich habe Flyer mit seinem Bild gedruckt. Den ganzen Tag bin ich von Tür zu Tür gegangen und hab gefragt, ob ihn jemand gesehen hat«, sagte meine Mom. »Die Leute haben das
forte
Bild kaum eines Blickes gewürdigt. Jeder war mit seinen eigenen Problemen beschäftigt. Eine Frau hat den Flyer nicht mal ansehen wollen und mir stattdessen einen anderen mit einem Foto von ihren verschwundenen Papageien in die Hand gedrückt.«

Meine Mom schob einen leeren Einkaufswagen vor sich her. Plötzlich wurde mir klar, dass meine Mom, selbst wenn sie nicht an die Erbstücke glaubte, doch etwas wissen könnte, das uns half die Erbstücke zu finden. Aber ich musste vorsichtig sein. Wenn ich eine falsche Frage stellte oder die richtige Frage falsch formulierte oder einen falschen Ton anschlug, könnte sie misstrauisch werden. Und ich durfte auf keinen Fall zu viele Fragen auf einmal stellen.

Ich versuchte, ganz beiläufig zu klingen[Plauderton].

»Großvater Rose ist doch hier geboren, hier in der Stadt, oder?«

»Ja«, sagte [*forte*] meine Mom.

»Und er ist auch hier aufgewachsen, oder?«, sagte [*forte*] ich.

»Irgendwo hier in der Stadt, ja«, sagte [*forte*] meine Mom. »Er hat nie über seine Kindheit geredet.« Der Einkaufswagen ratterte [*mezzoforte*] über die Fliesen. »Und Großmutter Rose auch nicht. Großvater Rose war nie zu Hause und sie sprach nicht über ihn, wenn er weg war. So als gäbe es ihn gar nicht.«

»Wieso war er denn nie zu Hause?«, sagte [*forte*] ich.

»Es gefiel ihm nicht«, sagte [*forte*] meine Mom.

»Was stimmte denn nicht mit ihm?«, sagte [*forte*] ich.

»Ich weiß nicht«, sagte [*forte*] meine Mom.

Meine Mom brachte den Einkaufswagen vor einer Kiste mit Eichelkürbissen zum Stehen. Sie klopfte [*piano*] gegen die Kürbisschalen, so als wollte sie fragen: BIST DU REIF? Vermutlich hatte ich mein Fragelimit erreicht. Außerdem fand ich die Antworten irgendwie betrüblich. Ich ging meine nächste Aufgabe an, die darin bestand, Proviant zu beschaffen.

»Können wir ein bisschen Dosengemüse kaufen, Mom? Erbsen oder Süßkartoffeln oder so?«, sagte *forte* ich.

»Seit wann magst du denn Gemüse aus der Dose?«, sagte *forte* meine Mom.

Nach dem, was meinem Bruder zugestoßen war, aß meine Mom nichts Ungesundes mehr. Die Ärzte hatten zwar gesagt, dass ihre Ernährung nichts mit dem, was geschehen war, zu tun hatte, aber sie kaufte trotzdem nur noch Eichelkürbisse und Farnspitzen und alte Tomatensorten. Wir hatten seit drei Jahren keine Pizza mehr bestellt.

»Ich habe richtig, richtig Hunger auf Erbsen. Können wir, sagen wir mal, fünfzig Dosen kaufen?«

★

Heuschrecken zirpten, *mezzoforte* Wespen brummten, *mezzopiano* und ich lief mit einem Armvoll Laken und Jacken und Gemüsedosen durch den Garten. Sonnenlicht fiel durch die Wipfel der Birken auf das gelbe Gras. Das Laub im Garten legte Muster aus Bleichgold und Dunkelgold und Weinrot. Das Geisterhaus wirkte wie üblich verlassen. Die Tür knarrte *piano* beim Öffnen. Großvater Rose aß auf der Treppe Himbeeren, die rostige Laterne aus dem Schuppen stand neben ihm und brannte nicht.

»Hey, Junge«, sagte *forte* Großvater Rose.

»Ich bin supersauer auf dich«, sagte *forte* ich.

»Auf mich?«, sagte *forte* Großvater Rose.

Ich ließ das ganze Zeug einfach fallen.

»Warum wolltest du nicht zu Hause sein, als meine Mom klein war?«

»Wollte ich doch«, sagte *forte* er.

»Wolltest du nicht«, sagte *forte* ich.

»Ich wollte da sein. Ich wollte weg sein«, sagte *forte* Großvater Rose.

»Das ist unmöglich. Das ist ein Widerspruch. Du kannst nicht beides gewollt haben«, sagte *forte* ich.

»Was weißt denn du von Widersprüchen?«, sagte *forte* Großvater Rose.

»Ich kann mit Widersprüchen nicht umgehen«, sagte *forte* ich.

Großvater Rose runzelte die Stirn.

»Meine Gefühle sind immer widersprüchlich gewesen«, sagte *forte* Großvater Rose.

»Widersprüche brechen mir das Hirn«, sagte ich.
forte

Ich wandte mich ab, um Erbsendosen zu stapeln. Irgendwie war ich noch immer supersauer.

»Hey, ich habe dich gewarnt, Junge. Bisher hab ich noch nie der Gute sein wollen«, sagte Großvater Rose.
forte

Stumm lupfte ich ein Stück Seife ins Waschbecken. Großvater Rose legte den Kopf schief, um auf sich aufmerksam zu machen. Stumm warf ich eine Rolle Klopapier Richtung Badewanne. Großvater Rose rutschte ans andere Ende der Treppenstufe, um wieder in meinem Blickfeld zu sein. Ich durchwühlte die zerknitterten Decken.

»Deine Großmutter Rose hat mich auch immer so ignoriert. Ich weiß also schon, dass das nicht ewig dauern kann«, sagte
forte
Großvater und lachte.

Ich warf eine Jacke nach Großvater.

»Mach sie nicht dreckig«, sagte ich.
mezzoforte

»Gehört sie deinem Vater?«, sagte Großvater Rose.
forte

»Exakt«, sagte ich.
mezzoforte

Großvater Rose hängte sich die Jacke über die Schultern. Er knöpfte sie zu, tastete nach den Taschen, schnupperte am Kra-
staccato
gen. Im Orchester hatten alle neue Begriffe gelernt. Fortissimo

heißt »spiel sehr laut« (noch lauter als forte). Pianissimo heißt »spiel sehr leise« (noch leiser als piano). Fermate heißt »halt diese Note«. Wenn man also ein Lied spielt und eine Note mit einer Fermate sieht, muss man die Note einfach blasen und blasen und blasen, bis man keine Luft mehr kriegt.

»Wie ist dein Vater denn so?«, sagte *mezzoforte* Großvater Rose.

»Ich weiß nicht«, sagte *mezzoforte* ich.

»Und was sagt deine Mutter?«, sagte *mezzoforte* Großvater Rose.

»Ich weiß nicht«, sagte *mezzoforte* ich.

»Behandelt er sie gut?«, sagte *mezzoforte* Großvater Rose.

»Als wär sie die Königin von allem«, sagte *mezzoforte* ich. Großvater Rose nickte und kratzte *piano* sich grunzend mit beiden Händen den Bart.

»Lieber schläft er am Nordufer auf einem Sofa, als sie zu enttäuschen«, sagte *mezzoforte* ich.

Schon war ich nicht mehr sauer. Großvater Rose machte das irre gut. Irgendwie saugten einem seine Augen die ganze Wut aus dem Leib, so lange, bis man ihn wieder mochte.

Jordan stolperte durch die Tür, den Arm voller Kissen, Zahnpasta-Packungen und verbogener Metalllöffel. Sein Haar klebte vor Schweiß. Er verzog das Gesicht.

»Ich kann nicht lange bleiben«, sagte Jordan.
forte

»Warum nicht?«, sagte ich.
mezzoforte

»Hausarrest«, sagte Jordan.
forte

»Was hast du gemacht?«, sagte ich.
mezzoforte

»Meine Schwester hat die toten Fliegen gefunden, die ich im Kühlschrank aufbewahrt habe«, sagte er.
forte

Er ließ einfach alles fallen.

»Und die toten Frösche«, sagte Jordan.
forte

Er wischte sich die Hände an der Jeans ab.

»Wenigstens hab ich meinen Eltern gesagt, dass ich Opa Dykhouse entführt habe«, sagte Jordan.
forte

»Du hast was?«, brüllte ich.
fortissimo

»Entspann dich, Taschenrechner«, sagte Jordan. »Ich
forte
wusste, dass sie mir das nicht glauben würden. Gestern Abend sind wir durch die ganze Stadt gefahren und haben überall nach Opa Dykhouse gesucht. Wir müssen fünf Mal oder so hier vorbeigekommen sein. Jedenfalls ist mir langweilig geworden, und da hab ich meinen Kopf zwischen ihre Lehnen gesteckt und gesagt: ›Oh, übrigens, ich hab Opa Dykhouse entführt.‹ Danach haben sie mich angebrüllt und gemeint, dass das überhaupt nicht lustig ist. ›Dass Opa Dykhouse vermisst

wird, ist eine sehr ernste Sache, Jordan.‹ Egal was ich sage, immer denken sie, ich will sie bloß nerven. Ich verrate ihnen alle möglichen Sachen, die sie gerne wissen würden, aber nie hören sie mir zu.«

Jordan warf Großvater Rose ein Kissen zu.

»Erwachsene schert es einen Dreck, was Kinder erzählen«, knurrte *forte* Jordan. »Sie haben auch Opa Dykhouse nie zugehört. Was immer er gesagt hat, sie haben es ignoriert oder mit einem Lachen abgetan oder behauptet, er wüsste ja gar nicht, wovon er spricht.« Er kramte in seinen Taschen. Er suchte etwas. »Sie glauben, es ist egal, was mit uns passiert, weil wir zu jung oder zu alt sind, um wichtig zu sein. Aber es ist wichtig, was mit uns passiert. Was mit uns passiert, ist das Wichtigste.«

Opa Dykhouse humpelte mit einem Holzeimer vom Brunnen durch die Tür, das Wasser schwappte *piano* im Eimer. An den Knien seiner Jeans klebte Erde. Sein Kinn war voller Stoppeln. Er sah 300 % glücklicher aus als am Abend zuvor.

»Das war die schlimmste Nacht meines Lebens«, sagte *mezzoforte* Opa Dykhouse.

»Hast du Gespenster gesehen?«, sagte *forte* Jordan.

»Nein«, sagte *mezzoforte* Opa Dykhouse.

»Ich habe die Schere mitgebracht, die du haben wolltest«, sagte *forte* Jordan.

»Hey, das erinnert mich an was. Wann hast du das letzte Mal Taschengeld gekriegt?«, sagte *mezzoforte* Großvater Rose.

Er wies mit dem Kinn auf einen Zettel, der an einem Nagel an der Wand hing.

»Ich brauche nämlich auch noch was aus der Apotheke«, sagte *mezzoforte* Opa Dykhouse.

Jordan runzelte die Stirn, reckte den Hals in Richtung Liste, blinzelte, formte Wörter mit dem Mund.

»Creme? Salben? Lutschtabletten? Pillen? Wofür brauchst du das ganze Zeug?«, sagte *forte* Jordan.

Opa Dykhouse stellte *mezzopiano* den Eimer ab und rückte seine Brille zurecht. »Ihr jungen Leute kriegt Pickel, Nietnägel und Schuppen, stimmt's?«, sagte *mezzoforte* er. Er beugte sich vor und zog ein Gesicht wie jemand, der am Lagerfeuer sitzt und jetzt zum verrücktesten Teil seiner Geschichte kommt. »Nun, alte Leute haben auch solche Sachen, nur hundertmal schlimmer.«

Jordan schaute entsetzt.

»Schon gut, ich besorg dir, was immer du willst, wenn du die Einzelheiten für dich behältst«, sagte *forte* Jordan.

Er riss die Liste von der Wand.
mezzopiano

»Aber entfern dich nicht zu weit von hier. Alle sind auf der Suche nach dir. Meine Eltern haben überall Fotos rumgehen lassen«, sagte Jordan.
forte

»Wir haben hier genug zu tun. Monte hat ein neues Projekt«, sagte Opa Dykhouse.
mezzoforte

»Monte?«, sagte Jordan.
forte

»Mr Rose«, sagte Opa Dykhouse.
mezzoforte

Opa Dykhouse schob Jordan einen Stapel Blätter rüber. Seiten, die aus modrigen Gebrauchsanweisungen und verschimmelten Handbüchern herausgerissen wurden. Jemand hatte mit einem Bleistift auf den Seiten herumgekritzelt.

»Was ist das?«, sagte Jordan.
forte

»Montes Memoiren«, sagte Opa Dykhouse. »Wann immer
mezzoforte
er sich an etwas erinnern kann, erzählt er mir davon, und ich trage seine Erinnerungen hier zusammen.«

»Uns geht das Papier aus. Bringst du uns welches mit?«, murmelte Großvater Rose. Er fummelte an einer Dose Erbsen.
piano

»Ich wollte schon immer mal ein Buch schreiben«, sagte
mezzoforte
Opa Dykhouse. »Als ich ein Kind war, wollte ich ein Buch über die Geschichte unserer Stadt schreiben. Aber Montes Story ist

besser als Geschichte. Sie ist wie ein Krimi. Ich liebe solche Bücher, über die Unterwelt und so.«

»Unterwelt? Du meinst, wo tote Menschen leben?«, sagte *forte* Jordan.

»Nein, die andere Unterwelt. Du weißt schon, Schmuggler, Kidnapper, Mörder. Die kriminelle Unterwelt«, sagte *mezzoforte* Opa Dykhouse. Seine Brille war ihm auf die Nase gerutscht, als er sich über die Blätter gebeugt hatte. Er musterte uns über den breiten silberfarbenen Rahmen hinweg. »Ich musste mir ein paar Freiheiten nehmen bei der Story. Einige Erinnerungen aus der Zeit, als er jünger war, sind ziemlich lebendig, aber die meisten Erinnerungen aus der Zeit, als er schon älter war, sind doch sehr bruchstückhaft. Und dann gibt es Sachen, an die er sich erst so und dann vollkommen anders erinnert.«

Ich beugte mich über die Seiten. Es war wie in der Musik – alles, woran man sich erinnert, ist einmal uraufgeführt worden, und zwar in dem Moment, als die Erinnerung entstand. Aber später, selbst wenn man Gedächtnisstützen hat – Bilder, Tagebücher, Andenken –, ist jede Aufführung vollkommen anders. Die Erinnerung ist nie dieselbe.

»Steht da was über die Erbstücke?«, sagte *forte* ich.

»Noch nichts darüber, wo sie versteckt sind«, sagte Opa Dyk-
mezzoforte
house.

»Was sind das überhaupt für Erbstücke? Ein Haufen Silberbesteck oder so was?«, sagte Jordan.
forte

»Monte sagt, dass es sich bei einem der Erbstücke um einen goldenen Hammer handelt«, sagte Opa Dykhouse.
mezzoforte

»Einen goldenen Hammer?«, sagte Jordan.
forte

»In Michigan war es früher so, dass, wenn man sein Haus selbst baute – seinen Keller selbst aushob, seine Rohre selbst legte, elektrische Leitungen selbst legte, alles –, einen der Gouverneur mit einem goldenen Hammer belohnt hat. Nur der Kopf war aus Gold. Der Rest war aus Holz. Ich habe nie einen gesehen, nur davon gehört«, sagte Opa Dykhouse.
mezzoforte

»Rohr für Rohr. Stein für Stein. Schindel für Schindel. So hat er sein Haus gebaut«, murmelte Großvater Rose.
piano

Hunde bellten. Etwas klapperte. Zeke spähte durchs Fenster.
forte *fortissimo*

»Hey«, sagte Zeke.
mezzoforte

»Wer ist das?«, murmelte Großvater Rose.
piano

»Zeke. Mein Spind-Partner. Du hast ihn gestern Abend kennengelernt«, sagte ich.
mezzoforte

Großvater Rose brabbelte etwas, wieder völlig verwirrt.
piano

Opa Dykhouse krempelte die Ärmel seines Pullovers bis zu den Ellbogen hoch.

»Okay, Monte, Zeit für die Körperpflege«, sagte *forte* er. Opa Dykhouse half Großvater Rose beim Aufstehen und führte ihn dann, mit dem Eimer in der Hand, ins Badezimmer. Ich hörte das Wasser plätschern *mezzopiano*, als Opa Dykhouse Großvater Rose das Gesicht wusch.

Zeke stieg mit einem klimpernden *mezzopiano* Seesack in der Hand durchs Fenster. Seine Schäferhunde zwängten *mezzoforte* sich durch die Türöffnung. Er bellte *forte* die Schäferhunde an und sie strauchelten über den Boden.

»Hast du gerade gebellt, Schwulette?«, fragte *forte* Jordan.

Zeke runzelte die Stirn und bellte *forte* dann Jordan an.

»Was für ein Freak«, murmelte *piano* Jordan.

Jordan hatte nicht ganz unrecht. Aber wir alle waren Freaks. Ich war ein Außenseiter[Hirni], Zeke war ein Außenseiter[Asi], Jordan war ein Außenseiter[Psycho]. Wir waren alle Außenseiter, jeder auf seine Art.

Zeke leerte den Sack auf der Treppe aus. Ein gestohlenes Horn. Eine gestohlene Oboe. Die Hälfte einer gestohlenen Klarinette. Dann – der Größe nach – elf Paar gestohlene Sneakers.

Jordan sah Zeke mit offenem Mund an.

»Was denn?«, sagte *forte* Zeke. »Wenn du deinen Großvater hier verstecken kannst, kann ich hier auch ein paar Sachen verstecken.«

»Sind das da die Sneakers von Mark Huff?«, sagte *mezzoforte* Jordan.

»Die blauen? Klar. Willst du sie kaufen?«, sagte *mezzopiano* Zeke.

»Ich hab auch so schon genug Probleme mit Flachgesicht«, sagte *piano* Jordan. »Ich kann mir nicht mal vorstellen, was er mir antun würde, wenn er mich mit seinen Schuhen erwischt.«

★

Zeke faltete den Plan vor dem Kamin auseinander. Das Geisterhaus war mit weißen Linien eingezeichnet – die Front, die Seite, die Rückseite –, aber auf diese Weise konnte man an manchen Stellen durch die Wände hindurchsehen, so als wäre das Haus selber ein Geist. Am Rand waren Bemerkungen hinzugefügt worden, unterzeichnet mit den Initialen meines Urgroßvaters.

»Da ist ein Hohlraum unter den Holzdielen im Badezimmer, in der Küche und in diesem Zimmer hier. Unterhalb der Treppe ist eine Tür, die jemand zutapeziert hat. Und unter der Veranda ist ein Kriechkeller«, sagte *forte* Zeke.

»Reine Zeitverschwendung«, sagte *forte* Jordan.

»Was?«, sagte *forte* Zeke.

»Da ist kein Schatz«, sagte *forte* Jordan.

»Wenn wir reich sind, kaufen wir dir ein Hirn«, sagte *forte* Zeke.

Zeke holte die Brechstange aus dem Schuppen. Wir stemmten die Dielen im Badezimmer auf und fanden darunter einen Hohlraum. Wir stemmten die Dielen in der Küche auf und fanden darunter einen Hohlraum. Wir stapften rauf in das Zimmer, das Zeke auf dem Plan gekennzeichnet hatte, und stemmten dort die Dielen auf. Wir fanden einen verbogenen Nagel, den Griff eines Schraubenziehers, ein Nest aus Papierschnipseln. Die Erbstücke fanden wir nicht.

Weinrote Tapetenstreifen schälten sich von den Wänden wie Rinde vom Baum.

»Das muss mal ein Schlafzimmer gewesen sein«, sagte *mezzopiano* ich.

»Früher«, sagte *mezzoforte* Zeke.

Wir stapften *forte* nach unten. Die Großväter waren verschwunden. Jordan saß mit verschränkten Beinen am Feuer und löffelte Dosenerbsen.

»Hast du nicht gesagt, dass du Hausarrest hast?«, sagte *forte* ich.

»Hab ich?«, sagte *staccato* Jordan.

Beide Seiten der Treppe waren mit einem verblassten Muster aus bläulichen Ranken tapeziert. Zeke betrachtete den Plan, schritt, während er mit dem Finger über die Tapete fuhr, die Treppe entlang, und entdeckte die Kanten einer dort verborgenen Tür. Ich nahm mein Messer, schnitt in die Wand, sägte *mezzoforte* die Umrisse einer Tür heraus. Wir rissen *mezzopiano* die Tapete vom Knauf. Jordan hatte aufgehört zu kauen und sah uns zu.

»Fertig?«, sagte *piano* Zeke.

Wir packten den Knauf. Zeke nickte. Wir zogen.

Die Tür bewegte sich. Dann bewegte sie sich nicht mehr.

»Schwach!«, rief *forte* Jordan.

Wir packten den Knauf mit beiden Händen. Wieder nickte Zeke. Wir zogen.

Die Tür sprang auf, schwarzer Staub flog uns ins Gesicht, ein Besen fiel *forte* zu Boden.

Jordan lachte *fortissimo* sich halb tot.

»Das Familienerbe war ein Besen?« Jordan lachte *forte* Tränen.

Wir wühlten uns durch den Raum unter der Treppe. Abgesehen von leeren Fässern, verschimmelten Vorhängen und noch einem Besen war der Raum leer.

»Lass uns den Kriechkeller versuchen«, murmelte *piano* Zeke.

Wir wischten uns den Staub aus dem Gesicht. Zeke holte die

Laterne. Wir kletterten durchs Fenster auf die Veranda. Draußen saß Großvater Rose auf einem Stuhl, umgeben von einem Ring weißer Haare. Opa Dykhouse stand mit einer Schere hinter ihm. Jordan, die Hände in den Hüften, kam durch die Tür geschlendert.

»Du kannst Haare schneiden, König Gunga?«, fragte er.
forte

Opa Dykhouse war die Sorte Großvater, die stumm lachte.

»Als deine Mom jünger war, haben wir nie Geld für den Friseur ausgegeben. Einmal im Monat hab ich ihr die Haare geschnitten. Sie hat es gehasst, aber ich fand's lustig«, sagte Opa
forte
Dykhouse.

Großvater Rose, immer noch durcheinander, faselte etwas
piano
von Armenhäusern.

Wir umrundeten die Veranda, studierten den Plan, zupften an der Mauer aus Unkraut. Wir stießen auf den Eingang zum Kriechkeller. Jordan schlappte auf der Veranda herum. Er runzelte die Stirn. Er schnupperte.
mezzopiano

»Schwulette, benutzt du etwa Parfum?«, sagte er.
forte

»Bloß ein Spritzer«, sagte Zeke.
forte

»Hör zu, behalt bloß deine Hände bei dir. Wenn du versuchst mich zu küssen, ertränke ich dich im Brunnen«, sagte Jordan.
forte

»Küssen?«, sagte *staccato* Zeke.

»Ist das nicht dein Ding? Jungs zu küssen?«, sagte *forte* Jordan.

»Nur die, die ich süß finde, und nur Jungs, die auch Jungs mögen«, sagte *forte* Zeke.

»Der kleine Isaac mag aber keine Jungs«, sagte *forte* Jordan.

»Er tut nur so«, sagte *forte* Zeke.

»Der kleine Isaac hasst dich, weil du ihn geküsst hast«, sagte *forte* Jordan.

Zeke zündete ein Streichholz an, hielt schützend eine Hand um die Flamme und zündete die Laterne an. Die silbernen Meerjungfrauen auf seinen Armen glitzerten für einen Moment im Licht. Er zwängte sich in den Kriechkeller, die Laterne im Schlepptau.

»Und wer sagt, dass ich nicht süß bin?«, murmelte *mezzopiano* Jordan.

Ich kroch Zeke nach. Im Laternenlicht sah ich braunes Unkraut und monströse Spinnennetze. Weiter vorn die Sohlen von Zekes Sneakern. Ich konnte Opa Dykhouses Schritte *piano* auf der Veranda und Großvater Rose vor sich hin brummeln *pianissimo* hören.

Zeke warf eine verrostete Dose zur Seite. Scheppernd *piano* landete sie in einem Büschel Unkraut.

»Nichts?«, sagte *forte* ich.

»Lass es uns im Keller versuchen«, murmelte Zeke.
pianissimo

Wir krochen unter der Veranda hervor und wischten uns die Spinnweben ab.

Zeke nahm das Beil aus dem Sack. Abwechselnd hackten wir die Kellertür entzwei. Jordan beobachtete uns nur, obwohl er der Einzige von uns dreien war, der wirklich Muskeln hatte. Er hatte die Zähne gebleckt und steckte die ganze Zeit über seine Zungenspitze durch das Loch in seinen Zähnen. Wann immer das Beil auf die Tür traf, klapperte das Schloss an der Kette.
forte *glissando*

»Was würdest du mit dem Schatz machen, wenn es ihn wirklich gäbe, Taschenrechner?«, sagte Jordan.
forte

»Mein Bruder«, sagte ich.
forte

»Bruder?«, sagte Zeke.
forte

Ich erzählte ihnen von meinem Bruder, dem Baum.

Jordan blinzelte, beugte sich vor und sah mich an wie eine bizarre Kreatur in der Vitrine eines Museums.

»Findest du das nicht ein bisschen komisch, das einfach so zu erzählen?«, sagte Jordan.
forte

Zeke warf mir einen Blick zu und starrte dann wütend Jordan an.

»Was ist denn daran komisch?«, fragte er.
forte

»Findest du das etwa nicht komisch?«, entgegnete *forte* Jordan.

Zeke schwang das Beil und ließ die Holzsplitter fliegen. Die Klinge blieb in der Tür stecken. Zeke zerrte am Griff und zog *mezzoforte* das Beil wieder heraus.

»Nein, ich kann das gut verstehen. Das Gleiche wäre mir auch fast passiert«, sagte *forte* Zeke.

»Eine Fehlgeburt?«, sagte *forte* ich.

Zeke wischte sich mit dem Saum seines T-Shirts den Schweiß vom Gesicht. »Nein«, sagte *mezzopiano* er durch den Stoff. Sein Ton hatte sich verändert. Es war, als würde er nur noch mit mir reden. »Aber ich hab trotzdem Glück, dass es mich gibt. Mein Dad wollte nicht, dass meine Mom mich kriegt.« Er ließ das T-Shirt los. Sein Gesicht hatte Schweißflecken auf dem Saum hinterlassen. Er packte das Beil, verzog das Gesicht und schwang es wieder. »Das war, bevor sie geheiratet haben. Mein Dad hatte sogar das Geld. Er gab ihr das Geld und ließ sie schwören, dass sie mich abtreibt. Dann ging er zur Army. Meine Mom kaufte von dem Geld eine Wiege. Sie wollte mich haben.«

»Normalerweise mag ich Soldaten, aber sorry, dein Vater ist echt krass«, sagte *forte* Jordan.

»Krass?«, sagte *forte* Zeke.

»Du musst ihn echt hassen«, sagte *forte* Jordan.

»Bloß deswegen?«, sagte *forte* Zeke mit gerunzelter Stirn.

»Klar. Ein ungeborenes Baby zu töten! Man muss ein Monster sein, um so was fertigzubringen«, sagte *forte* Jordan. Er verschränkte die Arme und nickte.

Zeke schüttelte den Kopf. »Sie werden dafür bezahlt, mein Dad und auch die anderen Soldaten, um Menschen zu töten, jeden Tag. Klar ist es falsch, Babys umzubringen, aber sie groß werden lassen und dann Soldaten bezahlen, um sie zu töten, ist richtig?«, sagte *forte* Zeke.

Jordan zuckte mit den Schultern. »Das sind nicht unsere Kinder. Das sind nur die erwachsen gewordenen Kinder aus anderen Ländern«, sagte *forte* er.

»Diese Länder sind aber nicht weniger wert als du oder ich oder er«, sagte *forte* Zeke und gestikulierte plötzlich ziemlich tremolomäßig mit dem Beil. »Vielleicht ist keines der anderen Länder ihr Freund, aber das heißt nicht, dass es nicht falsch ist, sie fertigzumachen.«

Jordan grinste – steckte wieder die Zungenspitze durch die Zahnlücke – und sagte *forte* dann: »Das Einzige, was ich an dir mag, ist, wie leicht man dich auf die Palme bringen kann.« Er deutete auf die Kellertür. »Wo du jetzt schon mal ein bisschen Adrenalin im Blut hast, würdest du bitte einmal richtig zuschlagen und das hier beenden?«

Zeke zog ein finsteres Gesicht. Seine Wangen waren gerötet. Er stellte sich in Position, packte das Beil so fest, dass seine Knöchel weiß wurden, dann holte er aus.

Das Beil krachte *fortissimo* durch die Tür.

»Endlich!«, sagte *forte* Jordan.

Wir traten *fortissimo* die Bretter raus. Wir zwängten uns durch das Loch in den Keller. Im staubigen Licht sahen wir Dreck, Spinnweben und ein Paar zerknüllter Socken.

Zeke biss sich auf die Lippe.

»Zeitverschwendung«, murmelte *piano* er.

★

Großvater Roses Haar war weniger wirr als vorher. Opa Dykhouse schnitt *piano* jetzt den Bart.

»Hör mal, König Gunga, vielleicht möchte er den Bart ja behalten«, sagte *forte* Jordan.

»Er benimmt sich, als würde der Bart ihn stören«, sagte *forte* Opa Dykhouse.

Großvater Rose, immer noch verwirrt, murmelte *piano* etwas von

Einbrechern. Die Sonne verschwand in der Wiese hinter dem Geisterhaus. Die Schatten der Birken, des Brunnens, des Geisterhauses streckten sich lang über das Gras. An irgendeinem Teich in der Nähe heulten *piano* Seetaucher. Ich stank nach Schweiß.

Zeke pfefferte den Plan ins Gras.

»Ohne die Karte werden wir die Erbstücke nie finden«, brummte *piano* er.

»Es gibt keine Karte«, brummte *piano* Jordan.

»Der Fluch, eine Erinnerungsfabrik zu sein«, brummte *piano* Großvater Rose.

Selbst Jordan sah mitgenommen aus, so als ob ein Teil von ihm auch die ganze Zeit an die Erbstücke geglaubt hätte.

»Im Gefängnis«, sagte *mezzopiano* Großvater Rose. Seine Finger zuckten wie die Finger von jemandem, der träumte. »Im Gefängnis weiß normalerweise niemand, dass du Geburtstag hast. An meinem dreiundachtzigsten Geburtstag hat mich ein Arzt untersucht. Der Arzt sagte, mein Verstand lasse nach. Der Arzt sagte, meine Erinnerungen würden verblassen. Der Arzt wünschte mir alles Gute zum Geburtstag. Nicht mal ich hatte gewusst, dass ich Geburtstag hatte. Ich hatte es vergessen. Mein Zellenkumpan war ein junger Kerl, über und über tätowiert. Stachelrochen auf dem einen Arm, Quallen auf dem anderen. Auf der Brust ein Schiff. Der Junge hatte eine Nadel und flaschenweise Tinte, versteckt unter dem Bett. Meine Erinnerungen verblassten. Aber es gab Dinge, an die ich mich erinnern musste. In jener Nacht, als der Junge schlief, habe ich mich mit seiner Nadel selber tätowiert.«

Großvater Rose rang die Hände.

»Wo die Tattoos unmöglich zu übersehen waren«, sagte er.

Großvater Rose blinzelte, legte den Kopf zur Seite, blinzelte wieder. »Was waren das nur für Dinge, an die ich mich erinnern musste?«

Ich trat *forte* gegen das Geländer der Veranda.

»Das ist eine falsche Erinnerung«, rief *forte* ich. »Ich entführe dich, ich verstecke dich hier, ich lüge meine Mom an, ich lüge alle an und alles völlig umsonst. Du hast gesagt, die Tattoos seien die Karte, die zu den Erbstücken führt! Die Tattoos existieren aber überhaupt nicht! Was bedeutet, dass wir keine Karte haben! Was bedeutet, dass wir die Erbstücke nicht finden können! Wenn es sie überhaupt gibt!«

Großvater Rose sah mich an wie jemand, der durchs Fenster einen Sturm betrachtet.

»Es gab Dinge, an die ich mich erinnern musste«, murmelte *pianissimo* Großvater Rose.

Die Schere schnippte *pianissimo*. Büschel verfilzter weißer Haare schwebten auf die Veranda. Wo Bart gewesen war, kam Haut zum Vorschein. Zwei Falten tauchten auf. Ein Fleck. Ein Buchstabe. Eine Zahl. Noch mehr Zahlen.

Die Schere hörte auf zu schneiden. Opa Dykhouse blinzelte. Die Brise erfasste ein weiteres Büschel Haare, trug es davon, enthüllte noch eine Zahl. Jordan stotterte *piano* irgendwas. Zeke schrie *forte* auf. Ich bewegte die Lippen, brachte aber gar nichts raus. Wir starrten Großvater Rose an.

Es war keine falsche Erinnerung.

Seine Wangen waren tätowiert.

C-DUR, G-DUR, E-DUR

Großvater Roses Wangen waren in zittriger bläulicher Schrift tätowiert. Auf einer Wange stand unter dem Bild eines Schlüssels PAWPAW INSEL SCHIFF IN DER FLASCHE KNOCHEN VOM BUG NEUN SCHRITTE LANDEINWÄRTS. Auf der anderen Wange stand unter dem Bild einer Kiste X18471913.

Mein Hirn sagte: 18471913 = Primzahl.

»Ich habe mich tätowiert, während der Junge geschlafen hat«, sagte Großvater Rose.
forte

Großvater Rose starrte in den trüben Spiegel über der Spüle und betastete seine Wangen. Wir standen im Licht der Laterne um ihn herum und starrten auf die Tattoos. Opa Dykhouse umklammerte die Schere, mit der er den Bart gekürzt hatte, und das Rasiermesser, mit dem er die Stoppeln abrasiert hatte. An der Schere klebten Haare. Am Messer klebte Schaum.

Großvater Rose bohrte den Finger in das Bild des Schlüssels.

»Wir suchen nach einem Schlüssel«, sagte *forte* Großvater Rose.

»Einem Schlüssel zu was?«, sagte *forte* ich.

Großvater Rose bohrte den Finger in das Bild der Kiste.

»Einer Truhe. Einer dunklen Truhe. Einer dunklen Truhe mit einem Messingschloss«, sagte *forte* Großvater Rose.

»Die Erbstücke sind in einer Truhe?«, sagte *forte* ich.

»Ich erinnere mich an eine dunkle Truhe mit einem Messingschloss«, sagte *forte* Großvater Rose.

»Wir müssen also erst den Schlüssel und dann die Truhe finden?«, fragte *forte* ich.

»Ja«, antwortete *forte* Großvater Rose.

»Was heißt PAWPAW INSEL?«, fragte *forte* Jordan.

»Ich erinnere mich nicht«, sagte *mezzoforte* Großvater Rose.

»SCHIFF IN DER FLASCHE?«, sagte *forte* Zeke. »KNOCHEN VOM BUG?«

»Ich erinnere mich nicht«, sagte *mezzopiano* Großvater Rose.

»NEUN SCHRITTE LANDEINWÄRTS von wo?«, sagte *forte* ich.

»Ich erinnere mich nicht«, sagte *piano* Großvater Rose.

»Hätten die Tattoos nicht etwas konkreter sein können?«, brüllte *fortissimo* ich.

»Komm mal runter, Taschenrechner. Hast du eine Ahnung, wie weh das tut, wenn man tätowiert wird?«, sagte *forte* Jordan.

»Wenn man sich mit einer Nadel auf die Haut schreibt, kann man nicht ins Detail gehen«, sagte *forte* Zeke.

Dass Großvater Rose sich selbst tätowiert hatte, erfüllte sie offenbar mit Ehrfurcht. Ich hatte keinen Gedanken daran verschwendet, wie weh das getan haben musste. Und dann noch im Gesicht.

»Es kam auf jedes Wort an«, flüsterte *mezzopiano* Opa Dykhouse.

Ich berührte das Tattoo, X1847191З unter dem Bild mit der Kiste. Einige große Primzahlen sind derart gewaltig, dass es verboten ist, sie zu verwenden – man kann Regierungscodes mit ihnen knacken oder Computerprogramme oder noch Schlimmeres. So eine Primzahl war 1847191З. Eine verbotene Zahl. Oder eine, mit der sich alles knacken ließ.

Über seinen Stock gebeugt brabbelte *pianissimo* Großvater Rose wieder vor sich hin.

»Wenn ihr diese Erbstücke finden wollt, müsst ihr, so viel ihr könnt, über Montes Leben herausfinden«, sagte *forte* Opa Dykhouse. »Ich werde seine Erinnerungen weiter aufschreiben. Ich werde jeden Namen notieren, jedes Wort, jede Zahl. Die Bedeutung der Tattoos könnte sich erschließen, wenn man einmal verstanden hat, wo er herkommt.«

»Im Bibliothekarsmodus ist König Gunga nicht zu stoppen«, bemerkte *forte* Jordan stolz.

»Wir wissen noch immer nicht, ob die Erbstücke überhaupt was wert sind«, sagte *forte* Zeke.

»Wieso sonst hätte er sich tätowieren sollen, wenn es das nicht wert wäre?«, sagte *forte* ich.

Zeke zückte seinen Silberstift. Zwischen die Meerjungfrau, die auf seinen Ellenbogen zusprang, und die Meerjungfrau, die auf sein Handgelenk zuschwamm, schrieb er PAWPAW INSEL SCHIFF IN DER FLASCHE KNOCHEN VOM BUG NEUN SCHRITTE LANDEINWÄRTS.

»Keine Angst, dass deine Arme nicht mehr hübsch aussehen, Schwulette?«, sagte *forte* Jordan.

»Wenn du dir etwas auf die Haut schreibst, zieht es mit der Zeit ein und wird ein Teil von dir«, sagte *forte* Zeke.

Jordan deutete auf Großvater Rose.

»Bei seinen Tattoos hat das nicht funktioniert«, sagte *forte* er.

★

Im Wald trennten sich unsere Wege, jeder von uns trat den Heimweg durch ein anderes Dickicht an. Als ich allein war, zog ich die Träger meines Rucksacks fester und lief in halsbrecherischem Tempo nach Hause, nahm Abkürzungen zwischen Garagen und durch Gärten. Der Wind verfolgte mich von Haus zu Haus, Glocken läuteten in C-Dur, unverschlossene Türen schlugen in G, Mülltonnendeckel klapperten in E-Dur. Augenpaare, Augenpaar-Paare blitzten in den Bäumen. Ich war nervös[gehetzt]. Unser Haus war dunkel bis auf ein einziges Fenster.

Als ich ums Haus herumging, nahm ich meine Geige aus dem Rucksack und zupfte Noten für meinen Bruder.

TUT MIR LEID, BIN IN EILE, GUTE NACHT FÜR HEUTE!, sagte mein Lied. Ich stopfte die Geige zurück in den Rucksack und schwang mich über das Geländer auf die Veranda.

Mein Bruder sagte mit dem Wind in den Zweigen: JEMANDES WÄSCHE IST IN UNSEREN GARTEN GEWEHT WORDEN UND HAT SICH IN MEINEN ÄSTEN VERFANGEN.

Ich blieb stehen. Ich fuhr herum. Ich stellte meinen Ruck-

sack ab und schwang mich wieder über das Geländer und rannte über die Wiese und die tanzenden Schatten zu meinem Bruder, dem Baum. Ein Laken hatte sich auf halber Höhe in seinen Ästen verheddert. Das Laken flatterte wie ein Segel im Wind.
mezzopiano
Ich riss das Laken runter und lief in Emma Dirges Garten und klemmte es dort an die Wäscheleine.

JETZT FÜHLE ICH MICH BESSER, DANKE, GUTE NACHT, sagte das Lied meines Bruders.

Ich schwang mich wieder über das Geländer, packte meinen Rucksack und drückte die Tür auf.

★

Unser Haus roch nach Putzmitteln. Die Fenster glänzten. Das Holz des Klaviers war dunkler, nicht so staubig wie vorher, und seine Tasten waren so weiß wie Knochen. Meine Mom summte vor sich hin und wischte den Boden. Wo sie hintrat, hinterließ sie Fußabdrücke wie die vorgegebenen Schritte eines Tanzes. Als Kind hatte sie im Verein getanzt, und sie bewegte sich immer noch so. Tanzen ist ihre Musik, ihre Mathematik, die Sprache, die sie spricht. Sie hat Bücher über Choreografie und Ballett im Regal, geschrieben in Zeichen, die nur Tänzer verstehen. Es ist wie mit den Xs und Os auf der Tafel im Umkleideraum, die Xs und Os, die nur die Isaacs und die anderen Basketballer verstehen, die Xs und Os, die ihnen verraten, wie sie Körbe werfen.

»Wo bist du gewesen?«, sagte meine Mom.
mezzoforte

»Draußen«, sagte ich.
forte

»Dein Dad hat angerufen«, sagte meine Mom.
mezzoforte

Ich schlüpfte aus meinen Sneakern und hüpfte von Fußabdruck zu Fußabdruck durch die Küche.

»Morgen wird das Haus besichtigt«, sagte meine Mom.
mezzoforte

Ich erstarrte.

Ich habe eine Rangliste erstellt, was alles passieren konnte, von schlimm über schlimmer bis am allerschlimmsten. Schlimm war eine »Besichtigung« – das bedeutete, dass Familien, die ein Haus kaufen wollten, unseres besichtigten. Schlimmer war ein »Angebot« – wenn einer Familie unser Haus gefiel, konnte sie nach einer Besichtigung ein Angebot über die Summe machen, die sie für das Haus zu zahlen bereit war. Am allerschlimmsten war ein »Abschluss« – wenn meine Eltern das Angebot annahmen, würde ein Vertrag unterzeichnet werden, und dann würden wir das Haus und meinen Bruder für immer verlassen müssen.

Eine Besichtigung hieß nicht, dass die Lage völlig hoffnungslos war. Andererseits hatte es noch nie so schlimm gestanden, seit meine Mom das ZU VERKAUFEN-Schild in den Garten gestellt hatte.

»He, mein Schatz, du siehst blass aus. Geht es dir gut?«, sagte *forte* meine Mom.

»Mir geht's wie immer, mir geht's super, mir geht's zu 100 % gut«, sagte ich. Ich hatte mich wieder gefangen. Ich lief in mein Zimmer und warf *forte* die Tür hinter mir zu und schmiss all meine Klamotten auf den Boden, Socken und Jeans und Pullover und Jacken, ein ganzer Berg Jungs, die plötzlich verschwunden waren. Ich verbog *mezzopiano* die Jalousien. Ich nahm mein Messer und kletterte aufs Bett und kratzte *piano* Farbe von den Wänden. Ich wollte, dass mein Zimmer unordentlich aussah. Ich wollte, dass mein Zimmer unbewohnbar aussah. Ich wollte, dass jeder, der das Haus besichtigte, dachte, hier würde ich nicht wohnen wollen.

WENN DU DAS HIER FINDEST

Ich habe noch nicht alles erzählt, was bis jetzt passiert ist, aber jetzt muss ich diese Aufzeichnungen erst mal woanders hinbringen. Nach allem, was im Schmugglertunnel passiert ist, ist es nicht sicher, sie in meiner Kommode oder irgendwo sonst im Haus zu lassen – Jordan sagt, dass jeder, der hinter Zeke her ist, auch hinter uns her sein könnte. Also bringe ich diese Aufzeichnungen auf den Friedhof hinter das Grabmal mit dem steinernen Jungen, zu einer leeren Urne neben dem Grab von ZACCONE. Bislang hätte aller Wahrscheinlichkeit nach bloß meine Mom diese Aufzeichnungen finden können, aber jetzt konnte es jeder.

Wenn du ein Kind bist und das hier liest, glaub bloß nicht, dass du mich toll fändest, wenn du mich richtig kennenlernen würdest. Vielleicht glaubst du das, aber es stimmt nicht. Nicht mal zu 1 %. Meine Augen sind krass groß und meine Schultern sind mit Sommersprossen übersät, und seit ich mal vom Baum gefallen bin, habe ich einen angeschlagenen Zahn. Niemand findet einen Jungen toll, der Geigenstunden nimmt – das ist die reine Wahrheit. Niemand findet einen Jungen toll, der Quadratwurzeln auswendig lernt – das ist auch die reine Wahrheit.

Wer immer du bist, der du das hier liest, ich habe ein Rätsel für dich. Wenn du es löst, gebe ich dir ein goldenes Feuerzeug dafür, das mal einem Typen von der Highschool gehört hat. Aber noch ist es für das Rätsel zu früh – das Rätsel kommt später.

AUS DEN ERINNERUNGEN VON GROSSVATER ROSE

Hier, das hier ist etwas, an das er sich erinnert. Schwimmen gelernt hat er in einer geklauten kurzen Hose. Und ob ihr's glaubt oder nicht, er hatte schon mit dreizehn Haare auf der Brust. Und jetzt stellt euch mal die wippende Wäscheleine vor, als der Junge mit der behaarten Brust sich mit einer kurzen Hose aus dem Staub macht. Wahrscheinlich hat er gelacht, als er über den Zaun setzte. Die kurze Hose war sauber, als er sie klaute, und danach war sie's nie wieder. Wenn er nicht schwimmen ging, versteckte er sie am See: knüllte sie einfach zusammen und stopfte sie unter einen Felsen. Am Tag nachdem er sie gestohlen hatte, fing sie zu stinken an und mit jedem weiteren Tag wurde der Gestank schlimmer. Monte war allein da draußen: nur er und die Bäume und die Dünen und das Wasser. Wenn er ertrunken wäre, hätte es nie jemand erfahren. Jeden Tag schwamm er weiter raus. Er schwamm vom klareren Wasser am Strand durch die trüben

Strecken aus Bernstein und Saphir und Jade, wo der Sand unter seinen Füßen abfiel und das Wasser schwarz wurde. Dann ließ er sich einfach vor der Küste treiben, hob und senkte sich mit den Wellen. Dort war er meistens, wenn die Männer kamen. Als er auf den Wellen tanzte, kamen Motorboote aus Holz vorbei, bemannt mit Männern, die weiche Filzhüte trugen und Richtung Dünen steuerten. Nachdem sie den Anker geworfen hatten, luden sie ihre Fracht vom Boot im Sand ab. Die Männer waren Schmuggler, sie arbeiteten für Gangster aus Chicago. Ihre Fracht? Manchmal waren es Kisten. Manchmal waren es Leichen. Schnaps, den die Gangster gebrannt hatten, Menschen, die die Gangster ermordet hatten: Sachen zum Verkaufen, Sachen zum Verstecken. Hier, an das hier erinnert er sich: Er war furchtbar neugierig auf die Schmuggler. In der Stadt wurden, flüsternd, angsterfüllt, Gerüchte über sie gehandelt, so als wären die Schmuggler blutdurstige Ungeheuer, die gleich hinter der Stadtgrenze lauerten. Die Schmugg-ler hatten ein Labyrinth aus Tunneln in den Sand gegraben, dort lagerten sie ihre Fracht. Manchmal schlich er ihnen im Wald nach, aber wenn sie sich bückten und in ihren Tunneln verschwanden, hatte er jedes Mal zu große Angst, um ihnen zu folgen.

Wenn die Sonne unterging, schlenderte Monte zurück in den Ort, barfuß, über unbefestigte Straßen. Das Dorf veränderte sich: Wo ein-

mal Öllampen gebrannt hatten, flackerten elektrische Lichter in den Küchenfenstern; im Futterladen, in der Apotheke tönten blecherne Stimmen aus Radios, mischten sich wie Geister unter die Stimmen der Kunden; Autos wanden sich durch die Stadt, Coupés und Sportwagen und Limousinen, auf Stahlrädern und Ballonreifen.

Stellt ihn euch vor, dieselben grünen Augen, aber prallere Wangen, viel volleres Haar, eine weniger markante Nase. Ein Junge, der über Fallobst stieg, das lange zu Staub zerfallen ist, über herrenlose Ziegel stolperte, die lange zu Staub zerfallen sind, die Wege von streunenden Katzen kreuzte, die lange gestorben sind. Mit Fingern, die vom Seewasser noch schrumpelig waren, über anderer Leute Zaunlatten strich. Wenn er zu spät war, rannte er nach Hause. Man hatte ihm verboten schwimmen zu gehen, weshalb er sich das Schwimmen selbst beibrachte, draußen in den Dünen, heimlich, in einer geklauten kurzen Hose. Seine Mutter war ertrunken. Sein Vater baute Schränke. In Häusern mit Müttern waren die Schränke voller hübscher Tee- und Untertassen. Sein Haus hatte keine Mutter. In diesem Haus wurden im Schrank die Familienerbstücke verwahrt: der Revolver aus Elfenbein, die Uhr mit dem Blasebalg, der goldene Hammer, die Spieluhr. Sein Vater schlief oft in einem Sessel vor dem Schrank und bewachte die Erbstücke. Vergesst nicht, zu jener Zeit waren sie ein Vermögen wert, noch heute ist ihr Wert beträchtlich.

Er durfte die Erbstücke nicht anfassen. Er fasste sie trotzdem an. Er hat Erinnerungen, Erinnerungen daran, wie er die Erbstücke heimlich aus dem Schrank nimmt, solange sein Vater im Sessel schläft. Wenn sein Haar noch feucht war, trocknete er es sich leise am Vorhang ab und schlich dann auf Zehenspitzen zum Schrank. Er nahm die Erbstücke nicht heimlich aus dem Schrank, um seinen Vater zu ärgern. Etwas an ihnen flößte ihm Ehrfurcht ein, Ehrfurcht, etwas so Wertvolles in Händen zu halten. Sein Urgroßvater hatte den Revolver bei einem Duell mit einem Schiffskapitän gewonnen. Der Griff war aus cremigem Elfenbein, weich auf der Haut, und der Lauf war graviert. Die Uhr war seinem Großvater geschenkt worden, nachdem er die Tochter eines Juweliers aus einem brennenden Haus gerettet hatte: Es war keine Uhr, die man aufzog. Was die Uhr antrieb, war die Luft eines Blasebalgs, so als würde die Uhr atmen. Der Hammer war seinem Vater als Auszeichnung überreicht worden. Die Spieluhr war in Italien hergestellt worden, für einen berühmten Komponisten, das lag Jahrhunderte im Stammbaum der Familie zurück. Monte bestaunte die Erbstücke jedes Mal in genau dieser Reihenfolge, die Spieluhr bewahrte er sich auf bis zuletzt. Er kostete sie aus. Und selbst wenn sie an die Reihe kam, zögerte er den Moment hinaus, in dem er sie spielen ließ: Er nahm sie auseinander, setzte sie wieder zusammen, begutachtete sorgfältig jedes Einzelteil. Öffnete und schloss sie. Sog den köstlichen Moschusduft des polierten Holzes ein. Und erst dann, wenn es nichts mehr hinauszuzögern gab, gestattete er sich, die kleine Kurbel zu drehen. Dann hielt er die Luft an und stand ganz still. Und lauschte ihrer Melodie. Immer war das der Moment, in dem sein Vater die Augen aufmachte, wenn die Musik zu spielen begann: Dann schalt sein Vater ihn, weil er die Erbstücke angefasst hatte, zerzauste ihm das Haar und gähnte und streckte sich und klatschte in die Hände und ging dann in die Küche, um den Herd für das Abendessen anzuheizen. Pack die Sachen dahin, wohin sie gehören, brüllte er.

Tatsache ist, außer den Erbstücken besaßen sie nicht mehr als Stiefel und Werkzeug. Sie waren wirklich arm. Sie hatten kein Geld für irgendwas. Also änderte sich ihr Tagesablauf nie. Jeden Tag war sein Vater weg und tischlerte. Jeden Abend kochte sein Vater Fleisch, Möhren und Kartoffeln zum Abendessen. Wenn die Teller gespült waren, döste sein Vater am Feuer, und es wurde still im Haus. Sie hatten kein Radio. Fernseher gab es noch nicht, so wenig wie Stereoanlagen oder Videospiele oder Mobiltelefone. Es gab keine polternden Spülmaschinen und keine fauchenden Kaffeemaschinen. Manche Familien besaßen elektrische Ventilatoren, die immerhin sirrten, aber sie hatten keinen. Sie hatten keine Heizkörper, die gluckerten und knackten. Und Monte hasste es, von dieser Stille umgeben zu sein. Manchmal war ihm so langweilig, dass er die Hände am Eisblock im Eiskasten festfrieren ließ, nur um irgendwas zu fühlen. Ihm war, als würde er sein ganzes Leben lang in diesem Haus gefangen sein. Er schwor sich: Sollte er jemals fortkommen, würde er nie zurückkehren.

An den Wochenenden, die er mit seinem Vater hätte verbringen können, stahl er sich davon. Sollte er seinem Vater helfen die Regenrinne sauber zu machen, stahl er sich in die Dünen. Sollte er helfen das Dach instand zu setzen, stahl er sich in die Dünen. Wollte sein Vater Baseball oder Fußball mit ihm spielen, stahl er sich in die Dünen. Jeden einzelnen Nachmittag, den er mit seinem Vater hätte verbringen können, verbrachte er im Wasser des Sees, in dem seine Mutter ertrunken war. Er wollte es so, weil er wusste, dass es falsch war. Hinterher hatte er trotzdem jedes Mal ein schlechtes Gewissen. Wenn er schließlich zurück nach Hause schlich, war sein Vater niemals wütend, er war immer bloß enttäuscht. Sogar damals hatte Monte schon gewusst, dass die Geduld, die dieser Mann mit ihm hatte, ein Wunder war. Aber sein Vater glaubte an ihn. Sein Vater wollte, dass er seine Hausaufgaben machte und seine Möhren aufaß. Großes, rief sein Va-

ter und legte seine Hände auf Montes Schultern, eines Tages wirst du Großes leisten.

Aber Monte wollte nichts Großes leisten. Er wollte Böses. Er war ein Unruhestifter. Er stahl Münzen aus den Manteltaschen seines Vaters, um Kandis und Bleikugeln für die Schleuder zu kaufen. Er stahl Pasteten, zertrampelte Blumenbeete, scheuchte Hunde, verbog Straßenschilder. Er benutzte Worte, die nicht mal Seeleute in den Mund nahmen. Er genoss es, um ein Haar erwischt zu werden, atemlos von der Flucht zu sein, von Weitem angeschrien zu werden. Es war nicht so, dass er seine Mutter vermisste. Die Leute sagten, dass er deswegen ein Unruhestifter sei, aber das stimmte nicht. Ob ihm das jemand glaubte, spielte keine Rolle.

Aber die Leute sagten auch, dass die größte Unruhestifterin im Dorf ein Mädchen namens Ana Sharon sei. Tatsache ist, im Ort wurde sie bald zur Legende. Ana hatte aus Versehen oder mit Absicht im Schulhaus Feuer gelegt, aus Versehen oder mit Absicht ein Pferd erschossen. Ana trug Jungsstiefel und Jungshüte zu ihren Kleidern und ihr Haar halblang und wellig wie die jungen Mädchen in der Stadt, und sie sang vulgäre Lieder. Er kann sich erinnern zugesehen zu haben, wie sie in der Straße mit einem einäugigen Jungen boxte. Insgeheim liebte er sie, aber insgeheim hasste er sie auch. Was Monte hasste, war, dass jemand ein noch schlimmerer Unruhestifter war als er selbst.

Und vielleicht hat er deshalb mit siebzehn angefangen die Leichen für die Schmuggler zu verscharren: Indem er für die Schmuggler arbeitete, trieb er es noch schlimmer als sie.

KINDERSKELETTE

Am nächsten Tag saß Jordan beim Mittagessen allein an einem Tisch neben dem von Mark Huff.

»Steh wieder auf, Taschenrechner«, sagte *forte* Jordan. »Hier isst du nicht.«

»Aber du hast doch sonst niemanden«, sagte *mezzoforte* ich.

»Nur weil mich neuerdings alle hassen, heißt das nicht, dass mich alle für immer hassen«, sagte *forte* Jordan. »Wenn ich aber erst mit dir esse, ist das der Anfang vom Ende.«

Ich sah von Tisch zu Tisch. Ich wusste nicht, wo ich sonst essen sollte. Ich stand wieder auf.

»Ich mach auch bei deiner Schatzsuche mit«, sagte *forte* Jordan. »Ich helfe dir, den Schatz deines Großvaters zu suchen, aber wenn wir ihn gefunden haben, kriege ich ein Drittel ab.«

»Ich dachte, du hast Angst, auch nur mit mir gesehen zu werden?«, sagte *mezzoforte* ich.

»Ich tu es für Opa Dykhouse«, sagte *forte* Jordan. »Er hat noch nie lieber tot sein wollen. Er hatte immer was, wofür sich zu leben lohnte. Sein Segelboot. Aber nach seiner Pensionierung musste er sein Segelboot verkaufen, um die Krankenhausrechnungen für Oma Dykhouse zu bezahlen, und als Oma Dykhouse gestorben ist, musste er sein Haus verkaufen, um seine eigenen Krankenhausrechnungen zu bezahlen, und dann besorgten meine Eltern ihm ein Zimmer im Pflegeheim, weil keiner von ihnen wollte, dass er bei uns wohnt.«

Jemand von Mark Huffs Tisch warf Jordan eine Verpackung an den Kopf.

»Ich hasse euch auch«, brüllte *fermata* er sie an. Dann raunte *mezzopiano* er mir zu: »Ich kaufe meinem Opa ein Boot.«

★

Wie üblich aß ich in einer Toilettenkabine.

In der Kabine, den Mund voller Möhren, konnte ich die fernen bebenden Stimmen *pianissimo* der Kinder hören, die im Chorraum probten und zwischen Refrain und Strophe und Überleitung kreisten.

Manchmal hatte ich das Gefühl, als Einziger ein Ohr zu haben für die Musik der Welt – als Einziger das Lied der Abflussrohre und Bettfedern hören zu können, das Lied der Schubkarren und klackenden Murmeln, der Fahnenmäste im Wind und des Applauses in den Logen, des Summens der Glühbirnen und des Knackens der Äste am Grund. Ich wünschte, alle hätten ein Ohr dafür – ich wollte es irgendwie teilen –, dass da Musik war; nicht bloß Lärm, sondern Musik, jedes Geräusch eine Note in einem Akkord, selbst die Stille dazwischen nur eine Pause. Manchmal verlor ich mich in dieser Musik, in dem Gefühl, dass alles zusammenspielte. Manchmal wurde ich von diesem Gefühl überwältigt – vom fernen Widerhall *pianissimo* des Chorgesangs oder dem Knistern *piano* von Papierhandtüchern zwischen jemandes Fingern oder dem Tropfen *pianissimo* eines undichten Wasserhahns. Unsere Stadt war mein Lieblingslied.

Als ich die Toilette verließ, sah ich den kleinen und den großen Isaac durch den Flur laufen. Ich wich in die Toilette zurück und lugte aus der Tür. Die Isaacs hüpften vorbei. »Marcus, Marcus, Marcus!«, sangen *forte* sie und schlangen die Arme um Mark Huff. Mark Huff lachte, *mezzopiano* dann fing er an eine Geschichte zu erzählen. *piano* Ich wartete, bis er sie weggeführt hatte.

Als ich zur Mathestunde in die Klasse ging, hatte jemand ein Paar Gesichter an die Tafel gemalt. Das erste Gesicht hatte eine gerade Linie als Mund, mit schiefen Zähnen darunter. Das zweite Gesicht hatte eine schnörkelige Linie, sie stand für zusammengewachsene Augenbrauen. Darunter stand an der Tafel

2 AUGENBRAUEN = 1 HIRN

1 AUGENBRAUE = 0 HIRN

Bis auf die Geluso-Zwillinge lachten alle. Schiefe Zähne
forte
murmelte: »Kein Mensch hat so schiefe Zähne.« Monobraue
piano
zerknüllte seine Hausaufgaben und warf sie nach Jordan. »Was
forte
denn?«, sagte Jordan und drehte sich lachend um. »Ich hab das
forte *piano*
nicht gemalt.« Alle lachten nur noch lauter. Dann kam der Ma-
forte
thelehrer mit einen Stapel Tests herein, wischte die Zeichnungen weg und ließ alle Aufgaben an der Tafel lösen.

★

Nach der Schule wartete Zeke auf mich, die Hand voller Diebesgeld. Die Sneakers des Tages waren goldmetallic mit dicken goldenen Sohlen. Auf dem Weg zu unserem Spind erzählte ich Zeke, was Jordan in Mathe an die Tafel gemalt hatte.

»Ich hasse diesen Typen«, sagte Zeke.
mezzoforte

»Jordan?«, sagte ich.
mezzoforte

»Was ist so schwierig daran, jemanden bei seinem richtigen Namen zu nennen?«, sagte *crescendo* Zeke.

Im Orchester hatten wir neue Begriffe gelernt. Crescendo hieß »spiel anschwellend lauter« – wenn man bis dahin mezzoforte spielte, sollte man forte, dann fortissimo spielen. Decrescendo hieß »spiel leiser« – wenn man bis dahin mezzopiano spielte, sollte man piano, dann pianissimo spielen.

»Wenn du etwas über deinen Großvater herausfinden willst, sollten wir mit jedem sprechen, der ihn kennt. Aber da gibt es ein Problem: So ziemlich jeder, der ihn gekannt haben könnte, wohnt jetzt auf dem Friedhof«, sagte *mezzoforte* Zeke.

»Ist tot, meinst du«, sagte *mezzoforte* ich.

»Weshalb ich mit Kayley Schreiber eine Séance vereinbart habe«, sagte *forte* Zeke.

»Die wird doch zu Hause unterrichtet, oder?«, sagte *glissando* ich.

Kayley Schreiber war in unserem Alter, ging aber nicht zur Schule. Sie kannte sich mit Voodoo aus und erstellte Kindern auf Papierstreifen ihr Horoskop. Horoskope zu schreiben ist schon ziemlich durchgeknallt, aber dass sie mit ihren Vorhersagen nie danebenlag, das war erst recht durchgeknallt[unheimlich]. Manchmal enthielten ihre Horoskope Warnungen wie LASS

DEN TEST HEUTE SAUSEN oder NIMM NICHT DEN BUS, GEH ZU FUSS NACH HAUSE, manchmal waren sie aber auch einfach nur ein schwarzer Kreis – wie ein riesiger Dezimalpunkt oder eine ganze Note – was bedeutete, dass der Tod zu einem kommen würde. In der dritten Klasse gab sie den Gelusos den schwarzen Punkt, und in derselben Nacht wurde im Sturm ein Baum entwurzelt, er stürzte auf die Hundehütte und erschlug ihren Hund. In der fünften Klasse gab sie Peter Burke den schwarzen Punkt, und in derselben Nacht erstickte er an einer Gräte, während seine Babysitterin schlief. Es ist nicht der schwarze Punkt selbst, der für den Tod verantwortlich ist – der schwarze Punkt warnt einen nur vor dem, was sich schon anbahnt.

Mein Bruder war noch jung, aber das könnte also aus ihm werden, wenn er starb – manche Bäume wurden Papier, wurden Notenblätter oder ein Zeichenblock oder ein Horoskop. Er könnte etwas Sinnvolles werden, aber er könnte auch jemandes schwarzer Punkt werden.

»Heute Abend?«, sagte ich.
forte

»Die Toten sind vielleicht tot, aber sie können noch immer unsere Fragen beantworten«, sagte Zeke.
forte

Wir bogen um die Ecke.

Unser Spind war offen. Unser Spind war leer.

Jemand hatte mit schwarzem Filzstift FREAK und FREAK und FREAK auf die Innenwand geschrieben. Auf den Boden, wo Zekes Gold-Rucksack gestanden hatte, hatte jemand KEIN SPARSCHWEIN MEHR gekritzelt. Mein Rucksack war auch weg. Alle meine Hausaufgaben.

Zeke war derart bleich, dass er ≈ tot aussah.

»Hast du den Isaacs schon wieder unsere Kombination verraten?«, flüsterte Zeke.
pianissimo

»Hab ich nicht, ich schwöre«, sagte ich.
piano

»Aber wie ...?«, flüsterte Zeke.
pianissimo

Wir standen bloß da, gafften den offenen Spind an.

»Du hattest so, so, so viel Geld«, sagte ich.
piano

Zeke starrte auf die paar zerknüllten Dollars in seiner Faust.

»Ich hab gespart, um meinen Dad zu besuchen«, flüsterte
pianissimo
Zeke.

Vielleicht, dachte ich, arbeitete Zekes Dad auch am Nordufer, aber Zeke sagte:
piano
»Mein Dad ist immer noch Soldat. Als ich klein war, hat er im Irak gekämpft, danach wurde er in Arabien

stationiert. Er reiste nach Arabien, kam dann wieder nach Hause, fuhr wieder nach Arabien. Das war unser Leben. Hin und her. Hin und her. Hin und her. Dann, einmal, ist er nicht mehr wiedergekommen. Er wurde irgendwo in Italien stationiert und hat dort ein Haus gekauft und eine neue Familie gegründet. Da lebt er jetzt also, selbst wenn er Urlaub hat. Als hätte er vergessen, wer er war.« Zeke rieb mit dem Finger über das Wort FREAK.

»Mein Dad hat drei Kinder mit seiner neuen Frau, ich habe drei kleine Brüder, die ich noch nie gesehen hab.«

»Und jetzt wirst du sie niemals mehr kennenlernen?«, sagte
piano
ich.

»Doch«, sagte Zeke. »Die Isaacs wollen nicht mein Geld.
piano
Sie wollen etwas, das ich ihnen gestohlen habe. Sie wollen mein Geld eintauschen gegen das, was ich ihnen gestohlen habe.«

Ein Pimpf mit einer Piccoloflöte kam den Flur runtergaloppiert und wirkte > aufgedreht. Er schrie: »Feuer auf dem Park-
fortissimo
platz, Feuer auf dem Parkplatz!«

Wir rannten zum Parkplatz, wie alle anderen, die nicht schon im Bus saßen – Emma Dirge, die Geluso-Zwillinge, der Pimpf mit der Piccoloflöte. Mr Tim war schon da und spritzte mit ei-
forte

nem Feuerlöscher in den Müllcontainer. Die Geluso-Zwillinge buhten ihn aus, weil er das Feuer gelöscht hatte.

fermata

»Kann mir nicht vorstellen, was sich darin entzünden soll«, brummte Mr Tim. »Der Container ist erst heute Nachmittag

mezzopiano

geleert worden.«

Mr Tim fischte mit dem Stiel seines Besens etwas aus dem Müllcontainer – die verkohlten Reste eines goldenen Rucksacks. Asche fiel heraus und wurde vom Wind davongetragen. In dem Wirbelwind aus Asche, der über den Parkplatz trieb, erkannte ich ein paar halb verbrannte Dollarscheine.

»Wenigstens war es kein Kind«, sagte Mr Tim.

forte

Jetzt war Zeke derart bleich, dass er = tot aussah.

»Sie haben mein Geld verbrannt«, flüsterte er.

piano

Mr Tim fischte noch einen Rucksack heraus – einen schwarzen –, meinen. Halb verbrannte Hausaufgaben segelten davon, den halb verbrannten Dollarscheinen hinterher.

»Kein Grund zur Sorge«, sagte Mr Tim. »Nur ein paar

forte

Rucksäcke.«

Das Auto meiner Mom war am Straßenrand geparkt, gegenüber der Bushaltestelle. Sie trug ihre Uniform, dazu ihr Namensschild und eine graue Jacke mit blauen Knöpfen. Etwas Grünes steckte zwischen ihren Zähnen. Ein Stapel Flugblätter, alle mit demselben Bild von Großvater Rose, lag auf dem Armaturenbrett.

»Vergiss nicht, dass heute Besichtigung ist. Möchtest du eine Weile mit ins Pflegeheim kommen? Wir dürfen währenddessen nicht im Haus sein«, sagte *forte* meine Mom.

»Ich geh zu einem Freund«, sagte *forte* ich.

»Was für einem Freund?«, sagte *forte* meine Mom.

»Ich brauche einen neuen Rucksack«, sagte *forte* ich.

»Was ist denn mit deinem alten passiert?«, sagte *forte* meine Mom.

Manchmal haben Mütter diesen Blick, der einem verrät, dass sie gerade daran denken, wer man einmal war. Sie wollen, dass man wieder der ist, der man war, als man jünger war, ein kleiner Junge ohne Geheimnisse, aber gegen das Älterwerden kann man nichts machen. Man wird größer, jeden Tag. Jedenfalls war das der Blick, mit dem meine Mom mich jetzt ansah.

»Nicholas, wir können uns keinen neuen Rucksack leisten«, sagte *forte* meine Mom.

Ich musste nach Hause, bevor die Besichtigung begann. Ich

rief *forte* Tschüss und raste zum Bus und ließ mich, gerade als Mr Carl den Gang einlegte, auf den Sitz fallen.

Als ich nach Hause kam, stand ein schwarzer Kombi in der Einfahrt.

Die Besichtigung war bereits in vollem Gang.

Die Jungs in meinem Hirn riefen *forte*: »Sieh nicht hin, schleich dich nicht rein, du kriegst Ärger!«, aber wie üblich konnte ich nicht anders, als sie zu ignorieren.

Ich versuchte es an meinem Fenster, das verschlossen war. Ich lief ums Haus. Mein Bruder sprach mit einem goldgefleckten Salamander. Die Erde war trockener, das Gras toter als vorher. Es hatte immer noch nicht geregnet. Ich goss einen Eimer Wasser auf die Wurzeln meines Bruders. Dann linste ich durchs Küchenfenster.

In der Küche ließ eine Frau in einem getupften Kleid ein Baby in einem getupften Strampelanzug ein Bäuerchen machen. Ein Mann in einem schwarzen Pullover lachte über einen Witz, das Lachen wurde vom Fenster gedämpft. Der Makler, den meine Eltern mit der Besichtigung beauftragt hatten, zeigte der Familie unseren Ofen, öffnete und schloss die Ofenklappe.

Ich stellte den Eimer an der Hauswand ab.

Ich stellte mich auf die Fensterbank und kletterte durch das Badezimmerfenster ins Haus.

Ich landete in der Badewanne und blieb dort hocken. Dann sah ich mich um.

Mein Handtuch war verschwunden. Meine Zahnbürste stand nicht am Waschbecken. Das Regal über der Badewanne war leer – meine Mom hatte unsere Seifen, Rasierer, Shampoos versteckt. Es sah so aus, als wären wir schon ausgezogen.

In der Küche knallte *forte* die Ofenklappe zu. Ich hörte Stimmen. *mezzopiano, piano, mezzoforte* Das hier war mein Zuhause und ich musste wie ein Dieb herumschleichen. Ich kroch aus der Wanne. Ich testete meine Sneakers. Ich holte tief Luft.

Meine Sneakers quietschten *pianissimo* auf den Fliesen. Ich flüchtete durch die Küche, wo die Frau in dem getupften Kleid unter die Spüle spähte. Meine Sneakers quietschten *pianissimo* auf den Dielen. Ich schlich durch den Flur. Meine Sneakers quietschten *pianissimo* auf dem Teppich. Ich strich mir eine Locke aus der Stirn und holte wieder Luft und huschte mit eingezogenem Kopf in mein Zimmer.

Ein Junge in einem Blazer saß auf meinem Bett. Ein Grundschüler, dritte Klasse vielleicht. Ich hatte ihn noch nie gesehen. Seine Nase war mit Rotz verkrustet.

»Wer bist du?«, sagte der Junge.
forte

»Dein schlimmster Albtraum«, sagte ich.
mezzopiano

»Wohnst du hier?«, sagte der Junge.
forte

»Ja«, sagte ich.
mezzopiano

»Dein Zimmer gefällt mir«, sagte der Junge.
forte

»Tut es nicht«, sagte ich.
mezzopiano

»Tut es doch. Das ganze Haus gefällt mir. Es hat tolle Fenster«, sagte der Junge.
forte

»Du hasst dieses Haus«, sagte ich.
mezzopiano

»Meine Mum findet es zu klein …«

»Ist es auch«, sagte ich.
mezzopiano

»… aber mein Dad findet es perfekt.«

Ich wühlte im Schrank nach meinem Messer. Der Junge starrte mich an, als wäre er verängstigt[unsicher]. Ich gurtete das Messer an meinem Bein fest.

»Das hier werden sie deinen Eltern nicht erzählen«, zischte ich, »wir haben Gespenster auf dem Dachboden und Ungeheuer im Wald, und in den Wänden sind die Kinderskelette eingemauert.«
piano

Der Junge starrte mich an, als hätte er jetzt noch mehr Angst als eben.

Aber als ich durchs Fenster kletterte, rief er mir nach: »Ge-
forte
spenster finde ich toll!«

★

In dieser Nacht saßen Großvater Rose und Opa Dykhouse oben auf der Treppe des Geisterhauses und schaufelten sich Himbeeren in den Mund. Großvater Rose erzählte von jemandem,
piano
der wegen seiner Spielschulden über den Haufen geschossen worden war. Opa Dykhouse, die Brille an den Pullover gehakt, machte sich mit einem Bleistiftstumpf Notizen. Zwischen den beiden flackerte die Laterne und schickte ihr Stufe für Stufe schwächer werdendes Licht bis ins Erdgeschoss herab. Im fahlen Schein am Fuß der Treppe häuften sich die neu eingetroffenen Vorräte – stapelweise Papier, eine Plastiktüte aus der Apotheke, einige Bücher aus der Bibliothek, ein paar verbeulte Erbsendosen.

Ich hockte am Feuer und fummelte an der kaputten Spieluhr herum. Zeke, den Kopf auf einen Schäferhund gebettet, lümmelte sich auf dem Fußboden. Jordan pinkelte von der Veranda ins Gras.

»Sollten wir nicht mit der PAWPAW INSEL anfangen?«, brüllte Jordan.
forte

»Theoretisch schon«, brüllte *forte* Zeke. »Aber ich kann nichts über eine PAWPAW INSEL finden. Ich habe auf meiner Karte nachgesehen, im Register der Inseln, aber da gab's kein PAWPAW. Es gab bloß Parry Island und Pelee Island und nichts dazwischen.«

»Und was jetzt?«, brüllte *forte* Jordan.

»Kann sein, dass wir die Inseln eine nach der anderen absuchen müssen«, brüllte *forte* Zeke.

»Hast du eine ungefähre Ahnung, wie viele Inseln es in Michigan gibt?«, brüllte *forte* Jordan.

»34981«, sagte *mezzopiano* ich.

»Er meinte *ungefähr*, aber okay, ja«, murmelte *mezzopiano* Zeke.

»Primzahl«, sagte *mezzopiano* ich.

»Das sind aber ziemlich viele Inseln«, brüllte *forte* Jordan.

Jordan stieg über einen der Schäferhunde und baute sich vor uns auf.

»Bis wir die alle abgesucht haben, sind wir selber Opas«, sagte *forte* er.

Jordan sägte *mezzoforte* eine Erbsendose auf. Zeke betrachtete stirnrunzelnd einen Wasserfleck an der Decke und fuhr sich mit den Fingern über die Stoppeln auf seinem Schädel. Ich zog die

Spieluhr auf, die das gleiche Geräusch wie immer machte, klick *piano* klick *piano* klick *piano* klick *piano* klick, *piano* als wollte sie mit den Teilen, die noch übrig waren, ihr altes Lied spielen. Großvater Rose erzählte *piano* eine Geschichte von jemandem, der lispelte und jemand anders mit einem Toupet hinters Licht geführt hatte, und Opa Dykhouse machte sich Notizen.

»Ich habe über den anderen Hinweis nachgedacht, den zu der Truhe, X18471913«, sagte *forte* ich. »X ist der 24. Buchstabe im Alphabet, es könnte also 2418471913 gemeint sein, wie eine Telefonnummer – 241 – 847 – 1913 –, aber als ich anzurufen versucht habe, hat es nicht geklingelt, sondern nur gepiept.«

»Wie heißt noch mal die Sprache, in der Buchstaben für Zahlen stehen?«, sagte *forte* Zeke. »Wo I eins bedeutet, V fünf und X zehn? Vielleicht bedeutet das X ja zehn. Dann wäre es 1018471913.«

»Die Nummer hab ich auch ausprobiert«, sagte *forte* ich. »Das X könnte natürlich auch ein Multiplikationszeichen sein, was bedeuten würde, dass wir irgendetwas mit 18471913 multiplizieren müssen.« Ich zog die Spieluhr wieder auf. »Oder das X stellt ein Dezimalkomma dar, sodass die Zahl 18471913 ist, was, als Bruch geschrieben, 2309/12500 entspräche. Weiter kürzen kann man nicht, weil 2309 eine Primzahl ist.«

Jordan warf eine leere Dose nach mir.

»Du bist so schlau, dass du schon wieder blöd bist«, sagte *forte* er.

Jordan ging in die Hocke.

»Wieso kommt ihr einfach nicht auf das Naheliegende?«, sagte *forte* er. »Hör zu, Taschenrechner.« Er bohrte mir den Finger in die Brust. »Das X steht für gar nichts! Die Zahl ist der Hinweis! Das X ist der Ort!« Er breitete die Arme aus, wie jemand, der nach einem Auftritt Blumensträuße erwartet.

Zeke schüttelte den Kopf.

»Du bist so blöd, dass du blöd bist«, murmelte *piano* er.

Ich sah von einem zum anderen. Ich war elf und Zeke war dreizehn und Jordan war dreizehn und Großvater Rose war neunundachtzig und Opa Dykhouse war dreiundsiebzig. Jeder von uns war eine Primzahl. Uns allen stand Großes bevor. Wenn wir die Erbstücke finden würden, dann in diesem Jahr.

Großvater Rose beschrieb *pianissimo* eine Erinnerung an einen Tunnel, der einstürzte und jemanden unter der Erde begrub.

»Wir wissen nicht mal, was die Erbstücke wert sind«, sagte *mezzopiano* Zeke. »Eine Pistole, ein Hammer, was kann so was wert sein?«

»Keine Ahnung«, sagte *mezzoforte* ich. »Aber sie sind wenigstens so viel wert wie ein Haus.«

»Und ein Boot«, sagte Jordan. »Ein Haus und ein Boot.«

Zeke machte sich nicht mehr die Mühe, einen Flug nach Italien auch nur zu erwähnen.

★

»Wir kommen zu spät zur Séance«, brummte Zeke und scheuchte die Schäferhunde auf.

»Bis bald, König Gunga, wir gehen auf Schatzsuche«, rief Jordan.

»Du kommst mit?« Zeke starrte ihn an.

»Hat Taschenrechner dir das nicht verraten? Ich bin jetzt auch im Boot. Ein Drittel vom Schatz gehört mir.« Jordan kicherte und schlüpfte in einen Pullover.

Während die beiden zankend auf die Veranda traten, winkte mich Großvater Rose noch mal die Treppe hinauf.

Auf dem Weg hoch hatte ich plötzlich eine ganz neue Idee.

»He, Großvater Rose, sag mal, du kannst nicht zufällig Noten lesen, oder?«, sagte ich.

»Junge, ich bin gerade dumm genug, um manchmal eine Zeitschrift zu lesen«, sagte Großvater Rose.

Das X hätte auch eine Sequenz von Geisternoten meinen können – auf Notenpapier sehen Geisternoten wie ganz normale Noten aus, außer dass Geisternoten da, wo normale Noten Köpfe haben, ein X haben. Bei einer Aufführung werden Geisternoten fast lautlos gespielt – sodass die Noten zwar immer noch da, aber eigentlich kaum noch da sind –, so als schwebten sie irgendwo im Zwischenreich von Lebensgeräuschen und Totenstille.

Aber wie konnten Geisternoten zu einer versteckten Truhe führen? Worauf sollten sie gespielt werden? Wo sollten sie gespielt werden?

Egal. Wenn Großvater Rose nicht mal Noten lesen konnte, war ich sowieso auf dem falschen Dampfer.

In diesem Moment fiel mir auf, wie verstört Großvater Rose wirkte. Er hatte die Jacke bis zum Kinn zugeknöpft. Seine Finger waren mit Himbeeren verschmiert. Er konnte mich nicht einmal ansehen.

»Junge, ich muss dir etwas Peinliches, etwas Beschämendes gestehen«, sagte *forte* Großvater Rose. Er fingerte an einem Jackenknopf herum. Er hörte auf damit. »Die Wahrheit ist, dass ich in letzter Zeit Probleme hatte, mich an das Gesicht deiner Großmutter zu erinnern.« Er zögerte und schüttelte den Kopf. »Okay, ganz ehrlich, ich kann mir ihr Gesicht schon seit geraumer Zeit nicht mehr ins Gedächtnis rufen. Gar nicht. Glaub mir, das ist das Schlimmste. Schlimmer als alles andere.« Er verschränkte die Hände, wie jemand, der um Geld bittet. »Bringst du mir morgen ein Foto von ihr mit?«

»Wir haben keins«, sagte *forte* ich.

»Ihr habt keins?«, sagte *forte* Großvater Rose. Er hatte sich vorgebeugt und die Stirn in Falten gelegt.

»Mom sagt, Großmutter Rose ließ nie Fotos von sich machen. Ich war drei Monate alt, als sie gestorben ist. Ich kann mich auch nicht an ihr Gesicht erinnern«, sagte *forte* ich.

Großvater Rose starrte in den Kamin.

»Dann weißt du also noch nicht mal, was du verpasst hast«, murmelte *piano* er.

Im goldenen Licht der Laterne schienen die Tattoos auf seinen Wangen beinahe schwarz. Er blinzelte. Er wandte sich wieder mir zu, lächelte und klopfte mir mit den Fingerknöcheln gegen die Brust.

»Da hast du Glück«, sagte *forte* er.

★

Ich sauste die Treppe runter, raste durch die Tür und auf die Veranda.

»Endlich endlich endlich geht es los«, sagte Jordan.
forte

Opa Dykhouse linste durch die Tür, die Gläser seiner Brille verschmiert mit spiralförmigen Fingerabdrücken.

»Habt ihr Jungs schon mal von einem Holmgang gehört?«, sagte er.
forte

Wir blieben auf den Stufen stehen.

»Warte«, sagte Jordan und sah Opa Dykhouse blinzelnd an.
forte
»Ich kenne diesen Ausdruck. Du bist in deinem Bibliothekarmodus, stimmt's? Du willst uns mit irgendwelchen historischen Fakten langweilen!«

»Wollt ihr jetzt Hilfe bei der Suche nach den Erbstücken oder nicht?«, sagte Opa Dykhouse.
forte

»Okay, aber dann sollte uns besser von den Socken hauen, was du zu sagen hast. Und keine unnötigen Details!«, sagte Jor-
forte
dan.

»Es wird euch gefallen, ich verspreche es«, sagte Opa Dyk-
forte
house. »Es hat nämlich mit Kämpfen zu tun.«

»Also dann!«, sagte Jordan. Er verschränkte die Arme und
forte
nickte.

Opa Dykhouse lehnte sich gegen den Türrahmen, das Mondlicht schimmerte auf seinem Schädel.

»Ein Holmgang war ein Duell«, sagte *forte* er. »Ein Duell auf einer Insel. Wenn man jemanden nicht leiden konnte oder in einen Streit geriet, dann traf man sich auf einer Insel, mit Pistolen und Sekundanten. Und dann duellierte man sich, bis einer tot war.«

»Was ist ein Sekundant?«, sagte *forte* Zeke.

»Ein Sekundant war ein Vertrauter, den man auf die Insel mitbrachte, um sicherzugehen, dass das Duell fair ablief«, sagte *forte* Opa Dykhouse. »Die skandinavischen Siedler, die diese Stadt erbaut haben, hatten dauernd Holmgänge. Jemand verliebte sich in die Frau eines anderen, und dann – Holmgang – ruderten sie zu einer Insel raus und schossen sich tot. Ein Dach stürzte ein und ein Kind kam ums Leben, und dann – Holmgang – der Vater des toten Kindes forderte den Dachdecker heraus, und sie ruderten zu einer Insel raus und schossen sich tot.«

Zeke murmelte *piano* etwas von den Isaacs. Damals war mir nicht klar, dass dieses Murmeln erwähnenswert war, aber es ist erwähnenswert, 100 %.

»Ich habe nachgedacht, wisst ihr. Die Skelette der Toten liegen noch irgendwo auf den Inseln. Vielleicht hat Monte den

Schlüssel da versteckt. Vielleicht ist KNOCHEN VOM BUG ja ein Hinweis auf ein Duell«, sagte *forte* Opa Dykhouse.

»Fragen wir ihn«, sagte *forte* Jordan, aber Opa Dykhouse sagte: *forte* »Hab ich schon. Mehr als ›Wer bist du? Was machst du hier? Raus aus meinem Haus!‹ hat er nicht dazu gesagt.«

»Tut mir leid«, sagte *mezzopiano* ich.

»Ist nicht deine Schuld«, sagte *piano* Opa Dykhouse. Zitternd trat er ins Haus und winkte zum Abschied.

»Nicht mal Monte kann was dafür«, sagte er.

★

Wir liefen über die Wiese. Mücken schwärmten *forte* und Grillen zirpten. *forte* Wir balancierten auf einem Baumstamm über den Bach voller quakender *fortissimo* Frösche, kreuzten einen unbefestigten, sandigen Weg, der zu einer kleinen Siedlung führte. Die Schäferhunde drängten sich aneinander und nahmen Witterung auf.

»Warum hast du heute die Gelusos gemalt?«, sagte *forte* ich.

»Das war ich nicht«, sagte *forte* Jordan.

»Die Gelusos glauben aber, dass du's warst«, sagte *forte* ich.

»Wenn irgendjemand was Gemeines macht, glauben immer alle, dass ich es war. ›Die Ballade von Dirge und Keen‹ hab ich auch nicht geschrieben«, sagte *forte* Jordan.

Zeke lachte *piano* wie jemand, der enttäuscht war von einem Zaubertrick.

»Lach nur. Aber ich lüge nicht. Die Hälfte von allem, was man mir vorwirft, hab ich nicht gemacht«, murmelte *piano* Jordan.

Zeke duckte sich unter einen Vorhang aus Efeu und entriegelte das Gartentor eines gedrungenen Bruchsteinhauses. Das Tor fiel *piano* hinter uns ins Schloss. Die Schäferhunde knurrten, *piano* ließen sich dann auf den Weg fallen, betteten die Schnauzen auf die Pfoten, starrten das Tor an und schienen schlecht gelaunt, weil sie zurückgelassen wurden. Zeke führte uns über einen mit Bruchsteinen gepflasterten Weg.

»Das ist meine erste und hoffentlich auch letzte Séance«, sagte *forte* Jordan.

Schweigen.

»Glaubst du an Geister, Schwulette?«, sagte *forte* Jordan.

»Wenn man's mit eigenen Augen gesehen hat, kann man nicht anders«, sagte *forte* Zeke.

»Willst du behaupten, du hast einen Geist gesehen?«, fragte *forte* Jordan.

»Nicht gerade einen Geist, aber verwandte Phänomene auf jeden Fall«, sagte *forte* Zeke.

»Ich habe keinen Schimmer, was das heißen soll«, sagte[forte] Jordan.

»Okay. Zum Beispiel fehlt meinem Dad eine Hand«, sagte[forte] Zeke.

»Du lügst. So wie … vom Krieg?«, sagte[forte] Jordan.

»Eine Spinne hat ihn gebissen«, sagte[forte] Zeke.

»Eine Spinne hat ihn gebissen. Und dann? Ist die Hand abgefallen? Man kann wegen einer Spinne keine Hand verlieren, das ist völlig unmöglich«, sagte[forte] Jordan.

»Nicht bei dieser Art«, sagte[forte] Zeke.

»Welcher Art?«, sagte[forte] Jordan.

»Eine Braune Einsiedlerspinne. Sie biss in seine Hand, und die Haut an seiner Hand wurde nekrotisch, und deshalb musste der Arzt die Hand abschneiden. Manche Leute nennen diese Spinnen Fiddlebacks«, sagte[forte] Zeke.

»Nekrotisch?«, sagte[forte] Jordan.

»Tot. Nekrotisch. Das bedeutet, dass die Haut an seiner Hand tot war, obwohl die Hand selber noch lebte«, sagte[forte] Zeke.

Angeekelt[verzückt], tat Jordan so, als müsse er sich übergeben.

»Egal. Hast du schon mal von Phantomgliedern gehört?«, sagte[forte] Zeke. »Wenn deine Hand abgeschnitten wird, spürst du die fehlende Hand hinterher manchmal. Du spürst, wie es kribbelt, oder du kriegst einen Krampf oder es tut weh, als ob sie noch da wäre. Du spürst, wie sie zwickt. Mein Dad hat immer gesagt, das Schlimmste sei, dass man nichts dagegen machen kann. Weil da in Wirklichkeit ja gar nichts ist. In Wirklichkeit zwickt da gar nichts. Also kannst du nichts dagegen tun, aber das Gefühl bleibt, bis das Zwicken endlich von selbst verschwindet.«

Jordan blieb plötzlich mitten auf dem Weg stehen.

»Ich stimme dir verdammt ungern zu, aber jetzt, wo du es sagst … diese unheimliche Sache habe ich auch manchmal«, sagte Jordan. »Im Kindergarten hatte ich so einen Vokuhila. Du weißt schon, wenn deine Haare vorne kurz und hinten lang sind? Das Unheimliche ist, dass selbst jetzt, wo meine Haare hinten kurz sind, ich dahinten im Nacken manchmal etwas wippen spüre.«

Zeke vergrub das Gesicht in den Händen.

»Es heißt Phantomglieder, nicht Phantomfrisuren«, sagte er.

»Ich schwöre, manchmal hab ich diesen Geister-Vokuhila!«, sagte Jordan.

★

Jordan redete immer noch von seinem Vokuhila. Zeke klopfte
forte *fortissimo*
an die Tür. Ich spähte durch ein unbeleuchtetes Fenster.

Hinter der Gardine tauchte ein Schatten auf, der sich auf die Tür zubewegte. Zeke zupfte an meinem Pullover.

»Du hast Kayley Schreiber nie getroffen?«, flüsterte er.
piano

»Hab sie nie gesehen«, flüsterte ich.
piano

»Wusstest du, dass sie binär spricht?«, flüsterte Zeke.
piano

Computer sprechen binär. An die Stelle von Buchstaben treten Nullen und Einsen. 011000100111001001101111011101 000110100001100101110010 zum Beispiel. Das ist binär für »Bruder«. Ich wusste kaum was über Kayley Schreiber, außer dass sie bei ihrer Großmutter lebte, zu Hause unterrichtet wurde und Vögel ihr aus den Händen fraßen.

»Nein«, flüsterte ich. »Wieso?«
piano

★

Kayley Schreiber hatte buschige Augenbrauen, fleckige Wangen und einen abartig großen Mund. Sie aß Sellerie und trug ein Hemd, das so lang war wie ein Kleid. Ich berechnete ihre Chancen, an unserer Schule irgendwelche Freunde zu haben. Sie lagen ungefähr bei 0 %.

»Mein Ohrring ist weg«, sagte *mezzoforte* Kayley, kniff sich ins Ohrläppchen und runzelte die Stirn.

Von ihrem anderen Ohrläppchen hing ein Totenkopf in Form eines Schlüssellochs.

»Was man verliert, kann man auch wiederfinden«, murmelte *piano* ihre Großmutter. Sie sprach in einer Art Singsang, während sie Kräuter in einen Topf mit brodelndem *mezzopiano* Eintopf streute.

Kayley führte uns durch einen tapezierten Flur, durch eine hölzerne Tür in einen Garten mit zirpenden *pianissimo* Fledermäusen. In den Ästen einer riesigen Zeder hatte man ein Baumhaus gebaut. Holzbretter waren an den Stamm genagelt. Die Bretter fühlten sich rau an unter meinen Fingern, als wir den Baum bestiegen, Brett für Brett, wie die Linien eines Notenblatts.

»Bestimmt hasst du es, zu Hause unterrichtet zu werden«, sagte *forte* Jordan.

»Heute habe ich ein Buch über die Geschichte der Schneiderei gelesen. Dann habe ich Vogelnester gesammelt, um ihre Bauweise zu studieren. Ich liebe Heimunterricht«, sagte *forte* Kayley.

»Sprichst du mit Absicht so komisch?«, sagte *forte* Jordan.

»Wir haben in Florida gewohnt, da ist Voodoo total angesagt«, sagte *forte* Kayley.

»Du bist schon verrückt auf die Welt gekommen, ja?«, sagte *forte* Jordan.

»Gegen seine Leidenschaften kann man nichts machen«, sagte *forte* Kayley.

Jordan wollte noch eine Frage stellen. Zeke schlug Jordan. Jordan schlug Zeke. Wir hockten uns im Schneidersitz hin. Ich prägte mir das Baumhaus ein. Tote Blätter auf dem Boden verstreut. Voodoo-Zeichen, die mit Kreide an die Decke gemalt wurden. Eine Spiralmuschel auf einem verwitterten Tisch. Der Duft getrockneter Wildblumen. Eselsohrige Tarotkarten. An einem Nagel hing, mit Kohle auf braunes Papier gemalt, eine Karte der Schmugglertunnel draußen bei den Dünen.

»Geld?«, sagte *fermata* Kayley.

Zeke starrte auf seine letzten zusammengeknüllten Dollars. Er biss sich auf die Lippe. Er gab ihr das Geld. Dann verschränkte er die Finger wie ein Spieler, der auf den Jackpot baut.

»Bevor ich den Geist herbeirufe, werde ich eure Handflächen lesen«, sagte *forte* Kayley.

Sie nahm Jordans Hand und betrachtete die Linien.

»Ich glaube nicht an Geister«, sagte *forte* Jordan.

»Vor hundert Jahren glaubten die Menschen nicht an Keime, aber gestorben sind sie trotzdem daran«, sagte Kayley.
forte

Sie nahm Zekes Hand und betrachtete die Linien.

»Tut mir leid, ich wusste nicht, dass er mitkommt«, murmelte
mezzoforte
Zeke.

»Das hab ich gehört, Schwulette«, sagte Jordan.
forte

»Ich sollte einen Aufpreis verlangen«, murmelte Kayley.
mezzoforte

»Das hab ich auch gehört«, sagte Jordan.
forte

Sie nahm meine Hände. Die Kohlenkarte der Schmugglertunnel flatterte im Wind.
piano

»Sprichst du binär?«, flüsterte ich.
mezzopiano

Sie nickte und fuhr mit dem Finger die Linien in meiner Handfläche nach. Ich wollte, dass sie für immer meine Hände hielt. Ich hatte noch nie jemanden getroffen, der eine Sprache sprach, die nur aus Zahlen bestand.

★

Kayley klatschte, als wollte sie sagen: SOLLEN WIR ANFAN-
mezzoforte
GEN? Sie schob den Tisch zur Seite, ein abgebrochenes Stück Kreide zwischen den Fingern. Mit dem Saum ihres Hemdes wischte sie ein altes, auf den Boden geschriebenes Kreidesymbol weg.

»Wenn man Anfänger ist, ist ein Baumhaus der beste Ort für Voodoo«, sagte *forte* Kayley. »Das hat mit der Größe zu tun.« Sie stemmte die Fäuste in die Hüften und nickte nachdenklich, als würde sie sich selber zustimmen. »In einem normalen Haus mit vielen Zimmern und mehrschichtigen Wänden ist es schwer, das Herz der Struktur zu lokalisieren. Aber ein Baumhaus ist ein Zimmer! Und das Herz der Struktur ist die Mitte des Fußbodens.«

Sie beugte sich über die Holzbretter, schob sich die Haare hinter die Ohren und zeichnete mit entschlossenen Kreidestrichen sich überschneidende Ovale.

»Verschiedene Séancen rufen verschiedene Elemente herbei. Es ist eine Frage von Stimme und Form. Eine Frage des Mediums«, sagte *forte* Kayley. Sie blähte die Nasenflügel, spitzte die Lippen, konzentrierte sich. »Dieses Symbol, das ich zeichne, ruft nur die Stimme des Geistes. Symbole, die die Gestalt des Geistes rufen, sind wesentlich komplexer.«

Sie zeichnete eine Spiralmuschel in die Ovale.

»Man kann nicht einfach jederzeit und überall einen Geist herbeirufen. Ein Geist spukt in einem bestimmten Gebäude. Und zwar immer da, wo er gestorben ist«, sagte *forte* Kayley. Sie hielt inne und sah zu uns auf. Plötzlich schnellten ihre Augenbrauen nach oben, verschwanden unter ihren Stirnfransen. »Dieses Baumhaus wird vom Geist seines Erbauers heimgesucht, der abstürzte, als er es baute. Aber durch diesen Geist können wir zu anderen Bewohnern der Unterwelt sprechen. Ich rufe seine Stimme auf den Grund dieser Muschel.«

Sie schleuderte die Kreide fort. Sie presste die Muschel an sich. Sie saß im Schneidersitz auf dem Kreidesymbol, drückte ihr Ohr an die Muschel, schloss die Augen. Die Muschel war hellrosa, ihre Fingernägel waren dunkelviolett.

»Ihr könnt jetzt Fragen stellen«, murmelte Kayley.
piano

Zeke versetzte mir einen Stoß.

»Wir müssen alles wissen, was irgendwer über meinen Großvater weiß, der hier in der Stadt geboren wurde und der Monte Rose heißt«, sagte ich.
forte

Sie umschloss die Muschel fester. Ihre Augen zuckten unter den Lidern. Fledermäuse kurvten am Baumhaus vorbei. Der Baum wiegte sich im Wind. Die Bodenbretter knarrten. Die
piano *decrescendo*
Kohlenkarte der Schmugglertunnel zerrte an ihrem Nagel.
pianissimo

Die Geräusche erstarben.

»Monte Rose?«, sagte Kayley.
mezzoforte

»Ja?«, sagte *forte* ich.

Sie legte *piano* die Muschel auf den Tisch. Sie schien unruhig[verwirrt]. Sie runzelte die Stirn.

»Tut mir leid«, sagte *mezzoforte* Kayley.

»Was?«, sagte *forte* ich.

»Die Toten werden dir nicht helfen«, sagte *mezzoforte* Kayley.

»Was haben sie gesagt?«, sagte *forte* ich.

Sie wischte das Symbol vom Boden.

»Dass er ihnen keine Ruhe gelassen hat«, sagte *piano* Kayley.

★

Zeke sprang vom Baum und landete mit einem dumpfen Schlag *piano*.

»Und was bedeutet das jetzt?«, murmelte *mezzopiano* er.

Jordan sprang vom Baum und kam ebenfalls dumpf auf dem Boden auf.

»Glaubst du an Geister, Taschenrechner?«, sagte *mezzopiano* er.

»Vielleicht nicht an die Geister der Toten«, flüsterte *mezzopiano* ich.

»An welche denn?«, sagte *mezzopiano* Jordan.

Ich dachte an meinen Bruder, den Baum.

»Es ist nicht das, was war, das uns heimsucht, glaube ich, sondern das, was gewesen sein könnte.« Ich flüsterte *mezzopiano*.

Als ich von den Brettern sprang, sah ich Metall im Gras

schimmern. Ein Totenkopfohrring. Der Metallhaken ein Fragezeichen mit einem Totenkopf als Punkt. Ich hätte ihn an die Tür hängen können, aber das tat ich nicht. Ich steckte den Ohrring in die Tasche, tauchte unter dem Efeu durch und rannte den anderen nach, in den Wald.

DER DIEB

Der nächste Tag war ein Samstag. Ich ging pinkeln *mezzopiano*. Ich aß eine Schüssel matschiges Müsli. Ich las in der Zeitung, dass eine Kuh gestohlen worden war. Ich spuckte *mezzoforte* Zahnpasta aus und gurgelte *mezzoforte* mit Mundwasser. Ich ging wieder pinkeln *piano*. Ich stapfte in den Garten, um mit meinem Bruder zu reden, dem Baum.

BRUDER WÜRDEST DU DIE VÖGEL MIT DENEN DU SPRICHST FRAGEN OB SIE VOR VIELEN JAHREN EINMAL GESEHEN HABEN WIE UNSER GROSSVATER EINEN SCHLÜSSEL AUF EINER INSEL VERSTECKT HAT, sagte mein Lied.

DIE VÖGEL IN DIESEM WALD SIND SOGAR JÜNGER ALS DU UND ICH, sagte das Lied meines Bruders. ALS UNSER GROSSVATER HIER WAR WAREN ES NICHT DIESE VÖGEL DIE IHN GESEHEN HABEN ES WAREN IHRE UR-UR-UR-GROSSELTERN.

Meine Mom stand an der Spüle am Küchenfenster, blätterte Telefonbücher durch und rief auf der Suche nach Großvater Rose Krankenhäuser und Obdachlosenheime an. Ein paar Kolibris schwebten um meinen Bruder, ganz in der Nähe der Stelle, wo mein Dad die Narbe hinterlassen hatte. Ich zupfte noch mehr Noten auf meiner Geige.

WÜRDEST DU DANN DIE BÄUME FRAGEN OB SIE WISSEN WAS X18471913 BEDEUTET?, sagte mein Lied.

Solange mein Bruder mit den anderen Bäumen im Wald redete, wartete ich. Manche von ihnen hatten Stämme so dick wie drei oder fünf Männer – sie waren älter als unser Haus, sogar älter als die Stadt.

Mit dem Wind in den Zweigen sagte mein Bruder: DIE BÄUME SAGEN DASS DAS EINE FRAGE FÜR DIE STEINE IST.

»Jemand ist an der Tür«, rief meine Mom.
forte

Ich rechnete aus, wie groß die Chance war, dass es nicht Zeke war. Sie lag bei etwa 0 %. Niemand sonst würde sich an meiner Tür sehen lassen.

Aber als ich ums Haus gelaufen kam, war es nicht Zeke.

Jordan stand auf der Treppe, vornübergebeugt, die Hände

auf den Knien, und keuchte. Seine Wangen wurden hohl, wenn er Luft holte, und sie blähten sich, wenn er sie wieder ausstieß. Unter den Armen war sein Hemd schweißnass.

»Ich war gerade in der Stadt«, keuchte *piano* Jordan.

Er deutete mit dem Arm Richtung Stadt.

»Ich habe Schwulette gesehen. Im Antiquitätenladen. Hat versucht die Spieluhr deines Großvaters zu verkaufen«, keuchte *mezzopiano* Jordan.

Er deutete mit dem Arm Richtung Geisterhaus.

»Er hat sie gestohlen«, keuchte *mezzoforte* Jordan.

Mein Bogen fiel ins Gras. Meine Geige fiel ins Gras. Ich war entgeistert[verletzt].

»Wir müssen sie zurückholen«, sagte *forte* ich.

Jordan stand auf, wischte sich den Schweiß vom Gesicht.

»Was meinst du mit ›wir‹? Ich mache nur bei der Schatzsuche mit. Alles andere ist deine Sache«, sagte *forte* Jordan.

Er ging durch Emma Dirges Garten und dann Emma Dirges Auffahrt hinunter, damit ihn niemand meine Auffahrt hinuntergehen sah.

★

Ich lief zum Geisterhaus, um es Großvater Rose zu erzählen,

aber als ich um die Kurve bog, kamen Zeke und seine Schäferhunde aus dem Wald.

»Hey«, sagte *(forte)* Zeke.

Wenn dein Spind-Partner dich betrogen hat, indem er den einzigen weltlichen Besitz deines einzigen noch auf der Welt befindlichen Großvaters gestohlen hat, ist Richtig und Falsch keine Frage des Rechts. Es ist eine Frage des Glaubens. Und in diesem Moment glaubte ich, dass es richtig war, mich auf den Dieb zu stürzen.

Also rannte ich auf Zeke zu.

»Langsam, langsam, langsam ...!«, rief *(forte)* Zeke.

Ich riss ihn um. Wir stürzten auf den Asphalt, rollten ineinander verkeilt über die Fahrbahnmarkierungen.

»Wo ist die Spieluhr?«, brüllte *(fortissimo)* ich.

»Wovon redest du?«, brüllte *(fortissimo)* Zeke. Er versuchte mich abzuschütteln. Seine Schäferhunde fletschten *(forte)* die Zähne, setzten zum Sprung an. »Sie ist im Geisterhaus!«

»Jordan hat gesehen, wie du sie verkaufen wolltest!«, brüllte *(forte)* ich.

Ein Lkw donnerte um die Kurve, tote Blätter stoben auf. Als die Hupe losdröhnte, krabbelten wir von der Straße in den

Wald, und sahen zu, wie der Lkw über die Stelle bretterte, an
fermata
der wir gerade noch gelegen hatten.

Zekes Schäferhunde knurrten noch immer. Wo der Kies mei-
piano
ne Ellbogen aufgeschürft hatte, kribbelte es.

»Ich musste einfach wissen, ob die Erbstücke wirklich etwas wert sind oder ob wir unsere Zeit verschwenden«, sagte Zeke.
forte
»Mein Großvater war mit der Besitzerin des Antiquitätenladens befreundet, und seit er tot ist, hilft sie mir manchmal. Also hab ich die Spieluhr zu ihr gebracht, um zu sehen, was sie wert ist. Aber ich hab sie auch wieder zurückgebracht.«

»Zeig sie mir«, sagte ich.
mezzoforte

Wir stiegen den Hügel hoch, durch sonnenbeschienenes Farnkraut, im Schatten liegende Felsbrocken, an den verrottenden Stämmen umgestürzter Birken vorbei. Großvater Rose saß rauchend auf der Veranda des Geisterhauses und fütterte die Vögel mit Himbeeren. Opa Dykhouse las den Anmerkungsteil irgendeines Buches. Meine Ellbogen bluteten.

»Jungs.« Großvater Rose nickte uns zu.
forte

»Hunger?«, sagte Opa Dykhouse.
forte

Wir schüttelten den Kopf und kletterten dann durchs Wohnzimmerfenster.

Ich öffnete Großvater Roses Koffer. Die Spieluhr lag drin, sicher verstaut zwischen den Socken mit den goldenen Zehen.

»Siehst du?«, sagte *fermata* Zeke. »Ich hab sie nicht gestohlen. Ich beklaue nur Leute, die mich hassen. Sie stehlen mein Glück, also stehle ich ihre Sachen.«

Mittlerweile kannten meine Finger jede Delle und jeden Kratzer am Boden der Spieluhr. Es war keine einzige Schramme oder Kerbe dazugekommen. Ich öffnete den Deckel. Drinnen waren dieselben Teile wie immer. Es fehlte nichts, was nicht schon gefehlt hatte. Jemand hatte sogar den Staub von den Scharnieren gewischt.

»Hast du was herausgefunden?«, sagte *forte* ich.

»Als sie die Spieluhr gesehen hat, hat sie gesagt, sie müsste einen Kredit aufnehmen, um sie zu kaufen. Sie ist unbezahlbar, hat sie gesagt. Es gibt bloß noch eine Handvoll von diesen Spieluhren und keine davon funktioniert«, sagte *forte* Zeke. »Aber dann hat sie sie aufgezogen. Und als sie gesehen hat, dass sie kaputt ist, sah die Sache plötzlich ganz anders aus. Kaputt ist sie genauso viel wert wie die anderen. Ein paar Hundert Dollar, höchstens.«

Ich packte die Spieluhr zurück in den Koffer.

»Und was ist mit den anderen Erbstücken?«, sagte *forte* ich.

»Der Hammer, die Uhr und der Revolver seien wahrscheinlich ein Vermögen wert, meint sie, fast unbezahlbar«, sagte *forte* Zeke. »In dieser Reihenfolge. Vorausgesetzt, sie sind nicht kaputt.«

An diesem Abend im Geisterhaus erzählte ich Jordan, was Zeke gesagt hatte.

Jordan lachte *forte* nur.

»Ich wünschte, ich wäre dabei gewesen«, sagte *mezzoforte* Jordan. »Ich hätte jeden Preis bezahlt, um sein Gesicht zu sehen, als du ihn angegriffen hast.«

EINE NUMMER AM NORDUFER

Meine Mom reichte mir das Telefon. Ich hörte einen Fernseher laufen. Mein Dad rief immer aus dem Wohnzimmer meines
mezzopiano
Onkels an – da schlief mein Dad jetzt, wenn er nicht in der Werkstatt arbeitete.

»Kalt bei euch?«, sagte mein Dad.
forte

»Mehr oder weniger«, sagte ich.
mezzoforte

»Kalt bei uns«, sagte mein Dad.
forte

Einen Moment lang sagte keiner von uns etwas. Meine Mom ging mit Blumen für das Klavier vorbei. Sie trug eine schwarze Strickjacke über einer grauen Bluse.

»In der Schule alles gut?«, sagte mein Dad.
forte

Er klang müde. Ich konnte eine Woche Arbeit in seiner Stimme hören. Er versteht nichts von Musik und nichts von Mathe. In welcher Sprache ich auch spreche, mein Dad spricht in einer anderen. Wir mussten es trotzdem versuchen. Selbst wenn wir einander nicht verstehen konnten, es war wichtig, dass wir unsere Stimmen hörten.

Ich starrte durchs Fenster auf meinen Bruder, den Baum.

»Schule ist okay«, sagte ich.
mezzopiano

Ich wartete darauf, dass er es sagte, bevor er auflegte, aber er sagte es nicht.

HÄTTE LEBEN RETTEN, HÄTTE HERZEN BRECHEN KÖNNEN

Mein Leben lang haben meine Lehrer meinen Eltern dasselbe erzählt. Mein Geigenlehrer sagt, dass ich Sinfonien schreiben könnte. Mein Mathelehrer sagt, dass ich Supercomputer konstruieren könnte. Mein Nawilehrer sagt, dass ich Hirnchirurg werden könnte, Atomphysiker, Raumfahrtingenieur. Mit meinem Hirn, sagen sie, könnte ich alles werden.

»Ich habe noch nie ein Kind wie ihn unterrichtet«, sagen sie.
mezzoforte, mezzopiano, forte
»Wenn er groß ist, kann er werden, was er will.«

Das ist das Schlimmste an meinem Leben. Weil ich alles erreichen kann – falls ich alles erreichen kann –, ist, was ich alles nicht erreiche, allein meine Schuld.

Was, wenn ich versuchen würde Sinfonien zu komponieren, aber als Orchesterleiter ende? Dann würden alle, die ich je gekannt habe, sagen: »Er hätte Hirnchirurg werden können. Er hätte Leben retten können. Was für eine Verschwendung – den lieben langen Tag zeigt er Kindern, wie man bespuckte Ventile reinigt.«

Und was, wenn ich versuchen würde Hirnchirurg zu werden, aber als Fußdoktor endete? Dann würden alle, die ich je gekannt habe, sagen: »Er hätte Sinfonien komponieren können. Er hätte mit seiner Musik Herzen brechen können. Was für eine Verschwendung – den lieben langen Tag begutachtet er die Quanten anderer Leute.«

Bei jedem anderen Kind wären die Eltern stolz, wenn es Orchesterleiter oder Fußdoktor würde. Es ist nicht leicht, Orchesterleiter zu werden. Es ist nicht leicht, Fußdoktor zu werden. Um das zu erreichen, muss man hart arbeiten. Aber wenn ich eins von beidem werden würde, wären meine Lehrer enttäuscht. Was immer ich werde, meine Lehrer werden enttäuscht sein. »Er hätte alles werden können«, werden sie sagen. *piano* »Und das ist alles, was er geworden ist.«

In dieser Hinsicht gleichen wir uns, Großvater Rose und ich. An diesem Abend saßen wir zusammen auf der Veranda des Geisterhauses. Großvater Rose bohrte seine Fingerspitzen in die Tattoos. Ich berührte den Ohrring in meiner Tasche, und wir dachten beide an dasselbe. Großvater Rose weiß nicht, wer er ist – er weiß nicht mal, wer er gewesen ist. Ich weiß nicht, wer ich bin – ich weiß nicht mal, was ich werden soll.

Wenn ich wirklich alles werden könnte, dann würde ich am liebsten normal werden. Am liebsten würde ich wie Mark Huff sein, der ganz normal mit anderen Leuten über andere Dinge reden und den lieben langen Tag einen Ball zwischen den Bäumen in seinem Garten hindurchdribbeln kann und Spaß dabei hat und immer lacht und Fußdoktor werden könnte, ohne dass ihm das jemals jemand vorwerfen würde.

LEERE KISTEN

Die nächsten drei Tage waren Tage des Kopfschüttelns.

Wir saßen auf Holzstühlen in der Bibliothek, während ein Bibliothekar mit grauen Augen im Gesamtkatalog nach einer PAWPAW INSEL suchte.

»Ist PAWPAW nicht auch der Name für einen Großvater?«, flüsterte Jordan.
pianissimo

»Du meinst, ein Spitzname oder so was?«, flüsterte Zeke.
pianissimo

»Ist PAWPAW nicht auch der Name eines Baums?«, flüster-
pianissimo
te ich.

Der Bibliothekar drehte sich auf seinem Stuhl zu uns um und schüttelte den Kopf.

»Nichts«, sagte der Bibliothekar.
forte

Wir standen auf den schwankenden Docks bei der Werft, während Seeleute in schwarzen Watthosen Fischeingeweide von den Decks ihrer Boote spritzten.
mezzoforte

»Sammelt hier jemand FLASCHENSCHIFFE?«, rief *forte* ich.

Die Seeleute schüttelten den Kopf.

»Hat hier schon mal irgendwer von der PAWPAW INSEL gehört?«, rief *forte* ich.

Die Seeleute schüttelten wieder den Kopf.

Wir warteten auf der Bank vor dem Antiquitätengeschäft, während Zeke und die Besitzerin drinnen gestikulierten.

»Hör mal, Taschenrechner, ich habe nachgedacht. Wofür brauchen wir die Schwulette? Warum teilen wir nicht durch zwei statt durch drei?«, flüsterte *piano* Jordan, als die Besitzerin zum Abschied winkte.

Ich schüttelte den Kopf.

»Was hat sie gesagt?«, rief *forte* ich, als Zeke auf uns zuschlenderte. Zeke schüttelte den Kopf.

»NEUN SCHRITTE LANDEINWÄRTS, SCHIFF IN DER FLASCHE, PAWPAW INSEL, das kann sie nicht knacken«, sagte *forte* Zeke, als wir von der Bank aufstanden.

Jordan schüttelte den Kopf.

Wir kürzten über den Friedhof ab, über verwilderte Gräber, über Särge oder Knochen oder die leeren Särge derer, deren Leichen nie gefunden worden waren.

Es gab einen Ort, von dem wir wussten, dass wir es dort hätten versuchen sollen. Aber dahin zu gehen war praktisch Selbstmord. Keiner von uns hatte auch nur gewagt den Namen dieses Ortes in den Mund zu nehmen.

Meine Mom kaufte mir von dem Geld, das wir nicht hatten, einen billigen Rucksack. Jeden Morgen lief sie durch unser Viertel und suchte nach Großvater Rose. Mein Bruder ermattete. Es regnete nicht. Ich wässerte seine Wurzeln, klaubte die Blätter anderer Bäume aus seinen Ästen. Jeden Abend saß ich da und kritzelte PAWPAW INSEL SCHIFF IN DER FLASCHE KNOCHEN VOM BUG NEUN SCHRITTE LANDEINWÄRTS = ? auf einen Notizblock, kaute dabei auf meiner Wange, machte meine Lampe aus und wieder an, aus und wieder an, aus an, aus an, aus an. Die Gleichung machte mich wütend[unfrei]. Ich hasste sie, weil sie so schwierig war, weil sie unlösbar war, weil sie alles war. Ich hasste mich, weil ich mich ihr geschlagen geben musste. Ich schleuderte meinen Stift weg, hinterließ ein Loch im Putz.

★

In der Schulkantine gaben die Gelusos an einem vollbesetzten Tisch eine Geschichte zum Besten, fielen einander ins Wort, ruderten wild mit den Armen.

»Letzte Nacht«, sagte *piano* Monobraue.

»Auf der Wiese«, sagte *mezzopiano* Schiefe Zähne.

»Das Geisterhaus spielte völlig verrückt«, sagte *piano* Monobraue.

»Schwebende Lichter«, sagte *mezzopiano* Schiefe Zähne.

»Singen. Lachen«, sagte *piano* Monobraue.

»Schlimmer. Heulen. Wir haben es heulen gehört«, sagte *mezzopiano* Schiefe Zähne.

»Das waren die Geister«, sagte *piano* Monobraue.

»Nichts geht einem so durch und durch wie Heulen«, sagte *mezzopiano* Schiefe Zähne.

Dann kam Mark Huff mit einem Tablett mit dunklem Truthahn und grauen Bohnen und Kartoffelbrei an den Tisch, und alle lachten ihn aus, weil er sich aus dem Dachfenster hatte schubsen lassen.

Jeden Abend, wenn wir ins Geisterhaus kamen, fanden wir die Großväter in einem anderen Zimmer vor. Am ersten Abend hatten Großvater Rose und Opa Dykhouse ein Schachbrett in die Dielen am Eingang geschnitzt und Geräte aus dem Schuppen als Figuren benutzt. Am zweiten Abend sang *mezzoforte* Großvater Rose Jazzsongs in der Küche, während Opa Dykhouse ihm gut zuredete *mezzoforte*, damit ihm der Text wieder einfiel. Am dritten Abend tanzte Großvater Rose mit einer imaginären Partnerin durch den Flur, während Opa Dykhouse Beifall klatschte *forte* und eine Zugabe verlangte *fermata*. Später machten wir Feuer, saßen zusammengekauert unter den Decken, aßen Erbsen aus der Dose und rissen Stücke aus dem Laib Brot, den wir im Supermarkt geklaut hatten. Die Glut fraß *piano* sich von Scheit zu Scheit. Großvater Rose war in Redelaune. Während er mir Schach beibrachte, fragten wir ihn nach Vorfahren von Kindern, die wir kannten.

»Huff«, sagte *forte* Jordan.

»Samuel Huff war Aufseher in der Kartonfabrik, nach Feierabend hat er da Pokerrunden organisiert«, sagte *mezzoforte* Großvater Rose.

»Geluso«, sagte *forte* Jordan.

»Busoni Geluso war Lachsfischer, dickes Gesicht, winzige Hände und die Haut so rau wie ein Ziegelstein«, sagte *mezzoforte* Großvater Rose.

»Dirge«, sagte *forte* Jordan.

»Vern Dirge hatte das lauteste Niesen in ganz Michigan«, sagte *mezzoforte* Großvater Rose.

»Keen«, sagte *forte* Jordan.

»Jan Keen war Schlafwandler, lief im Schlafanzug durch die Straßen«, sagte *mezzoforte* Großvater Rose.

Jordan lachte *fortissimo* sich schlapp.

»Wie kann er sich an die Namen von Leuten erinnern, die seit fünfzig Jahren tot sind, aber an unsere nicht?«, murmelte *piano* Zeke.

Während Großvater Rose und Jordan Schach spielten, erzählte Opa Dykhouse von seinem Segelboot. Obwohl er uns mit »Kinder« anredete, behandelte er uns nie so. Er sprach mit uns wie mit jedem anderen. Ich mochte es, wenn er erzählte.

»Jeden Sommer segelten wir über den Michigansee unter der Mackinac Bridge hindurch und durch die Schleusen zum Oberen See. Schlugen ein Zelt im Wald auf. Rösteten Marshmallows über dem Feuer«, sagte *forte* Opa Dykhouse. »Wie Saint-Amour hätte ich ein Gelübde ablegen sollen, dass ich mich an meinem sechzigsten Geburtstag umbringe. Als gerade alles perfekt zu sein schien – ich war in Rente gegangen, Holly war in Rente gegangen, zum ersten Mal seit der Highschool konnten wir so viel Zeit miteinander verbringen –, verloren wir alles, und ich verlor Holly.« Er nahm sich einen Löffel mit Erbsen, das Metall klapperte *piano* an der Dose. »Wir waren glücklich, als wir sechzig waren. Wir hätten damals aus dem Leben scheiden sollen, zusammen, wir hätten glücklich aus dem Leben scheiden können.«

»Ja, gut, Mom und Dad haben dich fast nie besucht, aber sie haben versucht sich um dich zu kümmern. Mehr als das Pflegeheim war einfach nicht drin«, sagte *forte* Jordan. Er starrte mit zusammengekniffenen Augen auf das Schachbrett.

»Und wenn sie mich finden, bringen sie mich wieder dahin, und sterben lassen sie mich nie«, sagte *mezzoforte* Opa Dykhouse und stellte die Dose zur Seite. »Sie werden mir Tabletten geben und mich an Maschinen anschließen, die mich noch mal zehn, zwanzig, dreißig Jahre am Leben halten, bis ich nur noch zwinkern und atmen kann und mir das Essen durch einen Schlauch in den Magen gepumpt wird.«

»Was spricht gegen das Pflegeheim?«, sagte *mezzopiano* Zeke. »Mein Großvater hat es geliebt. Als wir ihn in den Ferien nach Hause holen wollten, wollte er gar nicht weg. Die Schwestern haben ihn Mr Smiley genannt.«

»Die Dämpfe von Goldzyanid«, sagte *piano* Opa Dykhouse. Seine Augen waren > sonst. Vielleicht doppelt so groß. Er schlug einen Bauern mit einem Bauern. »Das hätten wir tun sollen.«

Jordan zeigte auf den Bauern. Sein Grinsen entblößte seine Zahnlücke.

»König Gunga, du bist mir geradewegs in die Falle gegangen«, gackerte *forte* Jordan, krümmte sich vor Lachen, hämmerte *forte* mit den Fäusten auf den Boden.

Großvater Rose schürte *pianissimo* mit einem verkohlten Stock das Feuer und lachte *pianissimo*. Seine Tattoos waren schon wieder mit dicken grauen und weißen Stoppeln überwuchert. Irre, wie schnell sein Bart wuchs. Es ergab keinen Sinn, aber aus irgendeinem Grund machte es mir Kummer, dass die Tattoos wieder verschwanden – es war, als hätten wir eine Chance gehabt, die Erbstücke zu finden, und als würde diese Chance jetzt verblassen und bald für immer vertan sein.

Wir streiften unsere Pullis über und diskutierten *forte* beim Rausgehen über Großvater Roses Erinnerungen, die Opa Dykhouse aufgezeichnet hatte. Wolkenfetzen zogen am Mond vorbei. Die Wiese war schon feucht vom Tau. Ich war verzweifelt genug den Ort in Betracht zu ziehen, den in Betracht zu ziehen wir nie gewagt hatten.

»Die Schmugglertunnel?«, sagte *sforzando* Jordan.

Im Orchester hatten wir neue Begriffe gelernt. Sforzando

heißt »spiel sehr betont«. Staccato heißt »spiel scharf« und abgehackt heißt »lass keine Note nachklingen«.

Wir blieben am Brunnen stehen, der leere Eimer stöhnte *staccato* im Wind.

»Er hat für die Schmuggler gearbeitet. Vielleicht finden sich in den Tunneln irgendwelche Hinweise. Papiere, Werkzeuge, irgendwas«, sagte *forte* ich.

Jordan machte eine abfällige Geste und trat einen Schritt zurück.

»Du hast den Verstand verloren, wenn du da reingehst«, sagte *forte* Jordan.

Zeke ließ den Kopf hängen, dann nickte er.

»Morgen nach der Schule. Lasst es uns versuchen«, sagte *forte* Zeke.

Kinder in unserem Alter war es sozusagen bei Todesstrafe verboten, in diese Tunnel zu steigen.

★

In dieser Nacht weckte mich der Donner *mezzoforte*, Böen peitschten *forte* das Fenster. Von meinem Atem beschlug das Glas. Ich sah, wie sich die Bäume bogen, abgerissene Äste taumelten durch den Garten. Der Regen war gekommen, aber es war viel zu viel.

Ich schlüpfte in meine Sneakers, schnappte mir meinen Regenmantel und rannte, durch Pfützen stolpernd, in den Garten. Wasser hämmerte auf meine Kapuze. Blitze zuckten grellweiß *staccato* über den Wald. Mein Bruder wankte wie jemand, kurz bevor er zusammenbricht. An seinen Wurzeln ließ ich mich fallen, presste meinen Rücken stützend gegen seinen Stamm. Der Wind peitschte die Bäume. Ich grub meine Sneakers in den Schlamm. Ich grub meine Finger in den Schlamm. Wieder peitschte der Wind die Bäume. Eher sollte er mein Rückgrat brechen als das meines Bruders. Donner grollte. Abgerissene Äste rollten *fortissimo* Saltos schlagend durch den Wald. Das Tempo des Regens war atemberaubend. Ohne Musik konnte ich nicht sprechen, und mein Bruder sprach auch nicht, er hatte zu viel Angst. Still saßen wir einfach da, zusammen, im Sturm.

★

Am Morgen danach tropfte das Wasser noch immer von den *pianissimo* Bäumen. Die Veranda war mit Ästen, Laub, kleinen runden Beeren übersät. Vögel pickten an den Beeren, flogen wieder auf. Ich aß Haferbrei mit Zimt aus einer Schüssel mit Sprung.

»Hat Großvater Rose jemals gearbeitet?«, sagte ich. *mezzopiano*

Meine Mom trug einen Teller mit Eiern auf.

»Normale Jobs hatte er nie. Er war ja nie zu Hause. Und wenn doch, ist er bloß Großmutter Rose nachgelaufen«, sagte *mezzopiano* meine Mom. »Er war kein Drückeberger oder so. Er hat die Wäsche für sie gefaltet, ihr beim Kochen geholfen, Möbel von der Wand zu der Wand und dann an diese Wand gerückt, wo immer sie gerade hingezeigt hat. Die beiden waren ganz wild aufeinander. Wenn sie ins Zimmer gekommen ist, hat er dieses alberne Lächeln gekriegt, so als brächte ihn allein der Anblick ihres Gesichtes zum Überfließen. Eine Woche später war er natürlich trotzdem wieder weg.«

Sie stippte Toast in Eigelb. Sie pustete sich Haare aus den Augen. Sie kaute.

»Einmal sind wir noch vor der Schule in den Wald gegangen, bei Sonnenaufgang«, sagte *mezzopiano* meine Mom. »Ich weiß noch, wie er an diesem Morgen bei jedem Vogelzwitschern ›Fink‹ oder ›Rotkardinal‹ oder ›Schwarzkehl-Nachtschwalbe‹ gesagt hat. Dann erwiderte er den Gesang. Er kannte alle Vogelstimmen. Note für Note. Ganz genau. Ich weiß noch, wie ich dachte, dass mein Vater kein Gauner hätte werden sollen! Er hätte Förster, Biologe werden, in einem Museum arbeiten sollen! Ich war ganz begeistert und zugleich völlig verblüfft von diesem verborgenen Talent. Vielleicht ging er ja jeden Morgen spazieren. Ich weiß es nicht mehr. Er hat versucht mir die Vogelstimmen beizubringen. Ich konnte sie nicht nachmachen. Aber ich kann sie immer noch bestimmen. Das hat er mir beigebracht.«

Sie gabelte einen Bissen Ei auf. Ich hatte aufgehört zu kauen. Ich hatte Großvater Rose nie Vogelstimmen nachmachen hören. Wahrscheinlich hatte er ihre Lieder vergessen.

Ein Vogel landete auf der Veranda und zwitscherte *glissando*. Ich schluckte einen Mundvoll Haferbrei herunter. Den Blick noch auf ihren Teller gerichtet, deutete Mom mit der Gabel hinaus.

»Spatz«, sagte *piano* sie.

★

Im Matheunterricht beschäftigte ich mich mit der Goldenen Zahl. Die Goldene Zahl ist außerordentlich mächtig. Wenn es einen Bauplan für das Universum gibt, war sie die Lieblingszahl des zuständigen Architekten. Sie ist die Gestalt von allem. Sie manifestiert sich in der Anordnung der Äste eines Baums, in der Rundung einer Muschel, dem Umfang eines Kiefernzapfens, dem Samen einer Sonnenblume, den Maßen von Knochen, den Körpern von Galaxien, der Flugbahn eines Falken, dem Stammbaum von Honigbienen. Sie spielt ihre Rolle bei der Gestaltung von Büchern, in Sinfonien, für die Grabmäler der Pharaos. Ihre ersten neun Stellen sind 1.61803398, was, als Bruch geschrieben, 809/500 entspräche. Weiter kürzen kann man nicht, weil 809 eine Primzahl ist.

Jordan schob mir einen Zettel hin. »Von Kayley«, murmelte *pianissimo* er und tat so, als müsse er sich die Schnürsenkel binden.

Ich starrte auf den Zettel.

»Der schwarze Punkt?«, flüsterte *piano* ich.

»Ich weiß nicht«, murmelte *pianissimo* Jordan. Dann entdeckte ihn der Mathelehrer und rief *forte* ihn an die Tafel, um vor der Klasse eine Aufgabe zu lösen.

Mich beschlich ein Gefühl der Nervosität^{Unsicherheit}. Wenn ich den schwarzen Punkt gekriegt hatte, würde das bedeuten, dass der Tod zu mir käme. Ich strich mir eine Strähne aus der Stirn. Ich holte tief Luft. Ich faltete den Zettel auseinander.

Es war nicht der schwarze Punkt. Es war binär. Da stand

10110001101101101010100010001100101

Ich übersetzte. Da stand … »süß«? Ich begriff nicht. Was war »süß«? Vorhersagen waren gewöhnlich Warnungen. Wie konnte »süß« eine Warnung sein?

Ich traf Zeke an unserem gemeinsamen Spind.

»Bevor wir zu den Tunneln gehen, muss ich nach Hause und mein Messer holen«, sagte ich.

»Ich muss die Hunde einsammeln. Wird nicht lange dauern. Wir treffen uns bei dir zu Hause«, sagte Zeke.

Er wühlte sich durch zerknüllte Schulaufgaben auf dem Boden unseres Spinds. Sein Wörterbuch lag auf dem Brett. Ich dachte, das Wörterbuch wäre mit unseren Rucksäcken im Müllcontainer verbrannt, aber da war es wieder, wie ein Geist seiner selbst, sein Einband genauso zerrissen und fleckig wie immer.

»Wie hat denn dein Wörterbuch den Müllcontainer überlebt?«, sagte ich.

»Es war nie drin. Als die Isaacs den Spind aufgebrochen haben, war das Wörterbuch bei mir zu Hause«, sagte Zeke. »Zum Glück. Ich brauche die Wörter da drin.«

Zeke schloss den Spind und schlenderte Richtung Tür.

»Ich habe nachgedacht über das, was Opa Dykhouse gesagt hat«, rief Zeke und warf mir einen Blick über die Schulter zu. »Diese Holmgänge, diese Duelle, das könnte der einzige Weg sein, die Sache mit den Isaacs zu klären.«

Ich stellte mir vor, wie Zeke mit einer Pistole herumwedelte.

»Der einzige Weg?«, murmelte ich.
piano

Nach Schulschluss sah ich die Geluso-Zwillinge an einem Tisch in der Kantine hocken. Zusammen mit den Isaacs lasen sie in einer Zeitschrift. Ein Junge mit Dreadlocks ging vorbei und summte »Die Ballade von Dirge und Keen«. Emma Dir-
piano
ge und Leah Keen kamen aus der Toilette. Der Junge summte schnell etwas anderes.

★

Als ich nach Hause kam, stand ein schwarzer Kombi in der Auffahrt.

Der nächste Besichtigungstermin.

Ich linste durch das Küchenfenster.

Ein kinderloses Pärchen rümpfte die Nase über unsere Tapete. Beide hatten schwarze Haare, beide trugen gräuliche Anzüge. Der Makler öffnete und schloss unsere Schränke, das war sein Ostinato.

Ich stieg durchs Badezimmerfenster ein. Ich schlich zur Tür und lauschte.

»Großer, großer, großer Garten«, sagte der Makler, der am
crescendo
Fenster stand.

Die Frau legte die Stirn in kritische Falten.

»Die Bäume müssten wir fällen, wenn wir einen Pool wollen«, nölte *forte* sie.

»Vergessen Sie nicht, dass der See praktisch direkt vor der Haustür ist, Ms York«, sagte *forte* der Makler.

»Da verrotten die Fische im Wasser«, sagte *forte* die Frau.

»Ms York, ein Pool klingt himmlisch«, sagte *forte* der Makler.

Es war ein neuer allerschlimmster Höhepunkt. Wenn dieses Pärchen ein Angebot machte – wenn dieses Pärchen zu einem Abschluss kam –, würden wir meinen Bruder nicht einfach nur verlassen. Wenn wir weg wären, würde dieses Pärchen ihn fällen und zerhacken.

★

Zeke wartete unten an der Auffahrt und umklammerte eine Laterne. Die Sneakers des Tages waren glänzend schwarz mit schwarzen Lederriemen. Zeke bellte *forte* die Schäferhunde an. Sie kamen von der Straße, wo sie ein Eichhörnchen auf den Baum gejagt hatten.

»Wenn du etwas hättest, das Jordan retten könnte, würdest du ihn dann retten?«, sagte *piano* Zeke.

»Was meinst du mit ihn ›retten‹?«, sagte *forte* ich.

»Ich meine, dass ihn keiner mehr hassen würde«, sagte *piano* Zeke.

»Ja, ich würde ihn retten«, sagte *forte* ich.

Ich band mir das Messer ans Bein.

»Du nicht?«, sagte *forte* ich.

★

Wir gingen zu Jordan, am Geisterhaus vorbei, fast bis zur Werft. Jordans Haus hatte graue Fensterläden und ein grauer Lieferwagen stand in der Auffahrt. Durch ein Fenster im zweiten Stock drang gedämpfte Musik. *mezzoforte* Zeke klopfte *forte* an die Tür.

Jordans Mom machte uns auf, sie hatte schwarze Ränder unter den Augen und rötlich braune Flecken auf ihrem Pullover.

»Genevieve!«, *fortissimo* rief Jordans Mom.

»Wir wollen zu Jordan«, sagte *forte* Zeke.

»Oh. Tut mir leid. Ihr saht nicht so aus, als wärt ihr sein Typ«, sagte *forte* Jordans Mom. Ein Mädchen in neonfarbenen Ellenbogenschonern und neonfarbenen Knieschonern rannte zur Tür. Sie war jünger als wir – wahrscheinlich ging sie zur Grundschule. Sie hatte doppelt so viele Sommersprossen wie Jordan, aber ihr Haar war nur halb so rot. Die andere Hälfte war golden.

»Holst du Jordan?«, sagte *mezzoforte* Jordans Mom.

Genevieve schoss nach oben.

»Ihr Jungs wartet hier«, murmelte Jordans Mom und mach-
mezzopiano
te die Tür zu.

Ein Fenster ging auf. Jordan sah hinaus. Er trug kein Hemd.
mezzoforte

»Was?«, sagte Jordan.
forte

»Wir gehen zu den Schmugglertunneln«, sagte ich.
forte

»Viel Spaß«, sagte Jordan.
forte

»Kommst du nicht mit?«, sagte ich.
forte

»Ich hab Hausarrest«, sagte Jordan.
forte

»Schon wieder?«, sagte ich.
forte

»Irgendwie wurde das Puppenhaus meiner Schwester in zwei Hälften zersägt«, sagte Jordan.
forte

»Irgendwie?«, sagte ich.
forte

Jordan kratzte sich an der Schulter.

»Ich würde auch dann nicht mitkommen, wenn ich keinen Hausarrest hätte. Die Schmugglertunnel sind das Revier meines Bruders. Hebt mir ein paar Erbstücke auf, wenn ihr den Schatz findet«, sagte Jordan.
forte

»Du kriegst deinen Anteil nur, wenn du dabei bist, wenn wir sie finden«, sagte Zeke.
forte

Jordan runzelte die Stirn. Jordan seufzte. Jordan fluchte unbe-
piano
schreiblich.

»Ich hol mir schnell einen Pulli«, murmelte *piano* er.

★

Jordan pfefferte einen Pullover aus dem Fenster, er segelte zu Boden und fiel in den Dreck. Jordan folgte mit dem Hintern zuerst. Einen Moment lang baumelte er vom Fensterbrett – seine Sneakers strampelten vor dem Küchenfenster darunter –, dann ließ er sich fallen.

Jordans Mom kramte im Küchenschrank. Jordan schlüpfte in seinen Pullover, während wir schon Richtung Werft in den Wald hineinliefen. Unter mir gab ein Maulwurfshügel nach und ließ mich stolpern. Auf der Farm, wo die Gelusos wohnten, muhte *fermata* eine einsame Kuh, Lämmer blökten *staccato* und die Puten der Gelusos pickten *pianissimo* nach Eicheln im Gras.

»Sie haben seit drei Jahren nicht mehr miteinander geredet, aber Ty, mein Bruder, ist trotzdem genauso wie Opa Dykhouse«, sagte *mezzoforte* Jordan. »Sie sind beide besessen von Geschichte, vor allem von der Geschichte des Sees. Ich versuche auch, mich dafür zu interessieren, aber ich kann einfach nicht. Ich kann mir nichts merken, was schon vorbei ist.«

»Opa Dykhouse geht's besser, seit er dieses Erinnerungs-Projekt hat, oder?«, sagte *mezzoforte* ich.

»Kann schon sein, aber das geht vorbei«, sagte *mezzoforte* Jordan. »Die Erinnerungen von deinem Opa werden nicht lange vorhalten. Wenn er nichts mehr weiß, ist das Projekt vorbei, und König Gunga ist wieder traurig. Nein, was er braucht, ist ein Boot.«

Als wir an der Werft vorbeiliefen, sahen wir die Isaacs und Mark Huff mit baumelnden Beinen auf einem Segelboot hocken. Die Isaacs tranken aus Keramiktassen und taten so, als würden sie uns nicht bemerken. Möwen tanzten auf den Wellen, und Mark Huff warf ihnen Zuckerwürfel zu.

»Hast du je gewünscht Mark Huff zu sein?«, sagte *mezzoforte* ich.

»Ich hasse Mark Huff«, sagte *mezzoforte* Jordan.

»Tust du nicht«, sagte *mezzoforte* Zeke.

Ich runzelte die Stirn. »Man kann auch jemand sein wollen, den man hasst«, sagte *mezzoforte* ich.

»Kein Mensch würde wie Flachgesicht sein wollen«, sag- *sforzando* te Jordan und krempelte sich die Ärmel seines Pullovers bis zu den Ellbogen hoch. »Seine Mom ist nach Florida gegangen, um da mit einem Mann zusammenzuleben, den sie auf einem Konzert kennengelernt hat. Jetzt arbeitet sie in einem Plattenladen am Strand. Sie schickt ihm Postkarten, auf denen steht, ›Sei brav, iss dein Gemüse, Geburtstagsgeschenke kommen bald‹, aber die Geschenke schickt sie nie, das vergisst sie immer. Ich war da, als er erfahren hat, dass sie durchgebrannt ist. Sein Dad hatte ihm erzählt, sie wär bei seinen Großeltern. Für einen Monat, hatte er gedacht. Als er erfahren hatte, wo sie wirklich steckt, wär er am liebsten vom Pier gesprungen und bei den Felsen ertrunken, hat er mir erzählt. Aber wir sind dann doch in die Stadt gegangen und haben Fußball gespielt, bis es dunkel wurde.«

Mark Huff lachte und warf den Möwen Zuckerwürfel zu.
pianissimo

»Ty sagt, dass jeder Magen am Anfang diese graue Hülle hat, und wenn du erwachsen wirst, schwillt sie an und platzt auf und spült diesen dicken grauen Schleim in deinen Bauch, der dich total besessen macht und verrückt nach was Komischem oder Verbotenem oder einfach bloß total Bekloppten, so wie Marks Mom, als sie mit dem Typen von dem Konzert durchgebrannt ist, oder wie der Dad von den Gelusos, der seinen Motorrädern Namen gibt, oder die Geluso-Mom, die nichts als Puzzeln im Kopf hat«, sagte Jordan.
mezzoforte

»Und was ist Tys Ding?«, sagte ich.
mezzoforte

»Mittelstufler quälen«, sagte Jordan.
mezzoforte

Wir stürzten in den Wald, scheuchten fauchende Wasch-
forte *forte*

bären auf, sprangen über die grauen Hüte von Pilzen, die auf toten Ulmen wuchsen, hielten auf die Dünen zu. Der Wind schüttelte das restliche Regenwasser aus den Bäumen.
mezzopiano

»Wenn ich jemand anders sein könnte, dann wäre ich Ty«, sagte Jordan.
mezzopiano

»Ich kenne keinen, den ich lieber mag als mich«, sagte Zeke.
mezzopiano

»Keinen?«, sagte Jordan.
mezzopiano

»Ohne mich würd ich mir fehlen«, sagte Zeke.
piano

★

Es gab nur einen Weg in und aus den Tunneln, in einem schattigen Winkel auf der Rückseite einer gewaltigen Düne. Himbeeren hatten den Eingang überwuchert, dahinter stützten sich langsam neigende Balken das Tunneldach. Ganz in der Nähe hatte jemand ein ∞ in die Rinde einer Esche geritzt – eines der Zeichen, mit denen die Oberstufler ihr Territorium markierten. Der Wind war abgeflaut. Das Vogelgezwitscher war verstummt. Jordan zog sich die Ärmel seines Pullovers bis über die Finger und zwängte sich durch das Dickicht. Gebückt folgten wir ihm in die Dunkelheit.

Etwas knackte und knisterte und ein Streichholz flammte
mezzoforte *mezzopiano*
zwischen Zekes Fingerspitzen auf. Über uns rieselte Sand von

der Decke. Die Tunnel rochen wie Großvater Rose – wie schaler Zigarettenrauch und ungewaschene Kleider. Zeke beugte sich über die Laterne, zündete sie an, die Flamme beschien die silbernen Meerjungfrauen auf seinen Armen. Draußen vor dem Eingang, jenseits des Dickichts, winselten *piano* die Schäferhunde. Zeke bellte *forte* sie an und sie wurden still.

Zeke faltete ein mit Brandflecken übersätes Stück Papier auseinander.

»Ich hab eine Karte mitgebracht«, sagte *piano* Zeke.

»War das nicht Kayleys?«, sagte *piano* Jordan.

»Ich hab sie nicht geklaut«, sagte *piano* Zeke. »Kayley wollte einen Plan vom Geisterhaus, und wir brauchten eine Karte von den Tunneln, also habe ich den Plan gegen die Karte getauscht.«

»Wofür braucht sie denn einen Plan vom Geisterhaus?«, sagte *piano* ich.

»Ich hab nicht gefragt«, sagte *piano* Zeke.

Jordan nahm die Laterne. Zeke hielt die Karte ins Licht. In verblasster Kohle waren verschiedene Räume markiert – LIEBESTREFF, OPIUMHÖHLE, FERNES FERNES VERSTECK –, die durch verschiedene Tunnel miteinander verbunden waren.

Zeke deutete auf den Raum mit dem Namen BODENLOSE GRUBE. Darunter hatte jemand eine Reihe toter Gesichter gemalt, alle mit durchgestrichenen Augen.

»Ich habe Gerüchte über die BODENLOSE GRUBE gehört«, murmelte Zeke.
piano

»Was für Gerüchte?«, sagte Jordan.
piano

Sie krochen flüsternd in die Tunnel.
pianissimo

Die Jungs in meinem Hirn riefen: »Die Tunnel könnten
forte
einstürzen!« Sie riefen: »Die Oberstufler könnten euch schnap-
fortissimo
pen!« Sie riefen: »Lauf nach Hause, lauf nach Hause, lauf nach
crescendo
Hause!«

Aber ich strich mir eine Strähne aus der Stirn und kroch den beiden nach.

★

Wir wanderten durch ein Labyrinth aus Tunneln, von Raum zu Raum zu Raum, alle waren leer. Der FEUERWERK-SALON leer – bis auf Kisten voller Feuerwerk und Brandspuren an den Balken. Die GRAFFITI-KAMMER leer – bis auf Kisten mit Sprühfarbe und neonfarbenen Botschaften an den Balken. WITWENKLAGE leer – bis auf die Spinnen und einen umgestürzten Schaukelstuhl.

»Wenn die Truhe hier irgendwo vergraben ist, könnten wir drübergetrampelt sein, ohne es zu merken«, flüsterte *piano* ich.

Wir gingen weiter Richtung BODENLOSE GRUBE.

★

Nach unzähligen Abzweigungen und Kurven hatten wir die BODENLOSE GRUBE noch immer nicht gefunden. Wir kamen an einem Paar schwarzer Gummistiefel vorbei, dann an noch einem Paar schwarzer Gummistiefel und dann am nächsten Paar schwarzer Gummistiefel. Es hätte jedes Mal dasselbe Paar sein können. Die Laterne schaukelte an ihren Scharnieren, warf das Licht von Wand zu Wand. Der Tunnel wand sich unter krummen Balken hindurch. Etwas jaulte oder heulte *pianissimo*. Wir gingen an einem Paar schwarzer Gummistiefel vorbei.

»Gehen wir im Kreis?«, sagte *piano* Jordan.

Von oben rieselte uns Sand ins Haar. Zeke blieb stehen, biss sich auf die Lippe und studierte blinzelnd die Karte.

»Hast du eine Ahnung, wo wir sind?«, sagte *piano* Jordan.

Zeke drehte die Karte um 90, 270, 180 Grad, wie jemand, der mit dem Steuerrad eines sinkenden Schiffes kämpft. Jordan pinnte die Laterne an einen Nagel.

»Weißt du, wie man eine Karte liest?«, zischte *piano* Jordan.

»Ich lese sie!«, zischte Zeke.
piano

»Gib sie her«, zischte Jordan.
piano

Jordan schnappte sich die Karte. Zeke schnappte sich die
mezzopiano *mezzoforte*
Karte. Jordan schnappte sich die Karte. Sie rutschte ihnen aus
forte
den Händen, flatterte an der Laterne vorbei, segelte jenseits des Lichtkreises zu Boden. Jordan machte einen Satz in die Dunkelheit.

Er kippte vornüber.

Er ruderte wild mit den Armen.

Er schrie.
decrescendo

Und fiel in die Grube.

★

Die BODENLOSE GRUBE war ein Raum mit einem Loch als Fußboden. Ich stand am Rand der Grube und klammerte mich an die Laterne. Zeke starrte in die Dunkelheit.

»Jordan?«, flüsterte Zeke.
piano

Schweigen in der Grube.

»Ich habe ihn gar nicht aufkommen hören«, flüsterte ich.
piano

»Vielleicht fällt er immer noch«, flüsterte Zeke.
piano

Von oben rieselte Sand auf uns herab.

»Wir brauchen ein Seil«, sagte ich.
piano

Wir liefen zurück, bergauf, bergab, und rieten, welche Tunnel die richtigen waren. An einer Kreuzung blieben wir stehen und versuchten uns zu erinnern, welcher Tunnel uns ans Tageslicht führte.

Weiße Taschenlampenstrahlen strichen über uns hinweg. Wir blinzelten ins blendende Licht, hoben schützend die Hände vor die Augen. Am Ende des Tunnels tummelten sich schwarze Schatten.

»Das ist der Dieb!«, rief *forte* einer.

Zeke kläffte *forte*. Die Schatten drängten heran, die Strahlen ihrer Taschenlampen durchschnitten die Dunkelheit. Zeke tauchte in den Tunnel, wurde selbst ein Schatten, verschwand auf einmal in der Finsternis.

»Lauf nur, Freak!«, schrie *forte* einer der Schatten.

Aus den Schatten wurden Oberstufler in schwarzen Hoodies. Ich ließ die Laterne fallen. Jemand packte mich am T-Shirt.

»Schaff ihn her, Isaac!«, rief *forte* einer.

Sie liefen los, verwandelten sich wieder in Schatten, jagten Zeke nach. Der Junge, der mich gepackt hatte, war also ein Isaac. Es war der größte Isaac, den ich jemals gesehen hatte. Sein Kinn sah aus wie eine Kiste.

»Falsche Zeit, falscher Ort«, schnaufte *piano* der größte Isaac.

Seine monotone Stimme dröhnte mir im Ohr. Auf seinem Hoodie stand HILL61 (Primzahl). Die Großen haben normalerweise nicht den Vor-, sondern den Nachnamen aufgedruckt. Ich versuchte aus meinem T-Shirt zu schlüpfen. Er packte mich am Haar.

»Wenn ich wieder Luft kriege, geht's zum FERNEN, FERNEN VERSTECK«, schnaufte *pianissimo* der größte Isaac.

»Mein Freund braucht Hilfe!«, sagte *forte* ich.

»An jedem anderen Tag hätte ich mir deinen Freund selber geschnappt«, sagte *forte* der größte Isaac schnaufend *decrescendo*, »aber bei den Testspielen hat Coach Q an die fünfzig Suicide Drills laufen lassen. Und danach ein paar Hundert Korbleger. Und das nach den Kippen. Mein Glück, dass du nicht gelaufen bist. Obwohl, Alter, besser wärst du gelaufen.«

Dann klemmte sich mich der größte Isaac wie ein Bündel Feuerholz unter den Arm und trug mich weg.

★

Das FERNE, FERNE VERSTECK hatte die Größe von drei bis fünf Zimmern. An die Balken waren Hängematten genagelt, in jeder baumelten schwankende Körper. Der Boden war übersät mit flackernden Kerzenstummeln, die Jungs badeten in goldenem Licht.

»Wir haben einen geschnappt, Ty«, rief *forte* der größte Isaac.

Aus der hintersten entfernten Hängematte hob sich eine mit rotem Flaum bepelzte Hand, ihre Finger schnippten *forte*, als würden sie KOMM HER sagen. Der größte Isaac schob mich vor sich her. Durch den Hindernisparcours der Kerzen stolperte ich an schnarchenden *piano* Körpern vorbei. Aus einer quietschen- *pianissimo* den Hängematte starrte mich ein Mädchentrio in Hoodies an, schwarze Flaschen in den Händen. Wurzelbier wurde aus Wurzeln gemacht. Birkenbier wurde aus Birkensaft gemacht. Fichtenbier wurde aus Fichtensaft gemacht. Sie tranken Wasser mit Zucker und Bäumen.

Ty hatte sich aufgesetzt, seine Stiefel in den Dreck gepflanzt und spielte mit einem goldenen Feuerzeug. Wie Jordan hatte er eine Zahnlücke und das gleiche wirre Haar, aber seine Augen waren doppelt so dunkel. Auf der Stirn hatte er eine weiße Narbe in Form eines Saxofons. Jordan hatte erzählt, dass die Narbe von ihrem Dad war.

»Er war mit dem Dieb zusammen«, sagte *forte* der größte Isaac.

Ty klopfte *staccato* sich eine Zigarette aus der Packung, dann zündete er sie an. Er zog einige Male daran, sodass die Spitze erst gold, dann dunkel, dann gold, dann dunkel wurde. Auf seinem Hoodie stand ODOM 67 (Primzahl).

»Wie alt bist du?«, sagte *forte* Ty.

»Elf«, sagte *glissando* ich.

»Du bist in Highschool-Territorium eingedrungen. Noch schlimmer, du warst mit dem Kahlgeschorenen unterwegs. Jeder weiß, dass der ein Dieb ist«, sagte *forte* Ty. »Eindringlinge werden in die BODENLOSE GRUBE geworfen.«

Meine Hände zitterten.

»Wieso bist du hier eingedrungen?«, sagte *forte* Ty.

»Wir wollten Schmugglersachen finden«, sagte *mezzoforte* ich.

»Schmugglersachen!« Ty schnaubte *forte* Zigarettenrauch. Er schüttelte ungnädig den Kopf und beugte sich, während das Kerzenlicht in seinen Augen funkelte, zu mir vor. »Es ist Jahre her, dass Schmuggler diese Tunnel benutzt haben. Als ich die Tunnel entdeckt habe, hatten sich die Plünderer schon alles geholt. Den schwarzgebrannten Schnaps. Die Pistolen. Das Buntmetall.« Er deutete mit der Zigarette in den Raum. »Alles außer den Deckenbalken und jeder Menge leerer Kisten.«

Meine Knie zitterten.

»Es ist gar nichts mehr da?«, sagte ich.
mezzopiano

Tys Gesicht kam so nah, dass ich den Ketchup in seinem Atem riechen konnte.

»Gar nichts«, sagte er.
fermata

Ty spielte mit dem Feuerzeug. Ty starrte mich an und nickte.

Dann zerrte der größte Isaac mich zurück in die Tunnel. Ich schrie.
fortissimo

★

Der größte Isaac stieß mich in die Grube.

Ich rutschte über die Wände der Grube, prallte gegen etwas,
piano *forte*
das nach Holz klang, und kam auf dem Boden auf.
piano

»Mach's gut, Junge«, rief der größte Isaac.
forte

Der größte Isaac stampfte davon. Ich wischte mir Sand aus
mezzopiano
dem Gesicht. Wie jemand, der auf den Grund eines Brunnens späht, stand Ty über mir, in einem Oval aus flackerndem Licht. Ich hatte Angst[Galgen]. Ich konnte mich selbst nicht sehen. Ich tastete nach meinem Messer, aber das Messer lag irgendwo im Sand.

Ty zog sich die Kapuze über wie ein Henker, dann deutete er in die Grube.

»Das lasse ich dir da«, rief Ty.
forte

Etwas wühlte sich durch den Sand in der Grube.
piano

»Dieses Dorf wurde von skandinavischen Siedlern gegründet. Sie zogen ihre Boote gleich da drüben an Land, bauten ein paar schiefe Häuser, die weder den Wind noch den Staub, noch die Maden abhalten konnten, und bestellten ein paar verunkrautete Felder, auf denen so gut wie gar nichts wuchs. Bis der Winter kam, hatten sie alle die Cholera oder die Pocken. Die meisten starben. Aber im Winter friert der Boden. Man kann keine Gräber ausheben. In diesem Winter haben die Siedler die Toten in die Dünen geschleift, statt sie im Dorf zu begraben. Sie haben sie hier begraben. Im Sand«, rief Ty.
forte

Etwas wühlte sich genau an meinen Füßen durch den Sand.
forte

»Aber an windigen Tagen wurde der Sand davongeweht, die Dünen wanderten, und die Leichen tauchten wieder auf – hier ragte ein Arm aus einer Düne und da ein Kopf. Sie vergruben die Toten tiefer und tiefer und noch tiefer, aber an windigen Tagen tauchten die Leichen immer noch auf«, rief Ty.
forte

Etwas erhob sich aus dem Sand.

»Daraus besteht der Sand über uns. Unter uns. Genau so ist der Sand jetzt. Teile von Haaren. Teile von Knochen«, rief Ty.
forte

Etwas stieß mich an.

Ich schrie.
fortissimo

Etwas packte mein T-Shirt.

»Entspann dich, Taschenrechner«, murmelte Jordan.
piano

Die Wahrheit ist, dass ich, selbst nachdem ich Jordans Stimme erkannt hatte, noch ein bisschen weiterschrie.
forte

»Ich glaube, ich war eine Weile k.o.«, jammerte Jordan.
piano

Ty hatte die Stimme gehört. Ty starrte mit offenem Mund in die Grube.

»Jordan?«, sagte Ty.
forte

»Hallo, Bruder«, sagte Jordan.
piano

»Was machst du in der BODENLOSEN GRUBE?«, sagte
forte
Ty.

»Ich bin gestolpert«, sagte Jordan.
piano

Ty hörte gar nicht auf zu lachen.
forte

»Hol uns raus«, sagte Jordan.
forte

»Nein.« Ty lachte.
forte

»Ich bin dein Bruder«, sagte Jordan.
forte

Ty spielte mit dem Feuerzeug. Sand rieselte aus den Balken über ihm, einzelne Körner blitzten. Ty machte den Mund auf, zu und wieder auf. Seine Miene tickte wie ein Metronom, hin und her zwischen widerstreitenden Gefühlen.

»Weißt du noch, als wir klein waren? Das Wochenende, an dem ich vermisst wurde?«, sagte *forte* Ty.

Irgendwo in der Dunkelheit hörte ich Jordan den Platz wechseln.

»In der ersten Klasse. An deinem Geburtstag. Als du weggelaufen bist«, sagte *mezzopiano* Jordan.

Ty trat einen Schritt vor, die Spitzen seiner Stiefel ragten über den Grubenrand.

»Du warst in der ersten Klasse. Ich war in der fünften. Und ich bin nicht weggelaufen. Das hab ich Mom und Dad erzählt, aber das war nicht die Wahrheit«, sagte *forte* Ty. »In Wahrheit hatte ich diese Tunnel gefunden. Und genau wie du bin ich in die BODENLOSE GRUBE gefallen. Aber anders als du war ich allein.«

Ty hockte sich an den Rand der Grube, in den Taschen seiner Jeans klimperten *piano* Münzen und Schlüssel.

»Ich hab drei Tage in rabenschwarzer Finsternis verbracht, in einer leeren Grube, hab mich bemitleidet. Geheult. Kaum noch gerührt. Hab geschlafen, war wach, geschlafen, wach. Erst am dritten Morgen hab ich aufgehört mir selbst leidzutun und angefangen darüber nachzudenken, was hier noch alles war.« Ty spielte mit dem Feuerzeug. »Tu dir nie leid. Das kann dich umbringen. In Wahrheit bist du nie wirklich allein.«

Ty legte die Stirn in Falten und rieb sich mit dem Daumen über die Narbe. »Als ich nach Hause kam, hab ich Mom und Dad angelogen. Ich hab ihnen erzählt, ich sei fortgelaufen. Sie haben mir einen Monat Hausarrest gegeben. Wenn ich ihnen die Wahrheit gesagt hätte, hätte ich keinen Hausarrest gekriegt. Ich hätte ihnen leidgetan. Aber ich wollte ihnen nicht leidtun. Ich wollte nie wieder jemandem leidtun. Wenn du verstehen willst, wieso ich Eindringlinge in die BODENLOSE GRUBE werfe, musst du ihre wahre Natur verstehen.«

Ty lächelte, sein Gesicht eine Maske aus Licht und Schatten.

»Die Grube ist kein Gefängnis«, zischte *forte* Ty. »Sie ist ein Rätsel.«

Ty spielte mit dem Feuerzeug. Ty grinste in die Grube. Ty stand auf.

»Aber wie ich dich kenne, verhungerst du eher, als das Rätsel zu lösen. Weil du mein Bruder bist, verrate ich dir also die Lösung. Bau dir selbst eine Treppe. Stapel die Kisten«, sagte *forte* Ty.

Ty warf das Feuerzeug in die Grube, die Flamme drehte sich wie ein Feuerrad.

Einen Augenblick lang fiel Licht auf den Boden der Grube. Wir sahen einander und die Umrisse der Kisten um uns herum.

Dann plumpste das Feuerzeug in den Sand und in der Grube war es wieder finster.

Ty kicherte und verschwand in den Tunneln.
forte *piano*

»Ekelhaft, wie viel Spaß ihm das gemacht hat«, brummte
mezzopiano
Jordan.

Jordan kroch umher, stieß gegen Kisten, gegen mich, taste-
piano
te nach dem Feuerzeug. Etwas kratzte. Etwas klickte. Jordan
mezzopiano *piano*
machte das Feuerzeug an. Er blinzelte. Sein Kinn blutete. In der Faust hielt er ein zerknülltes Stück Papier.

Er grinste.

»Ich hab die Karte«, sagte Jordan.
mezzopiano

Er wischte sich das Blut vom Kinn. Er sah sich in der Grube um. Dann veränderte sich sein Gesichtsausdruck.

»Taschenrechner«, flüsterte Jordan.
piano

Er zeigte mit dem Finger.

DER GEIST VON LANGHORNE stand auf ein paar Kisten.

Auf ein paar Kisten stand MADAM CRISTO.

Auf ein paar Kisten stand PAWPAW.

VERMISST

»PAWPAW ist keine Insel – PAWPAW ist ein Schiff«, sagte *forte* Jordan.

»Ein Schiff?«, sagte *forte* Opa Dykhouse.

»Die PAWPAW *war* ein Schiff«, sagte *forte* Zeke.

Er breitete *forte* eine Karte aus, als wäre sie ein Laken und er bezöge die Veranda wie ein Bett.

»Die PAWPAW *ist* ein Wrack«, sagte *forte* Zeke.

Wir beschwerten die Ecken der Karte mit unseren Laternen und den Knien. Über seinen Stock gebeugt und in eine Decke gehüllt humpelte Großvater Rose in den Lichtkreis. Opa Dykhouse hockte sich neben die Karte.

»Meine Karte listet die Schiffswracks auf. Die Nummer und der Buchstabe hinter dem Namen verweisen auf das Planquadrat, in dem das jeweilige Schiffe gesunken ist«, sagte *forte* Zeke. »Bevor Jordan den Namen auf der Kiste entdeckt hat, bin ich nicht mal auf die Idee gekommen, die Liste der Wracks zu überprüfen.«

Zeke zeichnete auf der Karte ein silbernes X ein, gleich neben einer winzigen braunen Insel im Michigansee.

»Das Schiff ist genau hier gesunken«, sagte *forte* Zeke, »neben der Insel.«

»Welcher Insel?«, sagte *forte* Jordan.

»Sie hat keinen Namen«, sagte *forte* Zeke.

»Die Insel hat keinen Namen?«, sagte *forte* ich.

»Kein Mensch macht sich die Mühe, so kleinen Inseln einen Namen zu geben«, sagte *forte* Zeke.

Opa Dykhouse tippte mit dem Daumen auf das X.

»Der Schlüssel ist also da«, sagte *mezzoforte* er.

»Irgendwo auf dieser Insel«, sagte *forte* Zeke. Seine Jeans waren auf der Flucht durch den Tunnel zerrissen. Sein Shirt war sandig von den Dünen, wo er sich versteckt und auf uns gewartet hatte. Er biss sich auf die Lippe, maß mit den Fingern die Entfernung zwischen der Insel und uns.

»Wahrscheinlich stammten die Kisten gar nicht von der echten PAWPAW«, sagte *mezzoforte* Opa Dykhouse. »Schmuggler, die auf illegalen Booten segelten, haben ihre Fracht oft mit den Namen legaler Schiffe gekennzeichnet, um sie leichter in und aus dem Hafen schmuggeln zu können.«

»Ich weiß noch, wie deine Großmutter Rose Kartoffeln schrubbte«, sagte Großvater Rose. Er ballte die Hand zur Faust und öffnete sie wieder, die Decke hing von seinen Schultern. »Sie schrubbte den Dreck von den Kartoffeln und flehte mich an einen Job anzunehmen. Einen Job in einer Sägemühle. Irgendwas. Sie bettelte darum. Aber ich tat es nicht. Ich war eigensüchtig. Ich war gern weg. Ich traf gern fremde Menschen. Ich brach gern das Gesetz, ich schlug mich gern, ich mochte Städte mit Bars. Wenn ich zu Hause war, dachte ich nur daran, woanders zu sein. Wenn ich woanders war, dachte ich nur an zu Hause. Es machte ihr nichts, hatte ihr nie was gemacht, sie mochte mich dafür, dass ich Ärger machte. Aber diesmal sei es anders, sagte sie. Ein Kind brauche mehr als das, einen Vater, der bei ihm war, ein besseres Leben. Ich weiß es noch, sie war schwanger, sie schrubbte den Dreck von den Kartoffeln. Ich kann die Vorhänge vor mir sehen. Die Fliegenklatsche. Ich sehe noch ihre Fingerknöchel vor mir, die Farbe ihres Kleides, das Haar in ihrem Nacken. Aber ich kann ihr Gesicht nicht sehen. Ana, in jeder Erinnerung an sie fehlt ihr Gesicht.« Er wickelte sich in die Decke. »Junge, ich möchte ihr Gesicht sehen. Bringst du mir ein Foto?«

»Tut mir leid, aber wir haben keins, weißt du das nicht mehr?«, sagte *forte* ich.

Er hatte es schon vergessen. Sein Bart schimmerte im goldenen Licht der Laterne. Die Tattoos darunter waren fast völlig verschwunden. Er fluchte *piano* unbeschreiblich, dann sagte *forte* er: »Ich war der schlimmste Vater, der ich hätte sein können. Ein Kein-Vater. Wir müssen die Erbstücke finden. Wenigstens eine gute Tat.«

Opa Dykhouse klemmte sich die Brille an den Pullover.

»Kleine Randbemerkung?«, sagte *forte* Opa Dykhouse. »Wir haben keine Erbsen mehr.«

»Etwas größere Randbemerkung?«, sagte *forte* Jordan. »Heute waren eure Fotos in der Zeitung. VERMISST: EDMOND DYKHOUSE UND MONTE ROSE. Das Pflegeheim hat eine Belohnung ausgesetzt. Wahrscheinlich, weil meine Eltern gedroht haben das Heim zu verklagen, wenn sie dich nicht finden.«

»Allergrößte Randbemerkung?«, sagte *forte* ich. »Unser Haus ist immer noch zu verkaufen. Es hat schon Besichtigungen gegeben. Wenn es erst zu einem Abschluss kommt, ist es sowieso egal, ob wir die Erbstücke finden. Morgen graben wir nach dem Schlüssel.«

Jordan kratzte sich am Kopf, so wie in Mathe, wenn er nicht mehr weiterwusste.

»Wie sollen wir denn ohne Boot auf die Insel kommen?«, sagte Jordan.

Zeke faltete die Karte zusammen.

»Wir klauen eins«, sagte er.

AUS DEN ERINNERUNGEN VON GROSSVATER ROSE

Als sie ihm das erste Mal sagte, dass sie ihn liebte, schrie sie es vom Dach. Als sie ihm das zweite und dritte und vierte und fünfte Mal sagte, dass sie ihn liebte, flüsterte sie es ihm ins Ohr. Sie trug überall seine Stiefel und seine Hüte, ritzte seinen Namen in fremde Zäune, stahl Fisch für ihn aus dem Räucherhaus. Monte kaufte ein Kleid, ein hellblaues, ein Hängekleid aus Baumwolle mit runden Holzknöpfen und zwei gerüschten Taschen. Ana weigerte sich, jemals etwas anderes zu tragen.

Sie wünschte sich noch andere Sachen, aber er kaufte ihr nur das Kleid. Was er mit dem Geld machte? Er kaufte sich eine Kamera und Tabak und ein Kartenspiel und Döschen mit Pomade, um sein Haar zu glätten. Damit das klar ist: Sie konnte auf sich selbst aufpassen. Mit siebzehn war sie eindeutig die stärkste Frau, die je gelebt hatte, und wahrscheinlich auch die klügste. Er war sich oft nicht sicher, wa-

rum sie gerade ihn erwählt hatte, aber sie hatte ihn für immer erwählt. Sie kümmerte sich nicht um die Schmuggler, kümmerte sich nicht darum, wie oft sie ihn zu Gesicht bekam, solange er ihr gehörte, wo immer er war. Und das tat er.

Das Kleid hat er noch ganz genau vor Augen. Aber ihr Gesicht, ihr Gesicht ist unklar, ganz verschwommen, verwaschen. Er kann sich an Eigenschaften erinnern: dass ihr Gesicht schön war, faszinierend, aufsässig wie das eines wilden Tiers und absolut einzigartig. Aber er kann sich nicht an ihre Gesichtszüge erinnern: kann die Größe ihrer Augen nicht sehen oder die Form ihres Kiefers oder diese einzigartige, komplizierte Anordnung von Nase und Brauen und Lippen und Ohren. Er kann das Gesicht nicht sehen. Sieht nur ein verschwommenes Nichts über ihrem Kleid, während sie auf der Veranda zerknitterte Dollarscheine hinblättert, sein Geld zählt. Sie musste fast immer sein Geld für ihn zählen. Denn sobald ihm die Finger zum Mitzählen ausgehen, hat er es mit Zahlen nicht so.

Glaubte man Monte, dann hatte er das Geld in der Fabrik verdient. Dabei wussten alle, dass es von den Schmugglern stammte. Sein Vater glaubte trotzdem weiter an ihn. Seinem Vater ging es nicht gut, er war mittlerweile bettlägerig, konnte nicht mehr arbeiten, zwar konnte er noch gehen, tat es aber kaum. Tagsüber lag sein Vater mit zugezoge-

nen Vorhängen im Schlafzimmer, um das Sonnenlicht auszusperren; nachts lag sein Vater mit flackernden Lampen im Schlafzimmer, um die Dunkelheit fernzuhalten; sein Vater vermisste die Arbeit als Tischler sehr und hatte schreckliche Angst zu sterben.

Das Gesicht? Sicher, an das Gesicht erinnert er sich. Die langen Ohrläppchen; die kolossale Nase, gewaltige Nasenlöcher; wollige schwarze Augenbrauen, wüst wie Unkraut nach hundert Jahren Regen; die müden Lider; der Blick aus diesen Augen auf die Welt, offen, freundlich, geduldig, als würde alles Hässliche seine versteckte Schönheit schon noch offenbaren. Sein Vater trug eine Strickmütze im Bett, musste sich in Steppdecken wickeln, um warm zu bleiben. Ana saß gern bei ihm auf einem Stuhl und schälte mit einem Messer Äpfel. Bei Ana kam jeder zur Ruhe: Bei ihr schwatzte sein Vater über die Nachbarn, gab seine Schwäche für Schokolade preis, dachte zurück an den Bau des Hauses. Sie brachte ihn, der niemals lachte, nicht nur zum Lachen, sondern zum Prusten. Sie bewunderte seinen Vater, besonders sein Prusten. Er wird Großes schaffen, sagte sein Vater immer, wenn er mit ihr sprach. Sie nickte dann erfreut und schien das Gleiche zu denken. Genau wie du!, sagte sie dann zu ihm und zeigte, indem sie die Arme ausbreitete, auf das Haus. Meine größte Tat, rühmte sich sein Vater dann und wurde rot. Rasch gab er zu, ich bin stolz auf jeden Zentimeter. Du, dachte Monte dann im Flur, hast das schlimmste Haus der Welt gebaut. Monte drückte sich gern im Flur herum, verbarg sich, während sein Vater Äpfel kaute, und mied das Zimmer. Jedes Mal wenn er am Bett stand, packte sein Vater ihn am Handgelenk, sah ihm in die Augen und ließ ihn schwören, die Erbstücke notfalls mit seinem Leben zu verteidigen. Schwöre es, sagte sein Vater. Okay, sagte er. Dann versuchte er jedes Mal sich davonzustehlen, aber sein Vater packte sein Handgelenk nur noch fester und ließ ihn noch mal schwören. Eines Tages könnte deine Familie das Geld brauchen, sagte sein Vater. Ich hab gar keine Familie, sagte er. Schwöre, sagte sein Vater. Okay, okay, okay, sagte er. Aber du wirst nicht sterben, sagte er. Denn sein Vater würde niemals sterben, glaubte er.

Bei Sonnenuntergang wanderte er in die Dünen und sah den Booten zu: Nachts kamen die Boote, die Schmuggler wateten an Land, die Krempen ihrer weichen Filzhüte bogen sich im Wind, ihre Mäntel sogen sich voll mit der Gischt. Schroffe, argwöhnische Männer mit gewachsten Oberlippenbärten und samtenem Akzent. Sie machten Witze, ohne zu lächeln, hielten in den Dünen Ausschau nach der Polizei. Schmal und link sahen ihre Augen in die Welt, als ob sie unruhig darauf warteten, dass alles, was sie sahen, eine verborgene Bedrohung offenbarte.

Wahr ist, dass die Schmuggler eigentlich ziemlich freundlich waren. Hatten sie sich erst überzeugt, dass die Dünen sicher waren, entspannten sie sich. Zerrten Segeltuchplanen von ihrer Fracht, schimpften über das Wetter, sprachen über Wetten, die sie gewonnen oder verloren hatten, äfften einander nach, sangen kichernd alte Matrosenlieder. Mit siebzehn, achtzehn, neunzehn Jahren war Monte halb so alt wie sie. Sie unterhielten sich wirklich gern mit einem Jungen aus der Gegend. Sie waren Unruhestifter wie er, mit die größten von Chicago. Sie überboten sich darin, ihn zu verblüffen, erzählten Anekdoten von ihrem Leben dort. Die Stadt veränderte sich: Wolkenkratzer streckten sich in den Himmel, Asphalt überzog die Straßen. Filme hatten jetzt Ton.

Die Gangster brannten den Schnaps, bezahlten dann die Männer, um die Flaschen zu den billigen Kneipen an der Küste zu schmuggeln, jede Flasche markiert mit einem einfachen oder doppelten oder dreifachen X. In Nächten ohne Leichen half Monte einfach, die Kisten abzuladen. Doch in den meisten Nächten gab es Leichen. Ehrlich, die Gangster haben damals so viele Menschen ermordet, dass man nicht einmal in einer so großen Stadt wie Chicago alle Leichen verstecken konnte. Sie erdrosselten rivalisierende Schmuggler, erschossen Polizisten, jagten die Häuser von Politikern in die Luft. Heute werden

Leichen von den Narcos in Michoacán entsorgt, aber damals wurden Leichen in Michigan von den Schmugglern entsorgt. Der See war nicht tief genug. Die Mitte einer Insel war nicht abgelegen genug. Die Gangster wollten die Leichen verscharren, wo niemand sie je finden würde. Entlang der Küste, in den Niemandsstädten. Die Schmuggler wurden dafür bezahlt, die Leichen über den See zu schmuggeln. Monte wurde dafür bezahlt, die Leichen zu vergraben. Sein Lohn kam in Umschlägen, an seinen Decknamen adressiert: der kleine Narentaner. Er wusste nie, wieso die Leute ermordet worden waren. Sie hätten jeder gewesen sein können. Jetzt waren sie Vermisste. Die Schmuggler kauften ihm einen schweren, rostigen Lkw; er fuhr den Lkw die Küste entlang, von Niemandsstadt zu Niemandsstadt, vergrub die Leichen dort, wo man es ihm aufgetragen hatte. Ein paar musste er auch in seiner Stadt vergraben.

Er kann sich an einen Schmuggler mit Goldzähnen erinnern, der ihm einen Zettel mit einer Namensliste reicht, einem Namen für jede Stadt, dem Namen von wem auch immer, der dort vergraben war, wo er die anderen vergraben musste.

Er kann sich erinnern, wie er mit Ana am Strand ein Lagerfeuer macht, wie sie zusammen an Petoskey-Steinen lecken, um das Wabenmuster der versteinerten Korallen zum Vorschein zu bringen.

Er kann sich erinnern, wie er seinem Vater an seinem neunzehnten Geburtstag wieder das übliche Versprechen gibt.

Und wie sein Vater nachher Blut in ein Taschentuch hustet.

Und wie er später an jenem Abend in die Dünen geht.

Es dämmerte. Die Boote hatten schon angelegt. Die Schmuggler stapelten Kisten. Schwarzgebrannter Schnaps, Feuerwasser, Branntwein. Keine Leichen in dieser Nacht. Monte trat aus dem Wald, kaute an einem Halm Strandhafer. Er weiß noch, wie er allein auf dem Dünenkamm innehält, einfach die Schmuggler beobachtet, ihre mürrische Kameradschaft bewundert, ihren heiseren Gesang genießt. Den Geschmack des Strandhafers aufsaugt. Tiefe Zufriedenheit verspürt. Dann sah er, ein Stück entfernt, andere Männer aus dem Wald treten – sie trugen Gummiknüppel. Der Strandhafer fiel ihm aus dem Mund.

Die Männer, die Polizisten, liefen über die Dünen auf die Schmuggler zu. Monte trat zurück. Er hob die Hände an den Mund, um eine Warnung in die Nacht zu rufen, als hinter ihm jemand seinen Namen sagte. Er fuhr herum; zwischen den Bäumen stand ein Bulle mit einem Gummiknüppel. An der Wasserlinie schrien die Schmuggler. Einige waren hinter den Kisten in Deckung gegangen und feuerten mit Pistolen auf die Polizei. Einige wateten durch die Gischt zu den

Booten. Der Bulle sagte wieder seinen Namen, forderte ihn auf, sich in den Sand zu legen. Stattdessen schlug er dem Bullen ins Gesicht, strauchelte, taumelte, wankte in den Wald. Nie, nie zuvor hatte er sich in so große Schwierigkeiten gebracht. Sein Hemd war zerrissen. Seine Fingerknöchel bluteten. Er war erschrocken und panisch und glücklich zugleich. Er war wieder auf der Flucht. Aber auf dieser Flucht wollte er nicht allein sein.

Tore und Vogeltränken und Flaggen und hell erleuchtete Fenster verschwammen, als er in die Stadt rannte, dann über den Zaun sprang. Er warf einen Stein an ihr Fenster. Ana kletterte vom Fenster aus auf die Straße. Er erzählte ihr, was passiert war. Sie musste nicht erst nachdenken, hatte sich bereits entschieden, nickte ja, ja, ja. Sie liefen von ihrem Haus zu seinem Haus und sprangen in den Lkw. Aber was ist mit deinem Dad, sagte sie. Keine Zeit, sagte er. Dann fielen ihm die Erbstücke ein.

Er leerte den Schrank, steckte die Spieluhr in die Tasche, schleppte dann die anderen Erbstücke ins Badezimmer. Er hörte seinen Vater nach ihm rufen. Er ignorierte seinen Vater, zerrte die Badewanne vom Fenster, hob die Holzdielen an. Da versteckte er die anderen Erbstücke, dann schob er die Wanne zurück an ihren Platz. Sein Vater konnte die Erbstücke nicht mehr bewachen. Krank wie er war, waren sie unter den Dielen sicherer. Hätte er genug Zeit gehabt, sich zu verabschieden? Vielleicht, aber er nahm sie sich nicht. Von oben kam ein ersticktes Husten. Unten fiel eine Tür ins Schloss. Monte sprang wieder in den Lkw, Ana sprang wieder in den Lkw, zusammen fuhren sie in die Nacht hinaus, die Aktienkurse um sie herum fielen in alle Weltmeere.

EINE NUMMER AM NORDUFER

»Diese Woche hab ich ein paar Überstunden gemacht«, sagte
forte
mein Dad.

Ich wusste nicht, was ich darauf sagen sollte, also sagte ich nichts.

»Das macht's leichter, wenn erst der Lohnscheck kommt«, sagte mein Dad.
forte

Durch das Telefon hörte man den Fernseher.
piano

Ich fing an zu verstehen, dass er von einem Ort aus anrief, von dem es keine Rückkehr gab. Niemand konnte bei uns in der Stadt noch einen Job finden. Es gab keinen Weg nach Hause für ihn.

»Schule okay?«, sagte mein Dad.

Ich streichelte die Tasten des Klaviers, spielte den Hauch eines Liedes, drückte jede Taste so sacht, dass sie gar keinen Ton von sich gab.

»Schule ist okay«, sagte ich.
mezzopiano

Ich wartete darauf, dass er es sagte, aber es kam nie.

GLEICHUNGEN

Eine meiner Theorien besagt, dass es für jeden Menschen, den man kennt, einen Ausdruck gibt, der ihn vernichtet. Es ist das, was Opa Dykhouse deinen Wahren Namen nennt.

»Das taucht auf der ganzen Welt in vielen Geschichten auf«, sagte *forte* Opa Dykhouse.

»Vorsicht! Ich kenne diesen Blick. König Gunga erreicht gleich Grad elf der bibliothekarischen Versenkung und entfesselt seine ganze Kraft!«, rief *forte* Jordan.

»Zum Beispiel im Märchen von Rumpelstilzchen, in dem die Müllerstochter ihr Baby erst retten kann, wenn sie den Namen des Geistes kennt«, sagte *mezzoforte* Großvater Dykhouse, ohne auf Jordan einzugehen. »Die Geschichte von Tarandando. Die Geschichte von Titteliture. Oder Geschichten der Wechselbälger – wisst ihr, was ein Wechselbalg ist? In manchen Geschichten schleichen sich Geister in ein Haus, um ein neugeborenes Kind zu stehlen und gegen ein fremdes Kind auszutauschen. Das ist das Wechselbalg – das falsche Kind. Aber jetzt kommt der Trick. Die Geister können nur ein Kind stehlen, das noch keinen Namen hat – die Geister haben keine Macht über ein Kind, das einen Namen hat.«

»Oder wie die Geschichte von Mr Mxyzptlk«, fügte *mezzopiano* Jordan hinzu, aber niemand wusste, wovon er redete.

Opa Dykhouse sagt, dass ein Geist besiegt werden kann, wenn man seinen Wahren Namen kennt. Aber ich weiß seit Jahren, dass ein Mensch auf die gleiche Art besiegt werden kann.

Es ist wie Mathematik.

Meine Gleichungen sind seit der ersten Klasse dieselben.

Nicholas Funes = Junge Mit Null Freunden.

Nicholas Funes = Junge Den Niemand Küssen Möchte.

Nicholas Funes = Junge Dessen Mutter Wünscht Er Wäre Nie Älter Geworden. Dessen Vater Nie Sagt Ich Liebe Dich.

Mein Name ist Nicholas Funes, aber das ist nicht mein Wahrer Name. Um mich zu vernichten, müsstest du mir nur ins Ohr flüstern: *pianissimo* »Du bist ohne Freunde, ungeliebt, nicht liebenswert, ungewollt.« Dann hättest du so viel Macht über mich, wie du dir nur wünschen kannst.

DUELL MIT DEN ISAACS

Am Morgen lief ich nach draußen, um mit meinem Bruder zu reden. Der Wind hatte die letzten Blätter von den anderen Bäumen gerissen – übrig waren nur die Vogelnester, aus den Zweigen der Bäume gemacht, in den Ästen der Bäume versteckt, bis die Blätter gefallen waren.

Es war, als ob man plötzlich in die Köpfe der Bäume sehen konnte, und die Nester waren ihre entblößten Gedanken. Aber mein Bruder war eine Kiefer – er verlor seine Nadeln nie –, und seine Nester blieben versteckt.

Das liebte ich an ihm. Man wusste nie, was er dachte, bis er es aussprach.

Ich zupfte Noten, die bedeuteten: BRUDER WIR SIND KURZ DAVOR DIE ERBSTÜCKE ZU FINDEN UND DAS HAUS ZU RETTEN SODASS WIR DICH NICHT VERLASSEN MÜSSEN.

ICH WÜRDE HELFEN, WENN ICH HELFEN KÖNNTE, sagte das Lied meines Bruders.

DAS MUSST DU NICHT. ICH BIN DER ÄLTERE. DAFÜR BIN ICH DOCH DA, sagte mein Lied.

ABER WOZU BIN ICH DANN DA, WAS MACHE ICH, ICH SOLLTE IRGENDWIE HELFEN, sagte das Lied meines Bruders.

Mein Bruder schlug *fermata* mit dem Wind um sich, schleuderte Zapfen, kriegte einen Anfall. Jüngere Brüder mögen es nicht, wenn man ihnen hilft. Nicht mal, wenn sie Hilfe brauchen. Zwei Eichhörnchen retteten sich kreischend *glissando* in eine ruhigere Kiefer.

Mein Bruder hörte auf, um sich zu schlagen.

WEISST DU NOCH, ALS WIR KLEIN WAREN, DER MORGEN, AN DEM UNSER VATER DICH MITGENOMMEN HAT, MIT DEN ANGELN UND DEM MITTAGESSEN IN ALUFOLIE?, sagte das Lied meines Bruders.

Ich erinnerte mich nicht.

ICH ERINNERE MICH, sagte das Lied meines Bruders.

Am Himmel standen immer noch Sterne.

ICH WEISS NOCH, WIE DU FORTGEGANGEN BIST, sagte das Lied meines Bruders.

Ich wollte wieder Noten zupfen, aber mein Bruder sprach weiter.

ICH HASSE ES, HIER FESTZUSITZEN, sagte sein Lied.

★

Vor der Schule ging ich durchs Viertel und suchte mit meiner Mom nach Großvater Rose. Normalerweise ging ich nicht mit, denn es ist leicht enervierend, bei der Suche nach einem Menschen zu helfen, von dem man genau weiß, wo er steckt, und außerdem fühlt man sich schrecklich dabei. Wir gingen Richtung Innenstadt bis zur Brücke und dann zurück nach Hause. Meine Mom imitierte die ganze Zeit über Vogelstimmen – viel-
staccato
leicht pfiff sie den Vögeln, vielleicht Großvater Rose. In jedem Fall pfiff sie fürchterlich falsch und hörte erst auf damit, als wir schon die Auffahrt hochstapften.

»Hast du keine anderen Erinnerungen mehr an Großvater Rose?«, sagte ich.
mezzoforte

Die Tür krachte ins Schloss. Meine Sneakers hatten klum-
forte
penweise Dreck ins Haus getragen. Meine Mom sah den Dreck und öffnete den Schrank, um einen Besen zu holen.

»Ich weiß noch, dass ich einen normalen Vater haben wollte. Einen, der den Rasen mähte, mit den Nachbarn schwatzte, in der Auffahrt das Auto wusch und zu meinen Auftritten kam. Der nachts zu Hause war. Großvater Rose war das nicht. Er war nie zu Hause. Wenn die Kinder mich nach ihm gefragt haben, habe ich immer gesagt, er sei tot«, sagte *mezzopiano* meine Mom. »Dann, eines Tages, tauchte Großvater Rose am Schulzaun auf. Er trug dieselbe Kleidung, denselben Koffer wie immer. Es war wie ein Trugbild. Er war seit Monaten nicht zu Hause gewesen. Wir saßen auf der Schaukel, als er auftauchte. Ich erinnere mich, wie meine Freunde neben mir in den Himmel aufstiegen, vorwärts, rückwärts. Meine Schaukel hatte angehalten. Mir war gar nicht aufgefallen, dass ich keinen Schwung mehr holte.« Sie fing an den Dreck aufzufegen *pianissimo*. »Ich lief zu dem Zaun, um mit ihm zu reden. Er gab mir etwas. Ein Spielzeug, ein Buch, ich weiß nicht mehr. Nachher haben mich meine Freunde gefragt, wer das war. Ich habe gesagt, ein alter Nachbar.«

Sie hatte aufgehört zu fegen.

»Ist das nicht furchtbar?«, sagte *mezzopiano* meine Mom.

Das Telefon klingelte *fortissimo*. Meine Mom lief ins Schlafzimmer. Ich hörte ein Murmeln *piano*. Ich zog *forte* den Reißverschluss meines Rucksacks zu. Ich nahm meinen Haustürschlüssel von der Anrichte. An der Bushaltestelle standen die Kinder schon an.

Meine Mom tanzte mit dem Besen in die Küche.

»Jemand hat ein Angebot für das Haus gemacht!«, sagte
forte
meine Mom.

»Wer?«, sagte ich.
sforzando

»Die Yorks«, sagte meine Mom.
forte

Das Paar in den Anzügen.

Ich starrte durchs Fenster. Ich stellte mir vor, wie alle Bäume gefällt waren. Ein leerer Pool, wo vorher die Bäume gestanden hatten. Mein Bruder zerhackt, gleich neben dem Kamin aufgestapelt.

»Hast du Ja gesagt?«, sagte ich.
crescendo

»Ich rufe gleich Dad an«, sagte meine Mom.
decrescendo

Vor der Schule schickte Zeke eine Nachricht an den kleinen Isaac.

Bei der Orchesterprobe bekam ich mit, wie ein paar Kinder über mich redeten, während sie ihre Flöten zusammensteckten.

»Es liegt an Typen wie ihm«, murmelte das Mädchen.
piano

»Dass alle glauben, dass Orchester für Versager ist?«, flüsterte der Junge.
pianissimo

»Er ist wie ein lebendiger, atmender schwarzer Punkt auf der weißen Weste des Orchesters«, murmelte das Mädchen.
piano

Wie üblich aß ich in einer Toilettenkabine zu Mittag.

Nach dem Mittagessen schickte der kleine Isaac eine Nachricht an Zeke.

Die Nachricht lautete:

ICH NEHME DEINE HERAUSFORDERUNG AN
FREAK
SAG EINFACH WANN UND WO
NUR FÄUSTE
ICH GEWINNE, DU GIBST UNS, WAS DU
GESTOHLEN HAST
DU GEWINNST, DU BEHÄLTST ES
ABER DAS WIRST DU NICHT

»Du willst dich echt duellieren?«, sagte ich.
mezzoforte

»Heute Abend. Auf der Insel. Ein zünftiger Holmgang«, sagte Zeke.
forte

Mein Mund stand offen.

»Hast du den Isaacs von der Insel erzählt?«, sagte ich.
mezzoforte

»Sorry. Aber ich kann nicht alleine auf die Insel rudern. Das Duell muss heute Abend stattfinden«, sagte *forte* Zeke.

»Wie sollen wir die Erbstücke suchen, wenn die Isaacs dort sind?«, sagte *mezzoforte* ich.

»Ich sag den Isaacs, dass wir uns später treffen. Das gibt uns Zeit«, sagte *forte* Zeke.

Zeke bat mich, sein Sekundant zu sein.

»Heißt das, dass ich mit dem großen Isaac kämpfen muss?«, sagte *mezzoforte* ich.

»Ich hab zuerst Jordan gefragt, aber der wollte nicht«, sagte *forte* Zeke.

Die Jungs in meinem Hirn riefen: *forte* »Sag bloß nicht Ja!«, sie riefen: *crescendo* »Der Große Isaac wird dir die Rippen brechen!«

»Genau genommen hat Jordan gesagt: ›Niemals, Schwulette, nicht in einer Billion Jahren‹«, sagte *mezzopiano* Zeke.

»Dann bin ich dein Sekundant«, sagte *mezzopiano* ich.

Zeke holte seinen silbernen Filzstift hervor. Er schrieb FREUND auf meinen Arm. Er schlenderte Richtung Toilette. Noch nie hatte mich jemand seinen Freund genannt.

Ein Junge in einem Kapuzenmantel ging vorbei und rappte *piano* »Die Ballade von Dirge und Keen«. Beim Verlassen der Schule sah ich Emma Dirge und Leah Keen mit übergeschlagenen Beinen in der Turnhalle sitzen und jubeln *fermata*, während die Isaacs von der Dreipunktelinie Körbe warfen.

★

Ich entdeckte Jordan draußen bei den Bussen unter dem Fahnenmast, gegenüber vom krummen Herz meiner Eltern.

Jordan runzelte die Stirn, als er FREUND auf meinem Arm stehen sah.

»Herzlichen Glückwunsch, Taschenrechner«, sagte *forte* Jordan.

»Du klingst nicht so, als würdest du das meinen«, sagte *forte* ich.

»Genieß es, solange es hält«, sagte *forte* Jordan.

»Freunde sind wie Brüder. Was für immer. Unendlich«, sagte *forte* ich.

»Freunde sind vorübergehend. Brüder sind für immer«, sagte *forte* Jordan.

Zeke zwängte sich durch eine Menge aus Rucksäcken. Kinder in leuchtenden Jacken stapften zu den Bussen. Ich erzählte Zeke, was Jordan gesagt hatte.

»Brüder sind vorübergehend. Freunde sind für immer«, sagte *forte* Zeke und warf Jordan einen stechenden Blick zu. »Du weißt bloß nicht, wie man ein echter Freund ist.«

»Von uns dreien bin ich der Einzige, der echte Freunde hatte. Ich hatte viele, ich hab sie alle verloren«, sagte *forte* Jordan. »Du glaubst nur, dass Brüder vorübergehend sind, weil du nie einen gehabt hast.«

»Ich habe drei Brüder und Nicholas hatte einen …«

»Hat«, sagte *forte* ich. »Hat einen.«

»… also kennen wir uns aus.«

»Brüder und Freunde sind das Gleiche«, sagte *forte* ich. »Wenn man sie einmal hatte, hat man sie immer, glaub ich, selbst wenn sie einen später hassen oder sterben oder in ein anderes Land ziehen. Irgendwie unendlich sind sie so oder so. Wenn du sie hast, sind sie unendlich, und nachdem sie weg sind, sind sie infinitesimal.«

»Infinitesimal?«, sagte *forte* Zeke.

»Eine Zahl, die unendlich klein ist«, sagte *decrescendo* ich.

»Und ich habe nie einen von euch wegen mir mit Mark Huff kämpfen sehen, erzählt mir also nicht, dass ich es bin, der vorübergehend ist«, murmelte *glissando* Jordan.

Alle anderen waren schon im Bus. Mr Carl schloss *forte* die Tür, tat so, als würde er ohne uns losfahren, der gleiche Trick, mit dem er es immer versuchte, damit wir uns beeilten.

»Gehen wir gleich zur Werft?«, sagte Jordan.
forte

»Wir treffen uns bei dir zu Hause – ich bring mit, was wir brauchen, um ein Boot zu klauen«, sagte Zeke.
forte

»Warum können wir uns nicht bei dir zu Hause treffen?«, sagte Jordan.
forte

»Das ist absolutes Sperrgebiet – keiner darf da jemals hin«, sagte Zeke.
forte

Grußlos verschwand Zeke Richtung Innenstadt. Die Bordsteinfugen erstreckten sich wie Hilfslinien in die Ferne.

»Lass ihn uns beschatten«, zischte Jordan.
piano

»Zeke?«, sagte ich.
piano

Mr Carl machte die Türen wieder auf, sah zu uns heraus und
piano
schmollte.

»Willst du etwa nicht unbedingt wissen, wo er wohnt?«, sagte Jordan.
mezzopiano

»Ich gehe ihm nicht nach«, sagte ich.
mezzoforte

»Ich soll ihm alleine nachgehen?«, sagte Jordan.
forte

Mr Carl hupte nach dem Motto STEIGT ENDLICH EIN,
fortissimo
aber wir ließen den Bus stehen und liefen Zeke hinterher. Unsere Sneakers klatschten auf den Asphalt. Unsere Rucksäcke
allegro
klatschten uns auf den Rücken. Im Orchester hatten alle neue
adagio

Begriffe gelernt. Allegro heißt »spiel lebhaft«. Adagio heißt »spiel ruhiger«. Zäsur heißt »Zeit endet hier«, heißt »alles ist still«.

★

Im Supermarkt klaute Zeke eine Handvoll Blumen.

»Blumen für den kleinen Isaac?«, murmelte Jordan und lachte
mezzopiano *piano*
in sich hinein.

Wir folgten ihm in einiger Entfernung, beugten uns tief über den Bürgersteig. Zeke eilte auf den Friedhof, die Blumen wippten in seinen Armen mit den Köpfen. Heute waren seine Sneakers durchsichtig silbern, mit aufgedruckten Symbolen an den Fersen. Zeke hielt inne, verließ den Weg zwischen den Gräbern – neigte den Kopf, wie ein Hund, der in der Ferne ein Pfeifen hört – zog dann die Stirn kraus und stapfte weiter über das Gräberfeld. Geduckt liefen wir von Grabmal zu Grabmal, von VANLOON 1753–1823 zu BRANDER 1811–1867 zu XAVIER 1847–1913 und nutzten die Grabsteine als Deckung, damit Zeke uns nicht sah. In einem hohlen Hickorybaum gurr-
piano
ten Tauben.

Zeke legte die Blumen vor einen buckligen Grabstein zwischen zwei Grabmalen, auf denen OBETTS und DEBOER stand. Über dem OBETTS-Grabmal (5. NOVEMBER 1931) erhob sich ein Mann in Steinsweater und Steinhelm, der den Arm nach einem Steinfootball ausstreckte. Über dem DE-BOER-Grabmal ragte ein Steinsoldat mit Steingewehr auf, der eine Steinmütze in den Himmel warf. Auf dem Grabstein zwischen den beiden Grabmalen stand HYO WAEGU SONG. Unter den Namen stand 21-05-97, wie die Kombination eines Spinds, den niemand mehr öffnen konnte.

Zeke stand mit im Nacken verschränkten Händen über den Blumen.

»Ich hab gesagt, wir sehen uns später«, sagte *mezzopiano* Zeke, ohne den Blick von dem Grabstein zu wenden.

Wir lugten um die Ecke eines mit Ranken überwucherten Grabmals. Jordan warf mir einen erstaunten Blick zu. Ich zuckte mit den Schultern. Jordan stupste mich mit dem Finger an und machte ein finsteres Gesicht, so als hätte ich uns verraten. Ich schüttelte den Kopf und zeigte auf Jordan. Jordan verdrehte die Augen, mimte ein Lachen und trat *sforzando* dann ein paar Blätter nach mir.

Wir krochen hinter dem Mausoleum hervor und taten beide so, als hätten wir erwischt werden wollen.

»Was für ein Name ist Hyo?«, sagte Jordan.
forte

»Koreanisch«, sagte Zeke.
mezzopiano

»Klingt wie aus einem Cartoon«, sagte Jordan.
forte

Zeke vergrub die Hände in die Taschen seiner Jeans.

»Ich bin halber Koreaner«, murmelte er.
mezzopiano

»Ich bin halber Italiener«, sagte ich.
forte

Jordan sagte gar nichts.

»Was bist du?«, sagte ich.
forte

»Dänisch. Finnisch. Schwedisch. Norwegisch. Was immer«, murmelte Jordan.
mezzopiano

Zeke hockte sich auf das Grab.

»Ich bringe meinem Großvater an jedem Einundzwanzigsten des Monats Blumen«, sagte er.
piano

»Wie war er?«, sagte ich.
piano

»Groß«, sagte Zeke.
piano

»Fett?«, sagte Jordan.
fermata

»Groß. Nicht fett. Groß«, sagte Zeke.
sforzando
Mit dem Finger fuhr er die Lettern auf dem Grabstein nach. »Das Pflegeheim hat ihn jahrelang am Leben erhalten, bis er nicht mehr reden oder sich rühren oder irgendwas konnte. Dass er einen hörte, wusste man nur, wenn er mit den Augen blinzelte. Als er gestorben ist,

hat meine Mom gesagt, es sei Zeit gewesen, aber ich wünschte, das Pflegeheim hätte ihn noch länger am Leben halten können.«

Er biss sich auf die Lippe. Er drehte sich um und sah uns an. Er deutete auf seine Handfläche. »Die fehlende Hand meines Vaters. So ist es für mich. Ein Phantomschmerz. Er ist weg, aber manchmal spürt man ihn immer noch da, wo er mal war.«

caesura

Zeke sagte *forte*: »Es stimmt nicht, was du vorhin über Geister gesagt hast. Es ist nicht das, was hätte gewesen sein können, das uns heimsucht. Es ist das, was einmal war.«

★

Zeke sagte, wir würden uns bei Jordan treffen, dann verschwand er hinter einer Reihe bemooster Grabsteine.

»Na gut, Taschenrechner, dann komm«, seufzte *mezzopiano* Jordan.

Wir kürzten durch den Wald ab, kamen unter verlassenen Baumhäusern mit verrottenden Brettern vorbei, an verlassenen Unterständen, auf denen maunzende *forte* Katzen saßen, überquerten von Trittstein zu Trittstein springend den Bach. In der Garage eines dreistöckigen Hauses tackerten *mezzoforte* Oberstufler in Hoodies und Bandanas Flatterbänder an einen Festwagen auf einem Flachbettauflieger. Ein Gettoblaster sang *fortissimo* in Dur und Moll.

Als wir bei Jordan ankamen, maß Jordans Mutter Genevieve gerade mit einem Zollstock vom Absatz bis zur Schulter.

»Musst du das hier drinnen machen?«, brummte *mezzopiano* Jordan.

Ich blieb stehen und sah zu, wie sich Jordans Mom auf den Teppich kniete und Zahlen vom Zollstock ablas *mezzopiano*. Genevieves Arme waren ausgestreckt, die Hände starr, die Finger zeigten auf die gegenüberliegende Wand.

Als ich mich umdrehte, war Jordan auf einmal verschwunden, er hatte mich einfach stehen lassen. Ich fühlte mich unbehaglich verstoßen.

Jordans Mom starrte mich an. Genevieve starrte mich an. Ich rannte die Treppe hoch. Ich kam an einem mit Schmutzwäsche übersäten Zimmer vorbei, an einer geschlossenen Tür, auf der in ungelenken Buchstaben TY stand. Dann fand ich endlich Jordans Zimmer. Da standen ein Bett mit einer verschlissenen Steppdecke, eine Kommode, der einige Schubladen fehlten, eine Lampe, ein Stuhl, ein Tisch und sonst nicht viel. Ein paar Pullover hingen an Kleiderbügeln, aber davon abgesehen war der Schrank völlig leer. Jordans Rucksack lehnte am Tisch. Jordan hockte auf dem Tisch und ritzte *piano* mit einem Messer JORDAN in die Tischplatte.

Ich wollte wissen, ob wir Freunde waren, so wie Zeke und ich Freunde waren, seit er mir FREUND auf die Haut geschrieben hatte, aber ich wusste nicht, wie ich fragen sollte, und außerdem waren wir wahrscheinlich keine.

»Hasst du mich?«, sagte *forte* ich.

»Was?«, sagte *forte* Jordan.

»Hasst du mich?«, sagte *forte* ich.

»Nein, ich hasse dich nicht. Warum stehst du da so rum? Willst du dich setzen oder so?«, sagte *forte* Jordan.

»Du magst mich also?«, sagte *forte* ich.

»Ich empfinde gar nichts für dich«, sagte *forte* Jordan. »Du bist bloß ein Mensch, den ich kenne. Wer sagt, dass ich für jeden etwas empfinden muss? Ich empfinde für niemanden etwas. Außer für Opa Dykhouse. Und für Ty vielleicht.«

Jordan hatte Bilder seiner ehemaligen Freunde an die Wand gepinnt, von allen, die ihn jetzt hassten – Jordan und die Geluso-Zwillinge, wie sie vom Pier sprangen, Jordan und Emma Dirge und Leah Keen, wie sie den Hund von irgendjemandem knuddelten, Jordan und Mark Huff und die Isaacs für eine Theatervorstellung als Banditen verkleidet, Jordan und Mark Huff, wie sie die Schneeburgen bauen, Jordan und Mark Huff, wie sie Sandburgen kaputt machen, Jordan und Mark Huff, wie sie mit Stöcken in einem Lagerfeuer herumstochern. Er tat mir leid. Ich selbst tat mir auch leid. Die Jungs auf den Fotos hatten so viele gemeinsame Erinnerungen und ich war nie dabei gewesen.

»Meine Schwester hat Skoliose. Falls du dich fragst, warum meine Mutter ihre Schultern misst. Darum, Taschenrechner«, sagte *piano* Jordan.

Ich sagte nichts.

»Weißt du, was Skoliose ist?«, sagte *mezzopiano* Jordan. »Das bedeutet, dass ihr Rückgrat ganz krumm ist.« Er ritzte *staccato* eine scharfe Zickzack-Linie in die Tischplatte. »Ungefähr so. Ihr Rückgrat ist wie eine Schlange geformt. Was mit ihr nicht stimmt, ist in ihrem Innern, aber man kann es von außen sehen. Ihre Schultern sind ungleich. Der Kopf der Schlange drückt die eine höher als die andere. Als sie zum ersten Mal geröntgt wurde, war ihr Rückgrat um 19 % gekrümmt. 19 % ist schlecht, aber nicht so schlecht, man muss erst mit mehr als 20 % ein Korsett tragen. Seitdem bringt mein Dad sie jeden Monat einmal

zum Röntgen. Auf den Röntgenbildern kann man ihr Rückgrat sehen. Es sieht aus wie der Geist der Schlange eines Schlangenbeschwörers, die aus dem Schlangenkorb in ihrer Hüfte aufsteigt.« Er ritzte eine weitere Zacke in die Zickzack-Linie.
sforzando
»Letzten Monat ist der Geist ein bisschen höher gestiegen. Als sie diesmal geröntgt wurde, war die Schlange bei 23 Grad. Jetzt wird sie ein Korsett tragen müssen. Sie muss es nur ein paar Jahre tragen, und auch mit dem Korsett kann sie immer noch auf Pyjama-Partys gehen, Volleyball spielen, sich verabreden. Aber sie meint, ihr Leben wäre vorbei. Niemand würde sich mit einem Cyborg verabreden wollen, sagt sie. Deshalb muss meine Mom jeden Tag nach der Schule ihre Schultern messen. Sie hofft, dass ihre Schultern sich vielleicht in den Normalzustand verschieben. Dass ihr Körper sich vielleicht selbst repariert.«

Jemand stampfte die Treppe hoch. Jordan hörte auf zu reden
crescendo
und sah zur Tür. Jemand stampfte in den Flur. Zeke lugte ins
piano
Zimmer.

»Was soll dieser Blick, Schwulette?«, sagte Jordan.
mezzoforte

»Was macht deine Mom mit deiner Schwester?«, sagte Zeke.
mezzoforte

Jordan runzelte die Stirn, sprang vom Tisch.

»Ich habe versucht ihr zu sagen, dass manche Leute Cyborgs wirklich mögen«, murmelte *mezzopiano* er.

★

Zeke zerrte einen verlotterten Seesack ins Zimmer.

In dem Sack waren eine Taucherbrille aus Metall mit einem Paar Schwimmflossen, eine Taucherbrille aus Holz mit null Schwimmflossen, zwei abgenutzte Maurerkellen, ein Fernglas aus Messing und Feuerwerkskörper.

»Wo hast du das denn alles her?« Jordan durchwühlte den Sack.

»Die Raketen hab ich geklaut. Der Rest hat meinem Opa gehört«, sagte *forte* Zeke.

»Das hat Jo-Jo gehört?«, sagte *forte* Jordan und schwenkte das Fernglas.

»Sein Name war Hyo«, sagte *decrescendo* Zeke. »Und er war Architekt, was genauso wichtig ist wie Bibliothekar.«

»Wofür die Raketen?«, sagte *forte* ich.

»Für das Duell. Weil wir keine Pistolen haben«, sagte *forte* Zeke und schnappte sich das Fernglas.

»Haben die Isaacs nicht gesagt ›nur Fäuste‹?«, sagte *forte* ich.

»Der kleine Isaac macht nicht die Regeln«, sagte *crescendo* Zeke und hob den Sack auf. »Wenn er ein Duell will, riskiert er, eine Rakete vor die Brust zu kriegen.«

DIE NAMENLOSE INSEL

»Schwimmt zum Ruderboot, macht es los, dann rudert zurück zu mir«, flüsterte Zeke.
pianissimo

»Warum müssen eigentlich wir es holen?«, sagte Jordan.
piano

»Wer bei Vollmond im See schwimmt, wird von den Ertrunkenen nach unten gezogen«, flüsterte Zeke.
piano

»Deshalb schickst du uns?«, zischte Jordan.
piano

»Ihr glaubt nicht dran, deshalb werden die Ertrunkenen euch wahrscheinlich in Ruhe lassen. Wenn man an etwas nicht glaubt, hat es weniger Macht über einen«, flüsterte Zeke.
piano

»Warum hörst du dann nicht auf, dran zu glauben, und schwimmst mit uns raus?«, sagte Jordan.
piano

»Dagegen kann man nichts machen. Ich könnte so tun, als würde ich nicht glauben, dass die Ertrunkenen mich nach unten ziehen, wenn ich bei Vollmond im See schwimme, aber glauben würde ich es trotzdem noch«, flüsterte Zeke.
piano

Wir kauerten auf der Werft, unter dem hölzernen Rumpf eines zur Reparatur aufgebockten Boots. Am Ende des Piers ragte der Leuchtturm auf, in seinem Schädel drehte sich ein Strahl aus Licht. Das Ruderboot war an einer Boje vertäut, der Leuchtturmwärter hatte es dort zurückgelassen. Ich hatte Angst[Gefängnis], es zu stehlen. Wir wussten nicht, wie man ein Motorboot startete oder ein Segelboot steuerte, also mussten wir ein Ruderboot stehlen.

»Ich nehme den Metallschnorchel«, flüsterte *mezzopiano* Jordan.

»Das ist der mit den Schwimmflossen«, zischte *allegro* ich, aber Jordan nahm sich trotzdem die Schnorchelmaske aus Metall.

Wir zogen die Sneakers aus, schälten uns aus den Socken, warfen Zeke unsere T-Shirts zu. Jordan zog sich die Taucherbrille über das Gesicht und zwängte sich in die Schwimmflossen. Ich zog die andere Brille über, biss auf den Schnorchel, saugte am Gummi. Wir sprangen mit den Füßen voran in den See.

Die Kälte schlug zu wie ein Isaac, nahm mir den Atem. Jordan brüllte *mezzopiano*, wahrscheinlich fluchte er, vom Schnorchel gedämpft. Das Wasser schlug *mezzoforte* Wellen wie die Jahresringe eines Baums. Eine Möwe krächzte *forte* von den Wanten eines Seglers. Ich blies *mezzoforte* eine Fontäne aus dem Schnorchel, und Jordan blies *mezzopiano* auch eine Fontäne, und wir schwammen *piano* weg von den Docks, an den vor Anker liegenden Segelbooten vorbei, und stellten uns all die Ertrunkenen vor, die unter uns schwammen und darauf warteten, dass wir tieferes Wasser erreichten, bevor sie sich auf uns stürzten, um uns an den Haaren zu packen und in die Tiefe zu ziehen.

★

Jordan hievte sich, immer noch paddelnd, in das Ruderboot. Er zog mich nach, er schwitzte *piano* unbeschreiblich, Wasser tropfte von der Nase seiner Maske. »Praktisch arktisch«, murmelte *mezzopiano* Jordan.

»Hast du das gesehen?«, sagte *piano* ich. Mr Carl und Mr Tim standen am Pier und angelten, Mr Carl kaute an einer glühenden Zigarre, Mr Tim trug eine karierte Jacke. »Seit wann sind denn die befreundet?«

»Seit immer«, sagte *piano* Jordan und zerrte sich die Maske über das Kinn.

Wir schnappten uns beide ein Ruder, pullten Richtung Werft, die Ruder quietschten *piano* in den Rudergabeln. Das Ruderboot knallte *forte* gegen das Dock. Zeke schleuderte den Seesack ins Boot.

»Es ist vielleicht nicht der beste Zeitpunkt, um darüber zu

reden, aber wissen wir überhaupt, wo wir graben sollen?«, flüsterte *piano* Jordan.

»PAWPAW INSEL, SCHIFF IN DER FLASCHE, KNOCHEN VOM BUG, NEUN SCHRITTE LANDEINWÄRTS«, flüsterte *piano* Zeke.

»Also was, wir finden die Insel, sehen uns die Flaschenschiffe an, brechen dem Bug die Knochen und gehen dann neun Schritte?«, flüsterte *piano* Jordan.

»Wir haben die ganze Nacht, um das rauszufinden«, zischte *piano* Zeke.

»Es ist eine ganze Insel«, zischte *piano* Jordan.

Zeke trat in das Boot, taumelte auf einen Sitz.

»Das Boot schaukelt, Schwulette«, brummte *piano* Jordan.

»Nenn mich noch mal Schwulette«, sagte *piano* Zeke.

»Was?«, sagte *piano* Jordan.

»Nenn mich noch einmal Schwulette«, sagte *piano* Zeke.

»Schwulette«, sagte *piano* Jordan.

»Ich habe gesagt, du sollst mich nicht Schwulette nennen«, sagte *sforzando* Zeke. »Ich heiße Zeke. Und mein Großvater hieß Hyo. Nenn mich nicht noch mal Schwulette, sonst verfüttere ich dich an meine Hunde.«

»Schwulette«, sagte *piano* Jordan.

Zeke beugte sich über den Seesack.

»Wenn ich mit den Isaacs fertig bin, könntest du der Nächste sein«, murmelte *piano* Zeke.

»Da habe ich jetzt aber Angst, Schwulette«, sagte *piano* Jordan. Wir ruderten zur Hafenmündung. Ich zitterte im Wind. Mr Carl und Mr Tim klopften *forte* an die Tür des Leuchtturms, riefen *forte* den Namen des Leuchtturmwärters.

»Haben sie uns gesehen?«, sagte *piano* ich.

»Vielleicht brauchen sie nur neue Köder«, sagte *piano* Jordan.

»Ihr rudert besser schneller«, sagte *piano* Zeke.

★

Jenseits des Hafenbeckens trugen die Wellen Schaumkronen. Über dem See lag Nebel. Haken und Köder und Schraubenzieher schepperten *staccato* über den Boden, vom Bug zum Heck zum Bug zum Heck, das Ruderboot wogte auf den Wellen. Zeke saß über einen Kompass und eine Karte der Seen gebeugt. Wie Menschen, die durch eine Welt aus Wolken reisen, ruderten wir durch den wabernden Nebel.

Ich sah etwas leuchten. Vor uns flackerte Licht über dem Wasser. Es flackerte, verschwand, flackerte wieder im Nebel.

»Wir sind nicht allein«, zischte *piano* Jordan.

»Was?«, sagte *piano* Zeke.

»Da ist was«, zischte *piano* ich.

Zeke hob das Fernglas an die Augen, starrte auf das Licht. Das Licht schwenkte herum, ein goldener Streifen. Zeke ließ das Fernglas sinken.

»Was ist das?«, sagte *piano* Zeke.

»Wahrscheinlich der Geist von Opa Jo-Jo, wenn das Licht so fett ist«, sagte *piano* Jordan.

»Was hast du gesagt?«, sagte *crescendo* Zeke und fuhr herum.

»Wahrscheinlich der Geist von Opa Jo-Jo …«, sagte *piano* Jordan, aber da war Zeke plötzlich auf den Beinen, schleuderte das Fernglas wie einen Morgenstern, und Jordan taumelte, griff sich an die Stirn und ging zu Boden.

Jordans Ruder tauchte führerlos ins Wasser, zerrte am Boot. »Was willst du?«, brüllte *forte* Zeke, ließ das Fernglas drohend kreisen, kam beinahe zu Fall, als das Ruderboot durch einen Wellenkamm brach. *forte* Jordan kroch auf Zeke zu, aber Zeke trat ihn vor die Brust, das warf ihn wieder zurück. »Du weinerlicher, ignoranter, zahnlückiger Zwerg.« Zeke umklammerte das Fernglas, seine Hände nur Sehnen und Knöchel. »Ist es das, ja? Willst

du ein paar eigene Spottnamen?« Zeke versetzte Jordan noch einen Tritt. »Du Rotkopf, du Mutant, du Trottel, du Wurm.« Ich wollte helfen, wusste aber nicht, wem, und das Ruderboot driftete seitwärts, Wellen schlugen über den Bug. Es schlinger-
forte
te, wurde hochgehoben, schlug wieder flach aufs Wasser, das
sforzando
Angelzeug klapperte. Wir hatten keine Schwimmwesten dabei.
staccato
Ich fummelte an den Rudern herum. »Verbannter, Ausgestoßener, Aussätziger.«

Vor uns im Nebel verschwand das Licht, flackerte auf, verschwand wieder. Jordan hustete. Sein Ohr blutete. Seine Stirn
piano
blutete. Zeke stand abwartend da, umklammerte das Fernglas, keuchte, war auf einen Angriff gefasst. Aber Jordan griff nicht
piano
an. Stattdessen kroch er auf einen Sitz. Er senkte den Kopf. Er hockte bloß da.

Zeke schwankte. Irgendwie hatte er Jordans Willen gebrochen. Irgendwann in der langen Reihe seiner Flüche hatte er Jordans Wahren Namen gesagt.

Jordan schaukelte mit dem Ruderboot. Die Tauchermaske an seinem Hals tropfte immer noch.

»Eine Zeit lang durfte mein Dad nicht bei uns wohnen, weil er uns geschlagen hat«, sagte Jordan und starrte auf ein paar
adagio

Angelbleie auf dem Boden des Boots. »Es ist nicht oft vorgekommen, ehrlich, so gut wie nie, und hinterher hat es ihm immer leidgetan. Aber manchmal hat er sich einfach reingesteigert und total die Fassung verloren.« Er zog die Schultern hoch. »Ich habe Angst, dass ich wie mein Dad werde. Ich hab schon jetzt das Gefühl, dass ich Leuten manchmal ganz ohne Grund wehtue, irgendwelchen Leuten, einfach so. Ich sehe Taschenrechner und plötzlich will ich ihm die Zähne einschlagen.«

Damit war diese Frage beantwortet. Wir waren nicht = Freunde. Wir waren noch nicht mal ≈ Freunde. Wenn er mir die Zähne einschlagen wollte, waren wir offenkundig ≠ Freunde.

»Oder du«, sagte *adagio* Jordan und zeigte auf Zeke. »Ich sehe dich und will deinen Kopf wahllos vor die Wand klatschen.« Er legte die Stirn in Falten. »Die Gemeinheit ist in mir wie diese Schlange. Erst war sie winzig, aber dann hat sie sich gehäutet und ist größer geworden, und dann hat sie sich noch mal gehäutet und ist noch größer geworden, und sie wird immer noch größer, und wenn ich sie töten könnte, würde ich sie töten, aber ich kann es nicht. Ich kann nicht verhindern, dass sie größer wird.« Er wischte sich das Blut vom Ohr. »Aber ich schlage nie jemanden. Manchmal habe ich den Wunsch, alle zu schlagen, aber ich schlage nie jemanden. Wenn ich gemeine Sachen sage, dann bin das nicht ich, der gemein ist. Dann bin das ich, der ich mich selbst zurückhalte.«

Zeke ließ das Fernglas sinken. Er sah nicht so aus, als wollte er noch Macht haben über Jordan. Er drehte sich zu mir um.

»Jetzt rudere ich erst mal«, murmelte Zeke.
piano

Die Wellen trieben uns auf das flackernde Licht zu. Das Boot bäumte sich auf und Zeke taumelte an die Ruder. Meine Arme waren > zitterig, aber nicht von der Kälte, sondern vor Erschöpfung. Ich wankte zu Jordan und setzte mich auf das Brett gegenüber.

Er sah mich nicht an. Er hatte die Fäuste geballt. Mal hüllte der Nebel ihn ein, mal gab er ihn wieder frei. Ich wusste nicht, was ich sagen sollte, aber irgendetwas musste ich sagen, also redete ich einfach los.

»Selbst mit elf ist man schon so viele verschiedene Ichs gewesen«, sagte ich und hielt mich an dem Brett fest, auf dem
allegro
ich saß, und der Wind fuhr mir ins Haar. »Manchmal vermisse ich den, der ich mit sieben war, der ich mit fünf war, sogar den, der ich mit drei war. Die Art, wie sie gedacht haben. Was sie

für meine Eltern empfunden haben. Die Worte, die sie benutzt haben, die ich nicht mehr benutze. Und die ganze Zeit versuche ich all diese Ichs zusammenzubringen, sie alle gleichzeitig zu sein. Wenn ich gehe, möchte ich spüren, dass wir alle gehen, wie ein kleineres Ich, das ein noch kleineres Ich überlappt, das ein noch mal kleineres Ich überlappt. Aber ich kann es nicht. Mit jedem Tag verliere ich ein paar mehr von ihnen. Sie sind so verblasst, dass sie fast schon fort sind.«

Das war die Sorte gefährliche Idee, bei der Zuhörer normalerweise die Flucht ergriffen, aber wenn ich einmal damit angefangen hatte, konnte ich nicht mehr aufhören.

»Ihr wisst, was Geigen und Fiedeln sind?«, sagte ich. *allegro* »Musikinstrumente, klar. Aber eigentlich sind sie ein und dasselbe Instrument. Der Unterschied ist die Spielweise. Wenn man sie so spielt, ist es eine Geige. Wenn man sie so spielt, ist es eine Fiedel. Das ist die Entscheidung, die man als Musiker jedes Mal treffen muss, jedes Mal, wenn man spielt. Aber man muss diese Entscheidung auch bei sich selbst treffen. Spielt man sich so, ist man eine Fiedel. Aber spielt man sich so, dann ist man eine Geige, ein ganz anderer Klang, etwas, von dem man nie geglaubt hätte, dass man es sein könnte.«

Jordans Brauen zogen sich zusammen. Jordan sah mich an. Seine geballten Fäuste lösten sich.

»Es ist, als wärest du gleichzeitig null und hundert Jahre alt«, sagte *piano* Jordan.

»Sorry«, sagte *piano* ich.

»Wieso sorry?«, sagte *piano* Jordan.

»Ich wollte dir helfen, aber als ich zu reden angefangen habe, kamen nur komische Ideen raus«, sagte *piano* ich.

»Na ja. Komisch waren sie schon. Aber sie haben geholfen«, sagte *piano* Jordan.

Das Licht schwoll auf die Größe eines Hauses an, und dann glitt das Ruderboot auf eine Lichtung inmitten der Nebelbank, und das Licht schrumpfte auf die Größe einer Laterne zusammen. Und nichts anderes war es die ganze Zeit gewesen – eine Laterne am Bug eines Ruderbootes, dessen Anstrich abblätterte. Darin saß ein bärtiger Mann und angelte. Er trug eine zerlumpte Hose, ein zerlumptes Hemd und einen Hut, der seit wenigstens hundert Jahren aus der Mode war.

»Irgendwas stimmt mit dem Mann nicht«, flüsterte *piano* Zeke.

Der bärtige Mann befestigte einen neuen Köder an der Angelschnur. Er warf einen Blick zu unserem Boot herüber.

»Er hat uns gesehen!«, sagte *piano* Zeke und duckte sich.

Der bärtige Mann rief *pianissimo* etwas, das sich im Wind verlor. Wir stolperten zu Zeke, packten die Ruder, pullten gemeinsam. Das Ruderboot drehte seitwärts ab, aber der See trieb uns immer noch auf den bärtigen Mann zu. Sein Boot hob sich im Wellengang, wenn es sich wieder senkte, rasselte *mezzopiano* die Ankerkette. Wir trieben näher heran. Wir waren drauf und dran, ihn zu rammen. Hinter meinem Rücken hatte ich das Messer gezückt. Falls er zu uns an Bord kam, war ich vorbereitet.

»Seid ihr vom Kurs abgekommen, Jungs?«, rief *forte* der bärtige Mann. Eines seiner Augen war so milchig weiß wie der Nebel. Sein Bart war so spitz wie der Stachel eines Cellos, seine Stimme hatte ein hohles, scharfes Timbre. Aus einer Papiertüte holte er einen Streifen rohes Fleisch und befestigte es an seinem Angelhaken.

Unser Boot rammte *piano* seins und schwankte.

»Ist das Fleisch?«, sagte *glissando* Jordan stirnrunzelnd.

Der bärtige Mann warf *fermata* die Schnur. »Eichhörnchen«, sagte *forte* er. »Heute Morgen auf der Insel geschossen. Ihr seid nicht zum Angeln hier, oder? Das ist meine Stelle. Hier könnt ihr nicht angeln.«

»Wir hauen ja schon ab, wir hauen schon ab«, sagte Zeke
forte
und griff nach den Rudern.

Der bärtige Mann gab Schnur. »Die Stelle hier ist erstklas-
staccato
sig«, sagte der bärtige Mann. »Schiffswracks, seht ihr, da leben
forte
die großen Fische.«

Zeke hörte auf zu rudern. Die beiden Boote stießen wieder
piano
aneinander. »Schiffswracks?«, sagte Zeke.

»Unter uns liegt die DANTES«, sagte der bärtige Mann.
forte
Er gab noch mehr Schnur. »Ein Frachter aus Salt Lake City, in
fermata
einem Novembersturm gesunken.« Er deutete mit der Angelrute in den Nebel. »Da drüben am Ufer liegt noch eins namens PAWPAW.«

Jordans Augen waren > als sonst. Vielleicht doppelt so groß.

»Sie haben die PAWPAW gesehen?«, flüsterte Jordan.
mezzopiano

Zeke zog an meinem T-Shirt.

»Die PAWPAW ist *auf* der Insel gesunken!«, flüsterte Zeke.
mezzoforte
»Sie ist *gestrandet*!«

Ich starrte den Mann mit offenem Mund an.

»Die Chance dafür lag bei 1 %«, flüsterte ich.
mezzopiano

»Ein alter Holzschoner, seit fast hundert Jahren ein Wrack«,
sagte der bärtige Mann. »Manchmal zelte ich da, wenn das
forte

Wetter es zulässt. Das Eichhörnchen hab ich da geschossen. Ihr wollt nicht zelten, oder? Das ist meine Stelle. Da könnt ihr nicht zelten.« Er ließ die Angelrute sinken, aber Zeke sagte: *forte* »Moment mal. Da, sagen Sie? Da drüben?«

Zeke stemmte sich in die Ruder, unser Boot schrammte *mezzopiano* am Boot des bärtigen Mannes entlang auf die Insel im Nebel zu.

Ich rief *forte* dem bärtigen Mann zu: »Können Sie mit dem Auge sehen?«

Das milchige Auge zwinkerte.

»Nicht euch oder mein Boot oder diesen See«, rief *forte* der bärtige Mann. Er zog an seinem Augenlid. »Das ist mein Auge für andere Dinge. Für die anderen Welten. Die Ruinen. Die Geister. Wo die Fische schlafen.«

Der Nebel schluckte sein Boot.

»Was für ein Ekel«, brummte *mezzopiano* Jordan und lachte *piano*.

Dann röhrte *sforzando* irgendwo ein Motor und Jordan lachte nicht mehr.

»Der Mann hatte keinen Motor«, sagte *piano* ich.

Zeke runzelte die Stirn.

»Die Isaacs sind früh dran«, murmelte *piano* Zeke.

★

Ein Segelboot mit elektrischem Licht glitt aus dem Nebel, auf dem Deck sieben Jungs in Hoodies – der kleine Isaac am Steuer (ISAAC 17), der große Isaac (ISAAC 19) an der Reling, längsseits fläzten sich fünf Möchtegern-Isaacs (LUCAS 4, IAN 24, ETHAN 26, KEVIN 15, SCOTT 10), die meisten von ihnen gerade Zahlen, keiner von ihnen eine Primzahl. Der kleine Isaac drehte am Steuerrad, und das Segelboot schwenkte zu uns hinüber und fing uns in seinem Kielwasser ein.

»Hey, das ist Odom!«, rief *forte* der große Isaac. »Und der Spind-Partner vom Freak!«

Ein Möchtegern-Isaac (SCOTT 10) spuckte auf uns, aber die Spucke drehte sich im Wind und traf einen anderen Möchtegern-Isaac (KEVIN 15) ins Gesicht. Der kleine Isaac drehte wieder das Steuerrad, und das Segelboot schwenkte in den Nebel.

»Darf man sieben Leute zu einem Duell mitbringen?«, sagte *piano* Jordan.

»Der große Isaac ist der Sekundant vom kleinen Isaac. Der Rest darf nur zusehen«, sagte *piano* Zeke.

»Hast du dabei, was du den Isaacs gestohlen hast? Ich meine, falls du verlierst?«, sagte *piano* ich.

Zeke ignorierte mich, tat so, als hätte er mich gar nicht gehört.

Das Ruderboot lief auf einer Sandbank auf. *mezzopiano* Wir sprangen ins flache Wasser. Jordan zog das Boot ans Ufer. Zeke, die Tasche mit dem Feuerwerk über dem Kopf, watete zur Insel. Ich zog mir wieder mein T-Shirt über, riss am Kragen, damit es über die Taucherbrille passte, und folgte den beiden an Land. Der Nebel war verschwunden. Die Insel war bewaldet.

»Wie ein Rippenkorb«, flüsterte *pianissimo* Zeke.

»Was?«, sagte *piano* ich.

Zeke deutete auf die Umgebung. Strandabwärts ragte ein Felsvorsprung hervor. Darunter, halb über Wasser und halb unter Wasser, lag ein Schiff auf dem Sand, das Mondlicht schien durch die gebogenen Rippen seines Rumpfs.

»Wir haben das Tattoo die ganze Zeit falsch gelesen!«, sagte *piano* Zeke. »Die Zeichensetzung! Es heißt nicht PAWPAW INSEL, SCHIFF IN DER FLASCHE, KNOCHEN, VOM BUG NEUN SCHRITTE LANDEINWÄRTS! Es heißt PAWPAW INSEL, SCHIFF, IN DER FLASCHE, KNOCHEN VOM BUG, NEUN SCHRITTE LANDEINWÄRTS!«

»KNOCHEN VOM BUG?«, sagte *piano* Jordan, aber ich wusste,

was Zeke meinte. Mein Bruder war noch jung, aber das war, was er später einmal, wenn er gestorben war, auch werden könnte. Manche Bäume wurden für den Schiffsbau verwendet. Und danach, wenn das Schiff ein Wrack war, wäre er ein Knochen wie der Bug dieses Schiffes hier. Morsches Holz.

»Der Schlüssel ist NEUN SCHRITTE LANDEINWÄRTS vom Bug der PAWPAW vergraben!«, sagte *piano* Zeke.

»IN DER FLASCHE«, flüsterte *piano* ich.

Die Hoodie-Schatten der Isaacs und Möchtegern-Isaacs stapften über den Strand, am Schiffswrack vorbei, auf uns zu.

»Die Isaacs kommen«, zischte *piano* ich. »Solange die hier sind, können wir nicht graben.«

»Du gräbst«, sagte *piano* Jordan. »Wir duellieren uns.«

»Er kann nicht graben«, sagte *piano* Zeke. »Er ist mein Sekundant.«

»Ich bin dein Sekundant, Schädelzahn«, sagte *mezzopiano* Jordan. »Lass ihn graben.«

»Schädelzahn? Was heißt hier ›Schädelzahn‹? Und seit wann bist du mein Sekundant?«, sagte *mezzopiano* Zeke.

»Hör zu, ich hasse normale Namen. Ich kann dich nicht Zeke nennen«, sagte *mezzopiano* Jordan. »›Schädelzahn‹ ist ein Meisterwerk von einem Spitznamen. Er ist der härteste und glanzvollste Spitzname, den ich jemals ganz allein erfunden habe. Ich habe eine Ewigkeit dafür gebraucht. Wie kann dir ›Schädelzahn‹ nicht gefallen?«

Zeke blinzelte.

»Geht schon«, sagte *mezzoforte* Zeke.

Jordan klopfte mir auf die Schulter und sagte *mezzoforte*: »Wenn der Leuchtturmmann weiß, dass wir sein Ruderboot gestohlen haben, sucht er vielleicht schon den See nach uns ab. Wir müssen den Schlüssel finden und von hier abhauen. Mach schnell.«

Ich preschte den Strand runter, gerade in dem Moment, als die Isaacs und die Möchtegern-Isaacs angestapft kamen. Der große Isaac schrie *forte*: »Wo läuft er hin?« Und Jordan schrie *forte*: »Was geht dich das an, Trollhöhle?« Und der große Isaac schrie *forte*: »Wen nennst du hier Trollhöhle?«

Ich lief durch das flache Wasser am Wrack *forte*. Fledermäuse stoben vom morschen Rumpf auf. Die Balken knarrten *glissando*, die Wellen schlugen *forte* gegen das Heck des Schiffs. Ich stand an den BUGKNOCHEN, auf der Insel des PAWPAW-Wracks, wo der Schlüssel für die Truhe IN DER FLASCHE war. Ich berührte den Bug des Schiffes. Die Farbe war rau, das Holz glatt. Im

Wrack huschte *piano* etwas. Ratten oder Opossums vielleicht. VOM BUGKNOCHEN NEUN SCHRITTE LANDEINWÄRTS. Ich zählte meine Schritte.

Nach neun Schritten war ich > auf halbem Wege zwischen Wrack und Felsen. Ich zog mein Messer, kniete mich in den Sand und grub. Ich wartete darauf, dass mein Messer auf Glas traf, aber ich hörte nur sein Kratzen *piano* im Sand und einmal, wie es auf Stein traf. *piano*

Ich hörte jemanden rufen. *pianissimo* Die kleinen Lichter von Feuerzeugen flackerten am Strand. Ich grub weiter, stieß aber auf nichts als Sand und Steine. Ich warf mein Messer beiseite, grub wie wild mit den bloßen Händen. Aber das alles fühlte sich falsch an. Das war nicht die richtige Lösung. Mir fehlte immer noch etwas. Ich spürte, wie mein Hirn eine Gleichung zu lösen versuchte – Variablen neu ordnete, Brüche kürzte, Wurzeln zog.

Ich hielt inne.

Ich strich mir eine Strähne aus der Stirn.

Die Zahlen rasteten hörbar ein, alles löschte alles.

1 Schritt von Großvater Rose ≈ 1½ Schritte von Nicholas Funes.

9 Schritte für ihn ≈ 13½ Schritte für mich.

Ich grub am falschen Ort.

Raketen schossen über den Strand, tauchten den Sand, das Treibholz, die Umrisse der Duellanten in ihren goldenen Schein. Ich rappelte mich auf, zählte 4½ Schritte, fand mich am Felsvorsprung wieder. Wellen schlugen *forte* gegen die Felsen, der See peitschte *forte* den Stein. Ich war nass bis auf die Knochen. Die Bäume hoch über dem Felsvorsprung waren Schatten in Gestalt meines Bruders. Da war ein Loch. Hinter mir pfiffen *forte* die Raketen wie Schnellfeuerwaffen und schlugen im Sand ein. Ich nahm meine ganze Kraft zusammen, eine Welle spülte *forte* gegen den Felsen, spritzte mich nass. Ich wischte mir das Wasser aus dem Gesicht. Ich schob meine Hand in das Loch. Ich spürte etwas. Rundes Glas. Der Hals einer Flasche. Eine fehlgeleitete Rakete flog hoch in den Himmel, explodierte mit einem Knall, *fortissimo* der die Bäume erschütterte, und regnete goldenes Licht.

Ich zog die Flasche aus dem Loch. Der Korken saß fest. Ich schüttelte die Flasche, etwas Metallenes klimperte *forte* darin. Ein Schlüssel, der gegen Glas schlug. Ich kriegte eine Gänsehaut, vom Steißbein bis zum Schädel.

In diesem Augenblick erfasste mich eine Welle, die doppelt so groß war wie die anderen zuvor.

★

Ich wurde unter die Wasserlinie gedrückt. Mein Körper schlug ins Seebett. Ich drückte mich mit den Füßen ab, durchstieß die Wasseroberfläche *forte*, rang nach Luft, sah die anderen vom ersterbenden Licht einer Rakete erleuchtet, und dann schlug *forte* die nächste große Welle gegen den Felsen. Ich schrie *forte* um Hilfe, und dann zog mich die Welle nach unten.

Die Unterströmung schleifte mich durch Seetang, über den Sand, an die Felsen. Ich nestelte an der Flasche herum. Das Wasser dröhnte *sforzando* wie Posaunen. Ich trat mit den Beinen, aber der Sog riss mich aufwärts, abwärts, seitwärts, wie ein Kind, das ein billiges Spielzeug zu zerbrechen versuchte. Mein T-Shirt blähte sich im Wasser wie im Wind, fiel wieder zusammen, klebte an mir. Ich krallte mich in den Sand, umklammerte mit der anderen Hand die Flasche. Wenn man unter Wasser schreit, ist sogar fortissimo pianissimo. Der Sog wirbelte meinen Körper herum, jetzt gab es nichts mehr, mich daran festzuhalten, dann Sandbänke, ein glitschiger Baumstamm, plötzlich wieder nichts, Dunkelheit, während ich rücklings durchs Wasser schoss. Ich brauchte beide Hände, um gegen die Strömung anzukämpfen. Entweder ich ließ die Flasche los oder ich ertrank. Ich stellte mir vor, den Schlüssel zu verlieren, die Familienerbstücke zu verlieren, meinen Bruder zu verlieren. Ich konnte die Flasche nicht loslassen. Ich stellte mir Boote vor, die am Morgen den See nach meiner Leiche absuchten; meine Eltern bei der Beerdigung, über einen leeren Sarg gebeugt; meine Lehrer, die den Sarg berührten. Ich wollte das nicht. Aber ich kriegte kaum Luft. Ich brauchte beide Hände.

Ich hörte auf zu schreien. Ich hörte auf zu strampeln. Blasen sprudelten von meinen Lippen, dann keine Blasen mehr, denn meine Lungen waren leer. Ich konnte nicht mehr sagen, ob mein Kopf oder meine Füße nach oben zeigten. Ich war allein, und ich hatte Angst, aber ich tat mir nicht leid. Ich hatte mich so entschieden. Ich umarmte die Flasche und ließ mich treiben.

★

Ich prallte gegen eine Kette.

Ich grapschte danach, meine Finger glitten über ihre Glieder. Ich legte die Arme über sie, riss mich hoch, zog mich über Wasser. Da hing ich, am Anker des Schiffswracks, rang nach Luft.

Die Wahrheit ist, dass es sich, selbst wenn ich gewusst hätte, dass es nur Wasser war, angefühlt hatte wie die Hände von ertrunkenen Fischern, ertrunkenen Seeleuten, ertrunkenen Schwimmern, die mich nach unten zogen.

★

Am Schiff entlang kämpfte ich mich ans Ufer. Meine Hände waren von den Felsen zerschnitten. Die Flasche war heil.

Ich las mein Messer auf, lief dann an der Baumgrenze den Strand entlang, hämmerte Fußspuren in den Sand. Die Möchtegern-Isaacs rasten zurück zu der Stelle, wo ihr Segelboot vor Anker lag, ihre Gesichter waren rußgeschwärzt. Jordan und Zeke waren verschwunden. Unser Ruderboot krängte. Wellen brausten an Land, schäumten wieder davon, versuchten das
crescendo *decrescendo*
Boot in den See zu ziehen. Ein Stück weit entfernt standen der kleine und der große Isaac an der Baumgrenze, warfen Steine in den Wald, schmissen mit Sand, brüllten. Ich blieb stehen und
forte
beobachtete sie. Ein Zweig knackte. Äste brachen. Hinter mir
mezzopiano *mezzoforte*
sprang Jordan aus dem Wald, packte mich an den Armen, zisch-
piano
te: »Lauf lauf lauf ...!« Wir rannten zum Ruderboot, trampelten über die leeren Hüllen der Feuerwerkskörper und steinige Muschelschalen. Jordans Lippe war aufgeplatzt, sein Pullover war zerrissen, er lachte. Wir wateten in den See hinein, zogen
piano *forte*

das Boot. »Was ist mit Zeke?«, flüsterte *piano* ich, aber dann schoss Zeke aus dem Wald, zwischen den Isaacs hindurch, und flitzte johlend *forte* Richtung See. Die Isaacs fuhren herum und jagten *forte* ihm nach. Er schnappte sich den Seesack und stolperte ins flache Wasser. Ich zog ihn ins Boot. Jordan schnappte sich die Ruder. Die Isaacs strauchelten *piano* im flachen Wasser, tauchten kopfüber in die Wellen, schwammen auf uns zu. Als das Boot ins tiefere Wasser schlingerte, gaben die Isaacs endlich auf, schlugen auf die Wellen ein, brüllten *pianissimo* wilde Drohungen und fluchten.

Zeke verstaute den Seesack unter einem Brett.

»Hast du den Schlüssel?«, sagte *forte* Zeke.

Ich winkte mit der Flasche.

Zeke johlte, sodass seine Grübchen hervortraten, und ballte die Fäuste.

»Wir sind meine Helden!«, jubelte *forte* Zeke.

Ich schüttelte die Flasche über meinem Kopf, ließ sie klim- *forte* pern, triumphierte.

»Hast du das Duell gewonnen?«, sagte *forte* ich.

Jordan lachte *forte* und lachte *forte* und ruderte uns hinaus auf den See.

»Keiner hat gewonnen. Schädelzahn hat dem kleinen Isaac in den Fuß geschossen …«

»… aber vorher hat der große Isaac angefangen mit Böllern zu werfen, und einer ist genau da explodiert, wo Jordan gestanden hat, ich weiß immer noch nicht, warum Jordan nicht tot ist …«

»… einer von den anderen Jungs hat Schädelzahn angegriffen …«

»… sie haben geschummelt. Also habe ich mich aus ihrem Polizeigriff gewunden und gebrüllt, dass das Duell vorbei ist, und mich im Wald versteckt …«

»… aber vorher hatte ich den kleinen Isaac im Schwitzkasten, und Schädelzahn hat ein Herz auf die Wange vom kleinen Isaac gemalt …«

Zeke lachte, bellte wieder, ließ sich auf das Brett fallen. Seine
forte *forte*
Finger waren schwarz vom Rauch. Ein Feuerwerkskörper hatte ein Loch in den Seesack gebrannt.

★

Wir hatten keine Probleme, zurück zur Werft zu finden. Wir fanden die Probleme an der Werft.

Als wir den Pier entlangruderten, wartete der Leuchtturmwärter auf uns, hockte dort mit Mr Carl und Mr Tim. Der Leuchtturmwärter schrie und zeigte auf das Ruderboot. Jordan
forte

zog sich die Schwimmflossen an und sprang *mezzopiano* ins Wasser. Ich packte die Flasche und sprang *mezzopiano* ihm nach, und wir schwammen *piano* weg von den Lichtern der Docks, verschwanden gleich in der Dunkelheit des Wassers.

Zeke hatte gesagt, dass er nachkommen würde, doch als wir uns umsahen, war Zeke immer noch da, tanzte mit dem Ruderboot auf und ab.

Er hatte zu viel Angst vor den Ertrunkenen, um wegzuschwimmen. Um sich zu retten.

Wir versteckten uns unterhalb eines Docks, hielten uns an der Mauerkante fest, sahen zu, wie Mr Carl und Mr Tim das Ruderboot auf den Pier zogen. Der Leuchtturmwärter eilte von Dock zu Dock, knetete seine Mütze, runzelte die Stirn, suchte uns.

»Wir hauen besser ab«, flüsterte *pianissimo* Jordan.

Meine Zähne klapperten *piano*. Ich zitterte am ganzen Körper. Mr Carl und Mr Tim zogen Zeke aus dem Ruderboot.

»Alles okay mit ihm?«, flüsterte *piano* ich.

»Ihm wird nichts passieren. Nicht bei Mr Carl und Mr Tim. Vielleicht brüllen sie ihn an, weil er das Boot gestohlen hat, aber schlimmer wird's nicht«, flüsterte *piano* Jordan.

Der Leuchtturmwärter trampelte an unserem Dock vorbei.
forte
Mr Carl und Mr Tim redeten auf Zeke ein und Zeke nickte.

»Okay«, flüsterte ich.
piano

Wir hievten uns aus dem Wasser auf das Dock und rannten vom Dock aus in den Wald.

X-DUR

Ich sank gegen unsere Hauswand, umklammerte die Flasche. Tote Blätter trudelten wispernd *piano* vorbei. Ich tropfte aufs Gras. Mein Bruder bog sich, sah zu mir herüber.

Ich zerschlug *forte* die Flasche an der Hauswand.

In den Scherben tastend fand ich nicht nur einen Schlüssel, ich fand ein Paar. Einen Eisenschlüssel von der Länge einer Hand und einen Messingschlüssel von der Länge eines Fingers. Auf dem Kopf des Eisenschlüssels stand ein x. Auf dem Kopf des Messingschlüssels stand ROSE.

Ich starrte den Schlüssel mit dem x an. Ich starrte den Schlüssel mit dem ROSE an. Welcher von ihnen war der Schlüssel für die Truhe? Dass Großvater Rose sich nicht erinnern würde, wusste ich schon.

Ich zog mir ein trockenes Sweatshirt an. Ich zog Wollsocken über. Ich wickelte mich in eine Decke.

Ich aß einen Teller Reste, von der ganzen Ruderei zitterten meine Hände noch immer, als es klopfte.
forte

Vor der Tür stand Kayley Schreiber, unter einem Schwarm tanzender Motten. Sie trug ungeschnürte Stiefel, nicht zusammenpassende Socken, ein Hemd so lang wie ein Kleid. Die Flecken auf ihren Wangen waren diesmal anders, sie hatten wie vorbeiziehende Wolken ihre Form verändert. Sie umklammerte ein Rhetorik-Buch. Sie starrte mich an, ihr Gesichtsausdruck waberte, so als gäbe es in ihr eine neue Saite, die sie zu stimmen versuchte, ein Gefühl, das noch nicht ganz den richtigen Ton gefunden hatte. Sie gab mir einen zusammengefalteten Zettel.

Bevor ich auch nur den Mund aufmachen konnte, schlurfte sie zurück in die Dunkelheit. Ich prägte mir das Geräusch ihrer Schritte ein. Ich mochte jedes Geräusch, das sie je gemacht
decrescendo
hatte.

Ich fand einen Stift. Ich trank etwas Wasser. Ich setzte mich an den Tisch, um den binären Code auf dem Zettel zu entschlüsseln.

Aber als ich den Zettel auseinanderfaltete, war der Code nicht binär.

Ich hatte den schwarzen Punkt bekommen.

AUS DEN ERINNERUNGEN VON GROSSVATER ROSE

Er wurde zu elf Jahren verurteilt. Die Anklage lautete auf Mitgliedschaft in einer kriminellen Vereinigung, Schmuggel und Tätlichkeit gegen einen Polizisten. Das Urteil hätte härter ausfallen können. Die Polizei wusste nichts von den Leichen.

Das Gefängnis war ein gedrungener Turm in einer Stadt landeinwärts. Vierunddreißig, das war der Name, den man ihm dort gegeben hatte, die Nummer, die auf die Brust seiner Uniform genäht war. Zu seinen Zellengenossen gehörten ein Mörder, der schnarchte, ein Brandstifter, der stotterte, und ein neunundsiebzig Jahre alter zahnloser Schmuggler. Einmal in der Woche kam Ana in die Stadt gefahren, um ihn zu besuchen, brachte körbeweise selbst gebackene Kekse mit. Monte teilte immer mit den anderen. Da der Schmuggler schlecht kauen konnte, befeuchtete der Mörder vorsichtig einen Keks mit Wasser und brach ihn dann in kleine Stücke, die der Schmuggler schlucken konnte.

Ihre Zelle wies nach Osten und wurde jeden Morgen von hellem Licht durchflutet, das jeden weckte. Eines Morgens jedoch wachte der Schmuggler nicht auf; der Schmuggler war gestorben, irgendwann im Lauf der Nacht, zusammengerollt zu einem buckeligen Ball. Mit steifen Fingern umklammerte der Schmuggler einen Papierstreifen, auf dem Arch Stanton stand. Niemand wusste, was der Zettel bedeutete. Dennoch war der Vorfall für Monte ein Omen. Er hatte sich nicht geirrt: Gleich am nächsten Tag starb sein Vater. In dieser Woche brachte Ana außer den Keksen eine Blume und weinte. Der Mörder, der besonders sensibel war, weinte auch ein wenig, nachdem er es gehört hatte, und der Brandstifter sagte: Was soll's. Monte selbst wusste nicht, wie er reagieren oder was er sagen sollte, also reagierte er nicht und hielt den Mund.

Gefängnis war wie College. Er lernte, wie man Lkws kaperte, Dokumente fälschte, Buchmacher betrog. Er lernte Häftlinge aus anderen Bundesstaaten, aus anderen Ländern kennen. Er bekam Jobs angeboten, für die Zeit nach seiner Entlassung.

Das Land veränderte sich. Die Wachen vertieften sich in Comics über Superhelden, sahen sich Bilder mit grellen Effekten an, Kawumms, Zacks, Blubbs, Sprechblasen, die Stimmen einfingen. Die Wirtschaft war zusammengebrochen und hatte sich erholt, Dörfer aus

Holzbaracken waren errichtet und abgerissen worden, Farmen waren verlassen und Brücken gebaut worden, irgendwo hinter seinem vergitterten Fenster. Das Alkoholverbot hatte man vor Jahren aufgehoben: Spirituosen zu verkaufen war nicht mehr illegal. Aber es gab immer noch viele Dinge, die illegal waren, zu schmuggeln gab es immer was.

Hier, daran erinnert er sich genau: Wie er aus dem Gefängnis kommt, die Taschen voller Dinge, die man ihm zurückgegeben hat, der Tag, an dem er ein Ex-Knacki wurde. Die Sonne grell, Möwen kreisten über ihm, hinter dem Zaun wartete der Lkw. Sie summte einen Jingle. Sie trug dieses hellblaue Kleid. Sie fuhr den Lkw zurück in ihr Städtchen, unter den Bäumen am Ufer hindurch, hupte den Kindern zu, die von einer Seilschaukel in die Wellen sprangen. Ana mietete ein Häuschen gegenüber vom Lagerhaus. Die Welt war wieder im Krieg. Amerika war es noch nicht.

Er rasierte sich, badete, aß drei Eier. Er fuhr sie zu der Obstplantage, wo sie Äpfel pflückte. Dann fuhr er zu dem Haus, das sein Vater gebaut hatte.

Das Haus sah aus wie immer. Auf dem Dach lag Laub. Eine Familie aß auf der Veranda Popcorn. Der Vater hatte ein vernarbtes Gesicht. Die Mutter trug ein gemustertes Kleid, sammelte Popcorn auf, das die Kinder verschüttet hatten.

Man hatte ihm erzählt, dass sein Vater gestorben war. Aber dies war der Moment, in dem er tatsächlich verstand, dass sein Vater tot war; auf der Veranda, die sein Vater gebaut hatte, aßen fremde Leute Popcorn.

Er hätte geschworen, dass er seinen Vater hasste. Als Kind hatte er jemanden gebraucht, dem er die Schuld geben konnte: Warum bist du nicht anstelle meiner Mutter ertrunken? Doch *auf einmal, als er die Fremden auf der Veranda Popcorn essen sah, wurde aus all dem Hass Liebe. Er erinnert sich an dieses Gefühl. Er musste nicht mehr so tun, als würde er seinen Vater hassen. Er musste seinem Vater für nichts mehr die Schuld geben. Er war einunddreißig Jahre alt.*

Während er in dem Lkw saß und immer noch die Leute beobachtete, holte er die Spieluhr aus seinem Mantel und zog sie auf. Das Lied hatte die Macht, seinen Vater selbst aus dem tiefsten Schlaf zu wecken. Aber die Kurbel drehte sich, bis sie sich nicht mehr drehte, die Musik spielte, bis sie nicht mehr spielte, und sein Vater war immer noch tot. Monte wollte nicht weinen; von nun an nahm er die Spieluhr überallhin mit und hörte das Lied nie wieder.

Später an jenem Nachmittag fuhr die Familie mit Badesachen und Handtüchern los. Monte brach in das Haus ein. Er zog die Badewanne vom Fenster weg, hob die Bodendielen an. Die übrigen Erbstücke waren immer noch da. Die Uhr tickte noch, der Blasebalg atmete. Monte trug die Erbstücke zum Lkw. An einem Haken im Schuppen hing immer noch der schwere eiserne Schlüsselring, den die Schmuggler ihm gegeben hatten. Er schloss das Fenster, das er aufgebrochen hatte. Er hatte sich nicht die Mühe gemacht, die Badewanne wieder an die Stelle zu rücken, wo sie gestanden hatte.

Eine Woche vor seiner Hochzeit brach er noch mal in das Haus ein, saß in der Küche, starrte ins Leere. Einen Tag nachdem er Vater geworden war, brach er wieder in das Haus ein, hockte sich für eine Weile an den Kamin. Er brach immer wieder in das Haus ein, zwischen zwei Schmugglerjobs, wann immer er zu Hause war, statt Ärger zu machen, nur um dort in der Stille zu sitzen, ins Leere zu starren und sich zu erinnern.

Die Gerüchte, dass es in dem Haus spukte – dass Familien, die dort gewohnt hatten, von einem Geist vertrieben worden waren –, sind vielleicht damals aufgekommen.

Die verrückte Badewanne, die umgestellten Stühle, der Abdruck einer Hand am verrußten Kamin.

Da war ein Geist.

Monte.

DIE BALLADE VON DIRGE UND KEEN

Am Morgen schrubbte ich mir am Waschbecken im Badezimmer das Gesicht mit Seife. Meine Ohren und Augenbrauen waren noch immer mit Sand verkrustet. Die beiden Schlüssel hatte ich unter meinem Kopfkissen versteckt.

»Wenn du den anderen Kindern immer erzählt hast, dass Großvater Rose tot ist …«, sagte ich.
forte

Meine Mom rieb sich die Arme mit Körperlotion ein, beugte sich über die Flasche, das Haar hing ihr ins Gesicht.

»Ja?«, sagte meine Mom.
mezzoforte

»Wann hast du dann Dad gesagt, dass Großvater Rose noch lebt? Als du so alt warst wie ich? Oder später?«, sagte ich.
forte

»Dad hat es genauso wie alle anderen erfahren«, sagte meine
mezzoforte
Mom.

Sie quetschte noch einen Klecks Körperlotion aus der Flasche.

»Großvater Rose hat sich gern wie ein Gangster aufgeführt, aber er war keiner. Er war harmlos. Ein kleiner Gauner. Er hangelte sich von Job zu Job, belud und entlud Schiffe, gab den kleinen Hehler für die großen Fische«, sagte *mezzoforte* meine Mom. »Als er zum zweiten Mal verhaftet wurde, war er neunundfünfzig. Sie fuhren über den See, mit Falschgeld oder Schlimmerem unter Deck, als sie die Polizei kommen sahen. Offizielle Polizeiboote schossen auf sie zu! Mit ihrem alten Kahn konnten sie denen nicht entkommen.« Sie verrieb Lotion zwischen ihren Fingern. »Die anderen fingen an die heiße Ware über Bord zu werfen. Nur Großvater Rose nicht. In seinem Alter war das völlig verrückt, aber er ging freiwillig über Bord. Sprang einfach in den See! Dann schwamm er zu einer Insel. Sein Herz hätte aufhören können zu schlagen, er hätte ertrinken können, wahrscheinlich hat auch nicht viel gefehlt. Die Polizei fand ihn da ein paar Stunden später, nachdem die anderen ihn verpfiffen hatten. Ein alter Mann in klatschnassen Sachen, der auf einer Insel am Strand saß. Er war zu müde, um noch wegzulaufen.«

Ich hielt inne, umklammerte das seifige, tropfende Handtuch und stellte mir Großvater Rose vor. Wie er die Schlüssel in die Flasche steckte, von Bord sprang, gegen die Wellen ankämpfte.

Wie er im flachen Wasser auf die Beine kam, an den Strand stolperte. Das Loch aushob, im Sand zusammenbrach. Das Gesicht voller Falten. Keine Tattoos.

»In der Zeitung stand ein Artikel über den Prozess. Alle erfuhren von der Geschichte«, sagte *forte* meine Mom. »Davor hatten alle in der Schule geglaubt, mein Vater sei tot, und das war schlimm genug. Aber danach wussten alle in der Schule, dass mein Vater ein Verbrecher war, und das war noch schlimmer.«

Sie stellte die Körperlotion zur Seite.

»Haferbrei?«, sagte *forte* meine Mom und lächelte.

Vor dem Frühstück lief ich nach draußen, um mit meinem Bruder, dem Baum, zu reden.

UNSERE MUTTER KOMMT IMMER ÖFTER AUS DEM HAUS, STEHT AUF DER VERANDA UND STARRT MICH AN, sagte das Lied meines Bruders.

SIE VERMISST DAD, sagte mein Lied.

Mein Bruder veränderte sich, wurde älter, seine Glieder dicker, seine Rinde rauer. Neulich lagen Heuschreckenhüllen auf seinen Ästen und Stachelschweinkiele auf seinen Wurzeln. Spuren seiner Freunde. Ich war stolz auf das Leben, das er sich aufgebaut hatte, hier, im Wald.

HAST DU DIE ERBSTÜCKE GEFUNDEN?, sagte das Lied meines Bruders.

NOCH NICHT, sagte mein Lied. ABER ICH WERDE NICHT AUFHÖREN DANACH ZU SUCHEN, SELBST WENN UNSER GANZES HAB UND GUT SCHON IN KISTEN VERPACKT UND AUF LKWS GELADEN UND WEGGEFAHREN WORDEN IST UND DIE TÜRSCHLÖSSER AUSGETAUSCHT UND DIE NEUEN SCHLÜSSEL DER NEUEN FAMILIE ÜBERGEBEN WORDEN SIND UND ICH FÜR IMMER IN EIN ANDERES HAUS GEBRACHT WORDEN BIN. ICH WERDE NICHT AUFHÖREN ZU SUCHEN. ICH KOMME ZURÜCK. DEINETWEGEN.

BITTE VERLASS MICH NICHT, sagte das Lied meines Bruders.

Irgendwie wusste mein Bruder, wie verzweifelt die Lage mittlerweile war. Seine Angst war groß genug, mich um Hilfe zu bitten.

ICH GEBE NIEMLAS AUF, sagte mein Lied, aber dann rief *forte* meine Mom nach mir und ich lief zurück ins Haus.

Meine Mom hängte das Telefon ein.

»Wir verkaufen das Haus«, sagte *forte* meine Mom.

Beinahe hätte ich die Geige fallen lassen. Ich versuchte glücklich[froh] auszusehen, weil meine Mom so aussah. Aber die Jungs in meinem Hirn riefen *fortissimo*: »Du kommst zu spät, Nicholas, du kommst zu spät!« Die Wahrheit war, dass die Erbstücke, wenn wir das Haus erst verkauft hatten, wertlos waren. Nach dem Verkauf konnte ich zu keinem Bruder zurückkehren. Die Yorks hätten ihn bereits gefällt.

»Das ist toll«, flüsterte *piano* ich.

Ich trank ein Glas Saft. Ich schlang einen Toast runter, kaute kaum, starrte auf die Küchenanrichte. Ich schlüpfte in meine Sneakers, steckte den X-Schlüssel, den ROSE-Schlüssel und den Zettel mit dem schwarzen Punkt ein. Dann schnappte ich mir meinen Rucksack und lief zum Bus.

★

Zeke war nicht in der Schule.

Wie üblich ging ich zum Mittagessen aufs Klo.

In Mathe löste ich Limes-Aufgaben. Nehmen wir einmal an, ihr habt eine Funktion wie f(x) = 1/x. Wenn x = 1 ist, ist f(x) = 1. Wenn x = 0,001 ist, ist f(x) = 1000. Wenn x = 0,000000001 ist, ist f(x) = 1000000000. Wenn x sich also null nähert, nähert sich f(x) der Unendlichkeit. Aber ein Mensch ist auch so eine Art Funktion. Ich war eine Funktion, und manchmal hatte ich das Gefühl, dass sich mein Hirn der Unendlichkeit näherte, zum Beispiel wenn meine Arme mit der Geige Dinge sagten, für die es keine Worte gab, oder wenn meine Finger Dinge mit Zahlen sagten.

X war eine Variable. X18471913 konnte alles bedeuten. Ein Kreuz. Eine Kreuzung. Kreuzworträtsel, gekreuzte Knochen, Kreuzfahrt. Die Truhe konnte überall sein. Vergraben an einer Straßenkreuzung. Vergraben an einem Bahnübergang. Vergraben auf einer der tausend Inseln im Michigansee.

Von meinem Tisch aus sah ich mich im Klassenraum um, faltete den Zettel mit dem schwarzen Punkt auseinander und wieder zusammen, wartete darauf, dass die Glühbirnen zersprangen, ein Bücherregal umkippte. Die Geister hatten den Tod kommen sehen. Ich wusste nicht, wie er zu mir kommen würde, aber er würde kommen. Ein einstürzendes Dach. Ein Bus, der ins Schleudern geriet. Vergiftetes Fleisch.

Jetzt verstand ich Großvater Rose. Warum er sich selbst tätowiert hatte. Warum er sich ins Geisterhaus geschleppt hatte. Warum er von Dosenerbsen lebte, schmutziges Wasser trank, sich den ganzen Tag unter einem undichten Dach den Kopf zerbrach, sich auf dem dreckigen Boden aus zerknitterten Decken ein Lager baute, in ungewaschenen Kleidern schlief, sich von Fledermäusen wecken und von Mäusen stören ließ, warum er all das erduldete. Wenn ich sterben musste, dann würde ich sterben. Nichts konnte den Tod jetzt noch aufhalten. Aber vorher würde ich meinen Bruder retten. Ich würde eine gute Tat vollbringen.

★

»Hast du Schädelzahn gesehen?«, sagte *piano* Jordan.

»Er war nicht in der Schule«, sagte *piano* ich.

Wir stiegen *forte* aus dem Bus. Mädchen lehnten sich aus dem Fenster und johlten *homophony* Jordan zu. Das Orchester und der Chor hatten neulich zusammen geprobt. Das Orchester hatte gelernt, dass Homofonie »spielt zusammen, spielt eure Akkorde gemeinsam im selben Rhytmus« heißt. Der Chor hatte gelernt, dass Falsett »singt, so schrill ihr könnt« und dass Knarren »singt, so tief und heiser ihr könnt« bedeutet. Einige der Mädchen hatten sich schon das Gesicht für das Homecoming-Spiel angemalt, trugen Netzpullover, hatten sich Lametta ins Haar geflochten. Der Bus holperte zur nächsten Haltestelle.

»Ich habe die Schlüssel«, sagte ich.
forte

»Ich habe wieder Hausarrest«, sagte Jordan.
forte

»Die Wahrscheinlichkeit lag bei 100 %«, sagte ich.
forte

»Irgendwer hat die Shampooflasche meiner Schwester ausgeleert«, sagte Jordan.
forte

Er band sich die Sneakers zu.

»Und dann mit Dreck gefüllt«, sagte Jordan.
forte

Er blieb stehen.

»Egal, warte hier, meine Mom muss wenigstens glauben, dass ich zu Hause bin«, sagte Jordan.
forte

Er ging ins Haus, rief seiner Mom (die in der Küche das Geschirr ins Abtropfgestell stellte) etwas zu, ging durchs Wohnzimmer (das Wohnzimmerlicht ging an, aus), lief nach oben (das Treppenlicht ging an, aus), betrat sein Zimmer (das Licht in seinem Zimmer ging an, aus), riss dann das Fenster auf und sprang.

Dann stand er wieder auf der Straße.

»Was ist mit Zeke?«, sagte ich.
forte

»Wahrscheinlich ist er zu Hause«, sagte Jordan.
forte

»Wie sollen wir dahin finden?«, sagte ich.
forte

Jordan schob sich die Ärmel seines Pullovers bis zu den Ellbogen hoch und setzte sich in Bewegung. Dann warf er mir einen Blick über die Schulter zu und rief *forte*: »Glaubst du, ich bin ihm gestern zum ersten Mal nachgegangen?«

★

Zekes Haus lag im Wald hinter dem Farmhaus der Gelusos verborgen. Die Regenrinnen quollen über mit toten Blättern, die Fensterbänke waren grün bemoost.

Jordan klopfte *forte*. Eine Frau mit den gleichen Wangenknochen wie Zeke öffnete die Tür.

»Schädelzahn da?«, fragte *forte* Jordan.

»Was?«, sagte *forte* Zekes Mom.

»Zeke?«, sagte *forte* ich.

Zekes Mom deutete auf eine Tür, auf deren Griff ein silbernes Z gemalt war. Sie schlurfte *piano* in die Küche, knotete sich den Bademantel zu.

Wir hörten einen Stuhl ächzen *pianissimo*, dann das Klappern *piano* von Schreibmaschinentasten. Fellbüschel klumpten an dem eisernen Fußbodenrost, den Beinen einer unbenutzten Garderobe, dem Boden eines mit Schirmen gespickten Schirmständers.

»Ezekiel geht nirgendwo hin, bis wir das Problem mit den anderen Kindern gelöst haben«, rief *mezzoforte* Zekes Mom. Wir hatten keine Ahnung, wovon sie redete – oder ob sie überhaupt mit uns redete –, also sagten wir nichts.

Jordan drehte den Türgriff mit dem silbernen Z. Die Tür öffnete sich auf eine Kellertreppe. Ich rieb mit dem Daumen über das X auf dem X-Schlüssel und über das ROSE auf dem ROSE-Schlüssel. Ich folgte Jordan über die knarrenden Stufen
piano
nach unten.

Bis auf ein paar Pfützen aus Sonnenlicht war es dunkel in dem Keller. Etwas knurrte. Einer der Schäferhunde trat in ei-
piano
nen Sonnenfleck und schnupperte an unseren Händen.

»Schädelzahn?«, flüsterte Jordan.
piano

Bettfedern quietschten. Zekes Stimme trieb durch die Dun-
pianissimo
kelheit.

»Bevor mein Dad ausgezogen ist, hat er hier unten seine Jagdausrüstung aufbewahrt«, sagte Zeke. »Als meine Mom al-
piano
les verkauft hat, durfte ich in den Keller ziehen.«

Meine Augen gewöhnten sich langsam an die Dunkelheit, zu 23 %, 47 %, 71 %. Erste Umrisse tauchten auf: eine Lampe, die nicht brannte. Ein schlafender Schäferhund. Eine Matratze, auf der sich Bettzeug türmte. Bücherstapel – Meerjungfrauen auf dem Einband – und darauf museumsreife Parfümflaschen.

In einer blauen Flasche blinkte ein Glühwürmchen und löste sich dann in Nichts auf. Auf der anderen Seite des Zimmers, in einer grünen Flasche, blinkte noch ein Glühwürmchen.

»Wie hältst du sie am Leben?«, sagte ich.
mezzopiano

Zeke war eine dunkle Gestalt auf der Matratze.

»Man füttert sie einmal die Woche mit Blumen«, sagte Zeke.
mezzopiano

Jordan fluchte, ich hatte keine Ahnung, wieso, aber dann hat-
fermata
ten sich meine Augen 100 % an die Dunkelheit gewöhnt, ich sah Zekes Gesicht. Es war geschwollen. Seine Lippen waren aufgeplatzt und verschorft. Wenn Jordan das Maß für *verprügelt* war, dann sah Zeke verprügeltverprügelt aus.

»Ist das am Leuchtturm passiert?«, flüsterte ich.
mezzopiano

»Nein«, murmelte Zeke.
mezzopiano

Er hustete. Er setzte sich mühsam auf. Ich konnte nicht auf-
piano
hören sein Gesicht anzustarren.

»Der Leuchtturmwärter hat mir eine Standpauke gehalten und mich dann vor die Wahl zwischen Polizei und einen Monat Arbeit gestellt. Also muss ich jetzt jedes Wochenende am Leuchtturm arbeiten, das Ruderboot mit Bleiche schrubben. Aber ich hab ihm eure Namen nicht verraten. Obwohl er mich dafür ein Wochenende mehr schuften lässt«, sagte Zeke.
mezzopiano

Er zeigte auf seine Blutergüsse.

»Das ist danach passiert, auf dem Weg vom Leuchtturm nach Hause. Die Isaacs haben mir aufgelauert. Sie haben mir eine Woche gegeben. Bis dahin wollen sie zurück, was ich ihnen gestohlen hab. Wenn nicht, richten sie mich noch mal so zu«, sagte Zeke.

»Und? Gibst du es ihnen?«, sagte ich.

»Ich kann nicht. Ich würde. Jetzt würde ich. Aber Jordan braucht es«, sagte Zeke.

»Was soll denn das heißen?«, sagte Jordan.

Zeke knurrte, lehnte sich gegen einen Bücherstapel, stellte eine weinrote Flasche mit einem Glühwürmchen zur Seite. Der Stapel wackelte, als er von unten ein Buch herauszog. Es war das Wörterbuch – der Einband war kaputter und fleckiger denn je.

Zeke schlug es auf. Im Buch standen keine Wörter. Das Wörterbuch war mit einem Messer ausgehöhlt worden, hatte ein rechteckiges Loch in den Seiten, wo einmal Worte gewesen waren. In dem Loch versteckt war ein verschnürter Packen Papier.

Zeke löste die Schnur. Er glättete das Papier.

»Der kleine Isaac hatte sie unter seinem Bett, in einer Kiste, auf der ISAAC-NACHRICHTEN stand«, sagte *mezzopiano* Zeke. »Nachrichten vom kleinen Isaac an den großen Isaac. Nachrichten vom großen Isaac an den kleinen Isaac. Jede Nachricht, die sie je geschrieben haben.«

»Wieso warst denn du im Zimmer vom kleinen Isaac?«, sagte *mezzopiano* ich.

»Ich bin abends, als er beim Basketballtraining war, einfach durchs Fenster eingestiegen«, sagte *mezzopiano* Zeke. »Ich wollte nur mal gucken, wie sein Zimmer so aussieht. Außerdem hatte er ein Paar Sneakers, das ich haben wollte. Die Sneakers hab ich nicht gefunden, aber das hier.«

Die Nachrichten waren auf Karopapier geschrieben, auf den Rückseiten von auf losen Blättern verfassten Aufsätzen. Zeke reichte Jordan ein kariertes Blatt. Jordan sagte *piano*: »Ist das ...?«, und Zeke sagte *piano*: »Ja«, und »Jordan sagte *piano*: »Unmöglich ...«, und dann sagte er gar nichts mehr. Ich stellte mich neben ihn, um einen Blick auf das Blatt zu werfen.

Unter die Rechenaufgaben hatte jemand mit Bleistift DIE BALLADE VON DIRGE UND KEEN geschrieben. Darunter stand, ein paar Zeilen waren durchgestrichen und umformuliert worden, der Text des Liedes. Die eine Hälfte hatte der kleine Isaac geschrieben, die andere der große Isaac.

»Aber woher weißt du, dass sie sich das Lied auch ausgedacht haben? Vielleicht haben sie es bloß aufgeschrieben, nachdem sie es jemanden haben singen hören«, sagte *mezzopiano* ich.

»Die Algebra-Aufgaben auf dem Blatt stammen aus der sechsten Klasse«, sagte *piano* Jordan. Er deutete auf das Datum der Hausaufgabe, 29. September. »Und das ist im Herbst geschrieben worden. Vor dem Winter hat niemand das Lied gesungen. Ich weiß noch, dass nach dem Winter alle angefangen haben mich zu hassen.«

»Ich gehe und zeige das Emma und Leah. Ich zeige es allen«, sagte *mezzoforte* Zeke. »Die Isaacs tun so, als wären sie die perfekten Freunde, als wären sie nur zu solchen wie uns gemein, aber ihre Freunde sollten die Wahrheit kennen.«

»Weißt du, was die Isaacs mit dir machen, wenn du das tust?«, sagte *mezzopiano* Jordan. Er starrte auf das Blatt. Er warf es auf den Boden. »Ist mir egal, wenn alle mich hassen. Das ist es nicht wert. Gib den Isaacs ihre Zettel zurück.«

»Aber alle hassen dich für ein Lied, das du gar nicht geschrieben hast …«, sagte *mezzopiano* Zeke, aber Jordan sagte: *sforzando* »Selbst wenn ich es nicht geschrieben habe, gibt es immer noch genügend Gründe, mich zu hassen.« »Aber …«, sagte *mezzopiano* Zeke, doch Jordan sagte: *crescendo* »Hör zu, ich versuche dir zu helfen, ich versuche dein Freund zu sein, würdest du also bitte aufhören mich daran zu hindern? Wenn diese Zettel das sind, was sie wollen, dann gib sie ihnen.«

Zeke starrte ihn an. Ein Glühwürmchen in einer braunen Flasche blinkte, löste sich dann in Dunkelheit auf. Zeke nickte.

»Okay«, sagte *mezzopiano* Zeke. Er sammelte die Blätter auf, band sie wieder mit der Schnur zusammen und schob sie sich in den Bund seiner Jeans. Dann zog er aus einem der Stapel einen Pulli.

»Kannst du laufen?«, sagte *mezzoforte* ich.

»Mehr oder weniger«, sagte Zeke.

»Deine Mom sagt, dass du nicht abhauen darfst«, sagte *mezzoforte* ich.

»Das sagt sie immer, genau deshalb hau ich ja ab«, sagte *forte* Zeke.

★

Die Schäferhunde pirschten durch das Farnkraut, scheuchten protestierende *staccato* Fasane auf. Die Sonne sank, der Berghang färbte sich im abnehmenden Licht blau, und alles verwandelte sich in Schatten. Ich rieb mit dem Daumen über den schwarzen Punkt, das Papier war rau, die Tinte glatt. Ich hatte Zeke und Jordan nichts vom schwarzen Punkt erzählt, aber das war ein Fehler. In meiner Nähe zu sein war ein Risiko für sie. Wenn das Dach des Geisterhauses einstürzte, würde es nicht nur mich, es würde auch sie unter sich begraben.

Im Geisterhaus saß Opa Dykhouse auf dem Fußboden und machte sich Notizen. Großvater Rose sah verschwitzt und müde aus, so als hätte er Fieber. Er hustete *forte* die ganze Zeit in eine Faust. Er sägte *mezzopiano* den Deckel von einer Dose. Neulich hatten die beiden beim Schach um Pfirsichdosen gewettet. Der Verlierer musste die Erbsen essen.

»Wir waren einer gegen neun«, sagte *piano* Großvater Rose und löffelte Pfirsiche aus der Dose.

Opa Dykhouse starrte Zeke mit offenem Mund an und ließ den Stift fallen.

»Wer war das?«, sagte *forte* Opa Dykhouse.

Zeke zuckte mit den Schultern und senkte den Blick.

»Wir haben ein Problem«, sagte *forte* ich. Ich hielt den X-Schlüssel und den ROSE-Schlüssel hoch. »In der Flasche waren zwei Schlüssel statt einem.«

»Kein Schlüssel war ein Problem. Zwei Schlüssel sind kein

Problem«, sagte *piano* Großvater Rose und hustete *forte* wieder. Er deutete auf den ROSE-Schlüssel. »Das ist der richtige. Das ist der Schlüssel für die Truhe.«

»Müsste es nicht der X-Schlüssel sein, wegen dem X vor der Zahl?«, sagte *forte* ich.

»Nein, der X-Schlüssel ist viel zu groß für die Truhe«, sagte *piano* Großvater Rose.

Ich tastete nach dem schwarzen Punkt. Der Tod konnte sogar von innen kommen. Ich könnte seit Jahren Hirnkrebs haben, ohne es zu wissen.

Jordan blätterte Opa Dykhouses Aufzeichnungen durch.

»Irgendwas darüber, wo der Schatz vergraben ist?«, sagte *forte* Jordan.

Opa Dykhouse schüttelte den Kopf.

»Wir haben einen Schlüssel für nichts«, murmelte *piano* Jordan.

Jordan ließ sich auf den Rücken fallen. Zeke schlug *piano* mit der Faust gegen den Schrank. Ich fühlte mich < clever. Ohne die Truhe war der Schlüssel nichts wert.

Großvater Rose hatte aufgehört zu kauen und starrte, die Backen prallvoll mit Pfirsichen, zur Küche hinüber. Mittlerweile wusste ich, dass er diesen bestimmten Gesichtsausdruck kriegte, wenn er versuchte sich an das Gesicht von Großmutter Rose zu erinnern. Dann furchte er die Stirn und kniff die Augen zusammen.

Auf einmal stellte er die Dose weg und schluckte die restlichen Pfirsiche hinunter. Er beugte sich vor und packte mich mit beiden Händen. Seine Augen waren blutunterlaufen.

»Lüg mich nicht an, Junge, sag mir die Wahrheit«, sagte Großvater Rose. »Glaubst du, dass eine einzige gute Tat neunundachtzig schlechte Jahre wettmachen kann?«

»Auf jeden Fall«, sagte ich.

Großvater Rose sah wütend aus. Er schüttelte den Kopf, so als hätte ich ihn missverstanden oder würde mich irren. Er kam noch näher und umklammerte meine Knöchel mit einem Todesgriff.

»Auch wenn es wirklich nur eine einzige ist?«, sagte Großvater Rose. Er betonte jedes Wort.

Ich musste einen Moment überlegen, ob ich das wirklich glaubte. Ich wich seinem Blick aus. Ich sah ihn wieder an.

»Ich schätze, ja«, sagte ich.

Großvater Rose starrte mich an, dann nickte er und tätschelte mir die Hände.

Ich hatte ihn noch nie so verzweifelt erlebt. Ihn so zu sehen machte mir Angst. Er hustete, verrieb einen Klecks Pfirsichsaft im krausen Haar um seine Mundwinkel und schnappte sich wieder die Dose mit den Pfirsichen.

Seine Tattoos, fiel mir plötzlich auf, waren verschwunden, sein Bart hatte sie vollends überwuchert.

Jordan lag lang ausgestreckt auf dem Rücken und starrte mit leeren Augen einen Wasserfleck an der Decke an. Zeke lehnte am Schrank, das Gesicht gegen das Holz gedrückt. Wir waren so weit gekommen und doch nirgendwo angelangt, wir drehten uns wie ein Rondo im Kreis. Am liebsten wäre ich gar nicht mehr hier gewesen. Am liebsten hätte ich gar nicht mehr nachgedacht. Mit einer Handvoll von Opa Dykhouses Blättern trat ich auf die Veranda hinaus, hockte mich im Schneidersitz einfach in die Dunkelheit, mit dem Rücken zur Tür.

Ich breitete die Erinnerungen auf der Veranda aus – Seiten über Seiten, auf denen »Leichen« und »Mondschein«, »Erbstücke« und »Gummiknüppel«, »Peroskey-Steine« und »Niemandsstädte« stand – und las sie im Licht der Laterne, das aus dem Geisterhaus drang. Alles hatte einen, hatte keinen Zusammenhang. Was unser Städtchen einmal gewesen war, was aus unserem Städtchen geworden war. Ich hatte im gleichen Wasser schwimmen gelernt, in dem Großvater Rose schwimmen gelernt hatte. Opa Dykhouse war mit seinem Segelboot über die gleichen Wellen gesegelt. Schiffe waren dort untergegangen. Der kleine Isaac und der große Isaac hatten Sachen geschrieben. Großvater Rose hatte den Vögeln vorgesungen. Großvater Rose war ein Krimineller. Kayley Schreiber war von Florida nach Michigan, von Halbinsel zu Halbinsel, von Salzwasser zu Süßwasser gezogen, hatte in einem Baumhaus mit den Geistern gesprochen. Jordans Vorfahren waren aus Skandinavien hierhergekommen, Zekes Vorfahren waren aus Korea hierhergekommen, meine Vorfahren waren aus Italien hierhergekommen, von Halbinsel zu Halbinsel. Die Siedler hatten ihre Toten in den Dünen begraben, hatten sich auf Inseln duelliert, bis einer tot war. Die Initialen meiner Eltern waren in die Wand ihrer Schule, unserer Schule, meiner Schule eingeritzt. Mr Carl und Mr Tim waren immer allein zu zweit, Ms Wilmore hörte Dinge, die niemand sonst hören konnte. Ty behauptete, dass der Magen eines jeden Menschen am Anfang eine graue Hülle hatte; Genevieves Wirbelsäule hatte die falsche Form, war aber mal perfekt gewesen. Das Geisterhaus war von meinem Urgroßvater erbaut worden – dann hatten sich die Schindeln gelöst, hatte sich die Tapete gelöst, waren die Regenrinnen verrostet, auseinandergebrochen, heruntergefallen, waren die Böden verrottet, Sonne und Regen und Jahre hatten den Dielen der Veranda zugesetzt –, war ein Geisterhaus geworden, in dem niemand mehr wohnen konnte. Die Gelusos hatten ihren Hund im Sturm verloren. Die Yorks wollten ein Loch in den Boden bauen. Die Schmuggler hatten eine Grube für den Mondschein ausgehoben. Ty war hineingefallen. Jordan hatte mit Mark Huff für Fotos posiert, hatte mit Mark Huff auf Klassenzimmerfußböden gerungen. Mein Dad rief mich vom Nordufer an, Mark Huffs Mutter schickte ihm Postkarten aus Florida. Mr Wilmore war irgendwo, von wo aus er niemandem mehr irgendwas schicken konnte. Die Spieluhr war unbezahlbar, aber kaputt. Großvater Roses Hirn war unbezahlbar, aber kaputt. Zeke klaute jeden Monat Blumen, um sie auf das Grab seines Großvaters zu legen. Zeke verfütterte Blumen an seine Glühwürmchen. Mein Bruder war ein Baum.

Eulen schrien. Etwas gurrte, flatterte, raschelte im Laub.
mezzoforte *forte* *mezzopiano* *piano*
Auf einem der Zettel las ich noch einmal etwas über den Vater von Großvater Rose. Dann schlugen die Schäferhunde an.
fortissimo

Taschenlampenstrahlen schwenkten durch das Gitter der Birken, erleuchteten ein paar Felsen, ein Farndickicht, den Brunnen.

Ich lief zur Tür.

»Da kommt jemand!«, sagte *forte* ich.

»Wer?«, sagte *mezzoforte* Opa Dykhouse.

»Alle verstecken!«, sagte *forte* ich.

Großvater Rose humpelte zur Treppe. Jordan schnappte sich einen Armvoll Decken, Zeke schnappte sich den Schürhaken, sie polterten nach oben. Opa Dykhouse löschte die Laterne, sammelte leere Dosen ein. Ich lief auf die Veranda, las die Zettel auf, *forte* ein Taschenlampenstrahl schwenkte zu mir herüber, blendete mich.

»Was machst du hier?«, rief *forte* jemand.

Noch mehr Taschenlampenlicht. Die Geluso-Zwillinge traten aus dem Wald. Emma Dirge und Leah Keen, die farblich abgestimmte Jacken trugen. Mark Huff, mit kunstvoll verschnürten Sneakers. Kayley Schreiber mit offenen Stiefeln, verschiedenen Socken und einem Hemd so lang wie ein Kleid. Ihre Flecken sahen schon wieder anders aus. Sie umklammerte eine verblichene Rolle Papier. Der Plan des Geisterhauses.

»Wer hat dir denn von der Séance erzählt?«, sagte *forte* Mark Huff stirnrunzelnd.

»Niemand«, sagte *forte* ich.

Ich wusste nicht, was ich sagen sollte. Ich suchte nach einer Ausrede. Ich faltete den schwarzen Punkt auseinander.

»Ich wollte mich vor dem hier verstecken«, sagte ich.

Die Geluso-Zwillinge murmelten *piano* etwas. Mark Huff brummte *mezzopiano*: »Er ist dem Tod geweiht.« Emma Dirge sagte *mezzoforte*: »Du hast den schwarzen Punkt bekommen?« Und Leah Keen fauchte *forte*: »Das hast du davon, wenn du mit einem Idioten wie Jordan Odom rumhängst.«

»Warum seid ihr nicht beim Homecoming-Spiel?«, sagte *forte* ich.

Die Geluso-Zwillinge strahlten übers ganze Gesicht.

»Wir wissen was viel Besseres«, sagte *forte* Schiefe Zähne.

»Mark Huffs große Revanche«, sagte Monobraue.

»... er gegen den Geist, der ihn gestoßen hat ...«

»... vor ein paar Monaten wurde er übel gedemütigt ...«

»... hast du ja vielleicht gehört ...«

»... ein Geist hat ihn aus dem Dachfenster geschubst ...«

»... und jetzt rufen wir den Geist herbei ...«

»... mit diesem Plan hier ...«

»… dann kann er diesmal den Geist schubsen und sich rächen und seine Ehre wiederherstellen.«

»Nicholas Funes, du bist herzlich eingeladen dich uns anzuschließen, vorausgesetzt, du fällst nicht mitten in der Séance plötzlich tot um«, sagte *forte* Kayley.

Mascara verdunkelte ihre Augen. Der Schädelohrring baumelte an einer Schnur von ihrem Hals. Ein Stück Kreide lugte aus ihrer Hemdtasche.

»Von jetzt an keine Taschenlampen mehr«, sagte *forte* Kayley.

Mit dem Taschenlampenlicht verschwanden auch die Gesichter. Mark Huffs war das letzte, das verlosch. Er hatte Angst, es war das erste Mal, dass ich das sah.

Ich führte sie alle ins Geisterhaus. Es schien leer zu sein, aber es war alles andere als leer.

★

»Wir müssen das Herz der Struktur lokalisieren«, sagte *piano* Kayley.

Sie rollte *piano* den Plan aus, fuhr die Linien der Bauzeichnung nach, wie sie die Linien meiner Handflächen nachgefahren war.

»In dem Zimmer, in dem sich die Balken treffen und trennen«, flüsterte *pianissimo* Kayley.

Mit dem Plan in der Hand schritt sie von Raum zu Raum. Sie schritt durch den Flur. Sie schritt durch die Küche. Sie schritt durchs Wohnzimmer. Die anderen standen flüsternd *piano* im Mondschein, im Halbdunkel. Es war ein komisches albtraumhaftes Gefühl, Fremde in diesen Räumen zu sehen. Ich rechnete aus, wie hoch die Wahrscheinlichkeit war, dass Opa Dykhouse sich in der Badewanne (43 %), in den Schränken (17 %) oder zwischen Tür und Wand (29 %) versteckt hatte. Alle anderen hatten sich oben verkrochen, vorausgesetzt, es hatte niemand wieder kehrtgemacht.

Kayley machte am Fuß der Treppe halt und hockte sich hin, ihr Rücken so krumm wie der S-Bogen eines Fagotts. Achtlos warf sie den Plan beiseite und zeichnete mit der Kreide ein Pentagramm auf den Fußboden. Darüber malte sie die Umrisse eines Körpers, Kopf, Hände und Füße ragten jeweils in einen der fünf Zacken des Sterns.

»Hier«, sagte *piano* Kayley.

Wir alle setzten uns im Kreis um das Pentagramm. Ich hockte mich neben Mark Huff. »Ich sitze nicht neben dem schwarzen Punkt!«, zischte *piano* Mark Huff. Alle sprangen wieder auf, wichen vor mir zurück, als hätte ich eine hoch ansteckende

Krankheit, und quetschten sich in einen Halbkreis auf der anderen Seite des Pentagramms.

»In diesem Haus gehen zwei Geister um«, sagte Kayley.
piano

Sie steckte die Kreide wieder in ihre Hemdentasche.

»Eine Seele spukt auf der Treppe, in der Küche, im Keller, oft erscheint sie als schwebender Schein. Eine andere Seele spukt auf der Veranda, im Badezimmer, am Kamin, oft erscheint sie als schwebender Nebel«, sagte Kayley.
piano

»Schwebender Schein?«, sagte Schiefe Zähne.
piano

»Schwebender Nebel?«, sagte Monobraue.
piano

»Irre«, flüsterte Leah Keen.
staccato

Ich sah etwas Schemenhaftes am Treppengeländer entlang nach unten gleiten. Die Geluso-Zwillinge sahen hinüber, schienen aber nichts zu bemerken.

»Welchen Geist sollen wir rufen?«, sagte Kayley.
piano

»Ich weiß nicht«, flüsterte Mark Huff.
piano

»Welcher hat dich geschubst?«, sagte Kayley.
piano

»Hab ich nicht gesehen«, flüsterte Mark Huff.
piano

»Lass ihn gegen beide kämpfen«, sagten die Gelusos.
homophony

»Das wäre vielleicht keine so gute Idee«, winselte Emma Dirge.
pianissimo

»Der Nebelgeist, okay, der Nebelgeist«, flüsterte *piano* Mark Huff.

Kayley zeigte auf das Kreidesymbol.

»Spuck auf den Körper«, sagte *forte* Kayley.

Mark Huff spuckte.

»Stell dich auf den Stern«, sagte *forte* Kayley.

Mark Huff stellte sich auf das Pentagramm. Seine Augen waren > sonst. Vielleicht doppelt so groß. Ein unterdrücktes Husten *forte* kam von der Treppe.

»Was war das?«, sagte *glissando* Mark Huff.

»Requiem. Harmonie. Heute stehen die Sterne im Einklang. Wir rufen die Gestalt des Geistes. Die Seele braucht deine Spucke, um wieder Körper zu werden«, sagte *forte* Kayley.

Wieder das Husten *forte*. Emma Dirge und Leah Keen umklammerten ihre Taschenlampen. Die Geluso-Zwillinge packten die Ohrklappen ihrer Mützen wie die Sicherheitsbügel in einer Achterbahn. Mark Huff ging mit geballten Fäusten in die Hocke. Wind klatschte *forte* gegen das Haus. Blätter schlitterten *forte* über den Boden. Die Vorhänge bauschten *forte* sich. Abermals das Husten. Die Geluso-Zwillinge riefen *homophony*: »Halt dich bereit, Mark!« Kayley rief *crescendo*: »Der Geist naht!«

Dann platzte ein enormes weißes Etwas über das Geländer,

hing über uns und flatterte dann zum Pentagramm herab, und alle schrien, sogar ich.
falsetto, Knarren

»Eine Nachricht aus dem Jenseits!«, rief Kayley. Sie sprang
forte
auf und streckte die Arme in das flatternde Weiß – kariertes Papier, Matheblätter, Aufsätze auf losem Papier. Es waren die ISAAC-NACHRICHTEN.

Doch oben hustete es schon wieder, spuckte und würgte, als
mezzoforte *fortissimo* *forte*
würde jemand kotzen, es klang wie das Grollen eines Monsters, und Mark Huff rief, gerade als sich die Gelusos eine paar
staccato
der herabsegelnden Blätter schnappten: »Was ist das?«, wäh-
piano
rend Emma Dirge und Leah Keen dicht aneinandergedrängt nach ihren Taschenlampen tasteten und Kayley rief: »Das Licht
sforzando
wird die Geister verärgern!«, aber Mark Huff hatte seine Taschenlampe auch angemacht, und das Licht strich jetzt über die Treppe und das Badezimmer und die Decke und über unsere Köpfe, und jemand kotzte immer noch, und die Gelusos gafften,
fortissimo
und Emma Dirge wimmerte: »Lasst uns abhauen, lasst uns ab-
allegro
hauen!«, und Leah Keen flüsterte krass unlogische Sachen wie
adagio
»Nicht …« und »Bitte …« und »Alle …«, bis sich die Lichter der Taschenlampen am Kamin trafen und zusammen, wie ein einziger Scheinwerfer, Opa Dykhouses Schuhe anstrahlten.

»Beine im Kamin!«, schrie *(forte)* Mark Huff.

»Alle Mann von Bord!«, schrien *(homophony)* die Geluso-Zwillinge.

Alle rasten aus dem Geisterhaus und hinaus in den Garten. Die Geluso-Zwillinge verschwanden zwischen den Bäumen. Die anderen wichen den kläffenden *(forte)* Schäferhunden aus und rasten den Gelusos hinterher. Ich lief zum Schuppen, um mich da zu verstecken, bis alle verschwunden waren, aber dann schubste mich jemand gegen den toten Walnussbaum.

»Wenn man den schwarzen Punkt bekommen hat, gibt es kein Zurück«, zischte *(piano)* Kayley, die ISAAC-NACHRICHTEN raschelten *(piano)* unter ihrem Arm. »Aber hier«, sagte *(decrescendo)* Kayley, »das bringt Glück.« Und dann küsste sie mich, ihre Lippen auf meiner Augenbraue.

Meine Augenbraue war glücklich[im siebten Himmel]. Meine Augenbraue hatte vorher noch nie Gefühle gehabt. Meine Augenbraue wollte noch mehr Gefühle.

»Was, wenn ich noch mehr Glück brauche?«, sagte *(piano)* ich.

Sie blinzelte. Sie starrte auf meine Augenbraue. Dann küsste sie mich wieder, ihre Lippen auf meinen Lippen.

Dann, in meinem Hirn, nur noch Zahlen – Nullen und Einsen, Nullen und Eisen, Nullen und Eisen, 01101100011011011

110111011001100101, eine Art Sinfonie, nur Klavier und Geigen.

»Das ist alles Glück, was ich gerade habe«, sagte *pianissimo* Kayley.

Vorher: Nicholas Funes = Der Junge, den niemand küssen wollte.

Jetzt: Nicholas Funes = Der Junge, der irgendwie doch küssbar war.

Es war ein komisches Gefühl, dieser andere Junge geworden zu sein.

»Bitte stirb nicht, Nicholas Funes!«, rief *forte* Kayley und lief in den Wald. »Ich will dich lehren ein besserer Küsser zu sein!«

★

Im Geisterhaus zündete Opa Dykhouse die Laterne an.

»Alle haben deine Schuhe gesehen«, sagte *mezzopiano* ich.

»Beim nächsten Mal suche ich mir ein idiotensicheres Versteck«, brummte *mezzopiano* Opa Dykhouse.

Großvater Rose hatte während der Séance gekotzt. Er war krank, murmelte *pianissimo* vor sich hin. Er humpelte von der Treppe zum Kamin und stützte sich dabei schwer auf Jordans Schulter.

»Wer hat mit den ISAAC-NACHRICHTEN geworfen?«, sagte *mezzopiano* ich.

Jordan zeigte auf Zeke.

»Ich habe versucht ihn aufzuhalten«, sagte Jordan.
mezzopiano

»Du hättest die Sache mit den Isaacs ein für alle Mal beenden können«, sagte ich zu Zeke.
mezzopiano

Zeke biss sich auf die Lippe, half Opa Dykhouse zum Kamin.

»Es wird immer kleine Isaacs geben. Es wird immer große Isaacs geben«, sagte Zeke. »Es wird immer Isaacs geben.«
mezzopiano

caesura ·

»Ich wusste, was ich zu tun hatte«, sagte Zeke. »Kein Isaac
piano
wird mich je davon abhalten.«

★

Seit dem Kuss summte mein Kopf vor Zahlen, aber erst als ich mit Jordan und Zeke das Geisterhaus schon verlassen hatte und unter schwankenden Birken und schwankenden Kiefern und schwankenden Eichen nach Hause ging, stieß ich bis an die Grenze vor, rührte mein Hirn an die Unendlichkeit, fanden die Zahlen ihren Platz, alles löscht alles, Gleichung gelöst.

X18471913 = ?

»Der Junge aus Stein«, flüsterte ich.

»Was hast du gesagt?«, sagte Zeke.
forte

»Wir gehen zurück zum Geisterhaus«, sagte ich.

»Jetzt?«, sagte *forte* Zeke.

»Und wir müssen uns beeilen«, sagte *piano* ich.

Wir jagten zum Geisterhaus, die Schäferhunde galoppierten neben uns her. Opa Dykhouse brachte Großvater Rose gerade in ein Bett aus zerknüllten Wolldecken.

»Ich weiß, wo die Erbstücke sind«, sagte *piano* ich.

»Von wem?«, sagte *forte* Opa Dykhouse.

»Von Ihnen«, sagte *forte* ich.

Jordan klappte die Kinnlade nach unten.

»Die Macht des Bibliothekars hat also echt gewirkt?«, sagte *forte* Jordan.

Ich durchwühlte Großvater Roses Erinnerungen, strich die Seiten auf dem Fußboden glatt.

»Hier« (ich deutete auf *»wurde dafür bezahlt, die Leichen zu vergraben«*) »und hier« (ich deutete auf *»der schwere eiserne Schlüsselring, den die Schmuggler ihm gegeben hatten«*).

»Was? Was ›hier‹? Ich versteh nicht«, sagte *forte* Jordan.

»Er hat die Erbstücke vergraben, wo er die Leichen vergraben hat! Derselbe Ort! Der Friedhof!«, sagte *forte* ich.

»Der Friedhof?«, sagte *forte* Jordan, aber Zeke sagte *forte*: »Das ergibt

Sinn. Da waren schon Hunderte Leichen. Niemand würde ein paar mehr bemerken.«

»Und ich weiß, wo sie vergraben sind«, sagte *forte* ich. »Das Grabmal von XAVIER. Geboren 1847. Gestorben 1913.«

»X18471913!«, flüsterte *piano* Opa Dykhouse, und Jordan sagte *forte*: »Wir werden Schaufeln brauchen.«

»Es ist nicht die Sorte Grab«, sagte *forte* ich. »Was wir brauchen, ist eine Brechstange.«

ERBSTÜCKE

Graupel fiel vom Himmel, verwandelte die Bäume in Geister und die Straße in Matsch. Ich mummelte mich in mich selbst ein, als wir losstapften, barg die Brechstange an meiner Brust und ließ meine Nase laufen. Keiner von uns hatte einen Mantel. Großvater Rose war nicht er selbst. Er verstand nicht, wohin wir unterwegs waren.

»Bringt mich zurück, bringt mich zurück zu diesem Haus«,
bettelte er.
forte

»Leise, Monte«, zischte Opa Dykhouse.
piano

Jordan und Zeke hatten Großvater Rose fest im Griff, führ-
ten ihn die Straße entlang. Ein schwarzer Lkw hupte uns an,
forte
seine Reifen drehten durch, als er über die Brücke schlitterte.
mezzoforte
Die Schäferhunde bellten, bis seine Rücklichter nicht mehr zu
forte
sehen waren.

Als wir am Friedhof angelangt waren, versuchten wir Großvater Rose über den Zaun zu wuchten, aber er war zu schwach, um drüberzuklettern.

»Was seid ihr für Leute? Wohin gehen wir? Wisst ihr eigentlich, mit wem ihr es zu tun habt?«, schrie *fortissimo* Großvater Rose. Er sabberte auf sein Hemd.

»Sei endlich still!«, zischte *piano* ich und hielt ihm den Mund zu.

Ich gab Jordan die Brechstange und führte Großvater Rose am Zaun entlang zum Friedhofstor, einem gusseisernen, mit Kette und Vorhängeschloss gesicherten Torbogen. Opa Dykhouse humpelte uns hinterher. Jordan war schon am Tor. Mit der Brechstange schlug er wieder *fortissimo* und wieder *fortissimo* auf das Vorhängeschloss ein. Es klang wie ein eisernes Lied: Ich komme nicht rein. Zeke hockte mit seinen Schäferhunden am Tor und flüsterte *pianissimo* ihnen etwas ins Ohr. Ein Lieferwagen fuhr an uns vorbei, seine Reifen wühlten *mezzopiano* im Matsch. Er parkte am Pflegeheim, die Scheinwerfer gingen aus.

»Beeil dich, Junge, beeil dich!«, zischte *piano* Opa Dykhouse Jordan zu, den Blick starr auf den Lieferwagen gerichtet.

»Meine Finger frieren gleich an der Brechstange fest«, murmelte *piano* Jordan und holte wieder aus.

Die Schweinwerfer eines Wagens, der vorm Supermarkt

parkte, gingen an. Zeke biss sich auf die Lippe. Jordan hieb mit der Brechstange wieder auf das Vorhängeschloss ein, und diesmal spielten *forte* Schloss und Stange ein anderes Lied: Tretet ein. Das Schloss löste sich von der Kette, die Kette rasselte *forte* durch die Stangen des Tors und fiel in den Matsch. Zeke stieß das Tor mit der Schulter auf, und wir betraten den Friedhof, die Schäferhunde liefen voraus.

★

An der Gruft war Großvater Rose wieder er selbst.

»Hier«, flüsterte *piano* er. Er wischte den Graupel vom Stein und brachte Buchstaben zum Vorschein, zuerst ein X, dann X VI, dann XAVIER. Darunter stand 1847–1913.

Zeke war auf den Jungen aus Stein geklettert und hielt Ausschau. Die Schäferhunde strichen zwischen den Grabsteinen umher. Das Vorhängeschloss der Gruft war > das Vorhängeschloss am Tor, mindestens doppelt so groß.

»Das brechen wir auf keinen Fall auf«, sagte *piano* Jordan.

»Müssen wir auch nicht«, sagte *piano* ich.

Ich fingerte in meiner Tasche nach dem Schlüssel, mein Daumen strich über das X.

»Taschenlampen!«, zischte *piano* Zeke.

»Wo?«, zischte *piano* Opa Dykhouse.

»Draußen vor dem Tor!«, zischte *piano* Zeke.

Ich stieß den X-Schlüssel in das Vorhängeschloss. Beim Herumdrehen spürte ich den Schlüsselbart am Rost kratzen, etwas aufschließen, das schon vor meiner Geburt verschlossen gewesen war. Das Vorhängeschloss sprang *piano* auf.

Ich zog die Kette aus den Eisenringen.

Jordan schob sich an mir vorbei, aber ich hielt ihn auf.

»Großvater Rose zuerst«, sagte *piano* ich.

Großvater Rose nickte und runzelte die Stirn.

Dann griff Großvater Rose nach den Eisenringen, schob die Tür auf und trat ein.

★

In der Gruft roch es faulig. Skelette in zerfledderten Kleidern waren entlang der Wände gestapelt – ein Schädel, dessen Augenhöhlen mit einem Schal umwickelt waren, ein Schädel mit zerbrochener Augenhöhle, ein Schädel mit einem Riss wie ein Blitz, ein Skelett in karierter Anzugjacke zwischen Skeletten in einfarbigen Anzugjacken, Knochen, die aus zementverkrusteten Stiefeln ragten, Knochen in Lederslippern, Unterkiefer mit schiefen Zähnen, Unterkiefer mit silbernen Zähnen, Kiefer mit den Resten schimmeliger Knebel – all die Leichen, die Großvater Rose für Geld hatte verschwinden lassen. Vor meinen Füßen lagen die fahlen Knochen einer Hand, an einem Finger ein matter Ehering. Ich hatte nicht erwartet, dass ich mich vor den Leichen fürchten würde, aber sie zu sehen war etwas anderes, als von ihnen zu hören. Mir wurde kalt[Totenbett], so als würde mir alle innere Wärme ausgesaugt.

Zeke stand von seinen Schäferhunden eingerahmt in der Tür. »Ich mag diesen Ort nicht«, flüsterte[*piano*] er. Zeke würde nicht reinkommen.

»So viele Tote«, flüsterte[*adagio*] Opa Dykhouse und starrte die Skelette an.

Großvater Rose flüsterte[*allegro*]: »Ja, ich erinnere mich, hier bin ich schon mal gewesen.«

XAVIERs Sarg stand in der Mitte der Gruft. Eine dunkle Truhe mit einem Messingschloss war gegen das Fußende des Sargs geschoben worden. In das Schloss waren dicht beieinanderstehende goldene Buchstaben eingraviert worden: ROSE.

Mein Herz schlug schneller und immer schneller und noch schneller.

»Der Schlüssel«, sagte[*piano*] Großvater Rose.

Ich ließ den ROSE-Schlüssel in seine hohle Hand fallen.

Ich kniete mich neben die Truhe.

Großvater Rose drehte den Schlüssel um und hob den Deckel an.

★

Die Truhe war so gut wie leer.

Kein Revolver aus Elfenbein. Keine Uhr mit einem Blasebalg. Kein goldener Hammer.

Auf dem Boden lagen eine verblasste Fotografie, ein paar Notizbücher aus Leder und ein verrostetes Zahnrad.

Mit offenem Mund starrte ich Großvater Rose an. Mit offenem Mund starrte Großvater Rose in die Truhe.

»Sind das die Erbstücke?«, sagte *piano* ich.

Großvater Rose schüttelte den Kopf.

»Ich erinnere mich, dass da viel mehr war«, flüsterte *piano* Großvater Rose.

Mein Herz hatte aufgegeben. Ich sank gegen die Truhe.

Großvater Rose murmelte *piano*, ich konnte nicht verstehen, was er sagte. Er krempelte sich die Hemdsärmel bis zu den Ellbogen hoch, dann fasste er in die Truhe. Er nahm die verblasste Fotografie, strich vorsichtig über die gebogenen Kanten. Er machte ein Gesicht wie jemand, der gleich kotzen oder weinen würde.

»Weißt du, wer das ist?«, sagte *piano* Großvater Rose.

Es war eine Frau mit wirrem Haar und einer Stupsnase, sie trug ein bläuliches Kleid und stand vor einer Birke. Sie hatte eine Gartenschaufel in der einen und eine Gießkanne in der anderen Hand.

»Wer?«, sagte *piano* ich.

»Deine Großmutter Rose«, sagte *piano* Großvater Rose.

»Aber sie hat sich nie fotografieren lassen«, sagte *piano* ich.

»Sie hat mich nur dieses eine machen lassen«, sagte *piano* Großvater Rose.

Ich setzte mich auf. Ich nahm das Foto. Ich sah in ihr Gesicht.

Ich prägte mir die Augenbrauen ein, die Kieferpartie, jedes Fältchen, jedes Fleckchen. Niemand würde dieses Bild je kaufen wollen, aber es war einzigartig. Es war vollkommen wertlos und vollkommen unbezahlbar. Ich konnte nicht aufhören es anzusehen.

»Du hattest recht«, flüsterte *piano* ich.

»Ein Bild? Was ist mit dem Schatz? Wo sind der Revolver,

die Uhr, der Hammer?«, sagte *forte* Jordan, aber Opa Dykhouse brummte *piano* ihn an, was SEI STILL heißen sollte.

»Was ist mit denen hier?«, sagte *piano* ich. Ich nahm eines der Notizbücher aus der Truhe, schlug eine beliebige Seite auf, darauf falsch geschriebene Wörter und unterstrichene Zahlen.

»Nichts, nutzlos, Tagebücher, die ich geführt habe, wenn ich weg war«, sagte *piano* Großvater Rose. Er stützte sich schwer auf den Sarg, kratzte sich dann mit beiden Händen den Bart. Im schwachen Mondlicht sah sein Gesicht uralt aus. »Wo sind deine Erbstücke, Junge? Junge, wieso sind deine Erbstücke nicht hier?«

»Und was ist das?«, sagte *piano* ich und berührte das verrostete Zahnrad, aber Großvater Rose schrie *forte*: »Ich weiß es nicht, Nicholas, ich weiß es nicht!«

Es war das einzige Mal, das er je meinen Namen gesagt hat.

Dann fletschten *forte* die Schäferhunde die Zähne und draußen vor dem Eingang sagte *forte* Zeke: »Habt ihr die Leute mit den Taschenlampen vergessen, vor denen ich euch eben gewarnt hab?«

Ich fuhr herum.

»Wieso fragst du?«, sagte *piano* ich.

»Weil sie jetzt hier sind«, sagte *forte* Zeke.

★

Wir versammelten uns vor der Gruft – Großvater Rose, Jordan, Zeke und ich. Zu viert standen wir im Matsch. Großvater Rose murmelte vor sich hin und blinzelte in das Licht der Taschenlampen, Jordans Finger waren vom Aufbrechen des Vorhängeschlosses geschwollen, Zekes Gesicht war blaurot wegen der Blutergüsse, und ich krallte mich an die Fotografie meiner Großmutter, an die in Leder gebundenen Notizbücher, an das verrostete Zahnrad.

Ich habe gesagt, dass ich euch ein Rätsel aufgeben werde. Und hier ist das Rätsel – was war schlimm, was war schlimmer und was war am allerschlimmsten von alldem?

Schlimm war das hier: Eine Schwester aus dem Pflegeheim hatte uns auf den Friedhof schleichen sehen.

Schlimmer war das hier: Ich hatte null Erbstücke, jedenfalls keine, die Geld wert waren, Geld, das ich brauchte, um meinen Bruder zu retten, Geld, das ich Zeke versprochen hatte, damit er zu seinem Vater fahren konnte, Geld, das ich Jordan versprochen hatte, damit er seinem Großvater ein Boot kaufen konnte.

Am allerschlimmsten aber war das hier: Von diesen Menschen, die da mit ihren Taschenlampen standen und uns aus einer Gruft kommen sahen, in die wir eingebrochen waren, auf einem Friedhof, in den wir eingebrochen waren, mit einem Großvater, der vermisst wurde – von diesen Menschen war einer meine Mom.

NACHSPIEL

Die Schwestern sahen in der Gruft nach, ob wir etwas kaputt gemacht hatten, dann verriegelten sie die Tür mit der Kette.

Opa Dykhouse war immer noch drinnen. Als Zeke die Schwestern hatte kommen sehen, hatte er gesagt, dass er nicht für den Rest seines Lebens zurück ins Pflegeheim gehen würde, dass er nicht noch einmal so leben würde. Dann war Opa Dykhouse in XAVIERs Sarg geklettert.

Die folgenden sieben Stunden waren wahrscheinlich die unheimlichsten seines Lebens – sich mit XAVIERs Knochen in einem Sarg zu verstecken und dann aus dem Sarg zu klettern, aber immer noch mit Skeletten eingesperrt zu sein, die vom Boden bis zur Decke gestapelt waren.

Aber vielleicht war ihm auch gar nicht unheimlich zumute. Vielleicht hatte er genug Sterben und Tod und Tote gesehen, dass ihm Knochen keine Angst mehr einjagen konnten.

Am Morgen schlichen wir zurück auf den Friedhof und öffneten die Gruft. Opa Dykhouse kauerte zitternd auf dem Sarg.

»Wo ist Monte?«, sagte *piano* er mit kratziger Stimme.

»Im Pflegeheim«, sagte *forte* ich. »Selbst wenn sie dich jetzt zu fassen kriegen, können sie dich nicht mehr zurückschicken. Großvater Rose wohnt in deinem Zimmer. Das Pflegeheim ist wieder voll.«

★

Opa Dykhouse verbrachte seine letzten Monate im Geisterhaus, spielte Schach mit Jordan, machte Feuer, las Bücher. Wegen des Wetters füllte sich seine Lunge mit Schleim, aber er weigerte sich irgendwo anders hinzugehen.

Es war Winter, ganz Michigan wurde weiß, und alles schien der Geist seiner selbst zu sein – Schnee häufte sich auf den Straßen, auf den Häuserdächern, auf den Kapuzen von Wintermänteln. Die seichten Stellen im See waren gefroren, die Wellen waren jetzt tot und aus Eis – man konnte vom Strand aus aufs Wasser gehen, selbst jenseits des Leuchtturms waren die Wellen gefroren, erst dahinter traf das Eis auf die Schwärze des Wassers. Es ist Süßwasser, aber der größte Teil des Sees friert nie zu – die Wassertemperatur sinkt bis unter die Gefriergrenze – aber der See ist so groß wie ein Meer, er ist über die Mathematik hinaus.

Während des Winters legte der Leuchtturmwärter sein Ruderboot in einem Bootshaus am Leuchtturm still. Nachdem er für den Leuchtturmwärter gearbeitet hatte, wusste Zeke, wo das Boot aufbewahrt wurde. Er wusste auch, wann der Leuchtturmwärter ein Nickerchen machte, während in seinem Ofen das Feuer prasselte und alle anderen Geräusche übertönte.

Jordan wurde besser mit der Brechstange – er sprengte das Vorhängeschloss mit einem einzigen Schlag.

Wir trugen das Boot zu den Dünen, versteckten es im Wald.

Wir rissen Bohlen aus dem Dachboden des Geisterhauses, nahmen Hammer und Nägel aus dem Schuppen.

Zeke stahl alles, was wir brauchten – ein weißes Segel, ein Steuerruder aus Holz.

Wir brauchten den ganzen Winter, um es zu bauen. Unter uns wärmten Schüler von der Highschool die Schmugglertunnel mit der Glut ihrer Zigaretten, der Glut ihrer Feuerwerkskörper, der Glut ihres Atems.

Auf anderen Seen bauten Angler Eishäuser, fischten in Löchern, die sie in das Eis gesägt hatten.

Nie haben wir jemandem die Wahrheit über Großvater Rose erzählt. Wir sagten Mom, dass wir ihn an jenem Abend über die Straße hätten gehen sehen, ihm bis auf den Friedhof gefolgt wären, ihn dabei erwischt hätten, wie er in die Gruft eingebrochen wäre. Ich kam mir mies[wie ein Verbrecher] vor, weil ich sie anlog. Aber sie hätte mir nie verziehen, wenn sie die Wahrheit erfahren hätte.

Ich wollte ihr sagen: »Wir haben so viel Zeit miteinander verbracht und wir waren Freunde.« Ich wollte ihr sagen: »Selbst wenn er kein guter Vater war, war er ein umso besserer Großvater, weil er zu uns zurückgekommen ist und mir Schach beigebracht hat und mir Geschichten erzählt hat und Augen wie ich gehabt hat und Nacht für Nacht in einem Haus ohne Fenster auf dem Boden geschlafen hat, nur um dich und dein Haus und deinen Sohn, den Baum, zu retten.«

Meine Mom sagte, ich sei ein Held, weil ich Großvater Rose gefunden hätte. Aber ich war < ein Held. Ich bin immer < ein Held gewesen. Ich war ein Dieb und ein Lügner. Ich wusste, wo Skelette versteckt waren, die sterblichen Überreste von Vermissten, und ich hatte kein Wort gesagt.

★

In der Schule wurden wir ein Wir, Nicholas + Jordan + Zeke.

Wir saßen zusammen in der Kantine. Jordan und Zeke mussten nachsitzen, weil die Anti-Isaac-Graffiti von ihnen stammten. Zeke und ich mussten nachsitzen, weil wir während einer Tanzaufführung in der Schule Hunderte Glühwürmchen hatten fliegen lassen. Jordan gab mir einen neuen Spitznamen, einen wie Schädelzahn – ich war jetzt nicht mehr Taschenrechner, sondern Superhirn.

★

Die Geluso-Zwillinge hassten Jordan nicht mehr. Mark Huff hasste Jordan immer noch, aber er hasste ihn < vorher. Emma Dirge hasste ihn nicht. Leah Keen hasste ihn nicht. Aber sie hassten auch die Isaacs nicht. Alle hatten gelesen, was die Isaacs geschrieben hatten. Die Isaacs waren trotzdem nicht verhasst.

Sie würden immer die Isaacs sein.

★

Meine Mom nahm das Angebot der Yorks an. Das ZU VERKAUFEN-Schild wurde entfernt.

Doch vor Vertragsschluss riefen die Yorks meine Mom noch einmal an. Sie hatten ein anderes Haus gefunden, ein leer stehendes, das einer Bank gehörte. Es gefiel ihnen besser. Größere Fenster, neuere Böden. Ein Pool im Garten.

Unser ZU VERKAUFEN-Schild wurde wieder aufgestellt.

★

Jordans Dad schlug Genevieve eines Abends beim Essen – sie hatte eine aufgesprungene Lippe und weinte.

»Es ist Monate her, dass er einen von uns geschlagen hat«, sagte *piano* Jordan. »Ich dachte, es wäre vorbei, aber die Gemeinheit kam einfach wieder raus.«

Ich konnte sehen, dass Jordan dachte, die Gemeinheit könnte jederzeit wieder rauskommen.

»Du bist nicht der Einzige mit einem gemeinen Vater«, sagte *forte* Zeke.

»Wenigstens waren eure Großväter keine Mörder«, sagte *forte* ich.

»Großvater Rose war kein Mörder«, sagte *forte* Zeke.

»Er hat die Leichen versteckt«, sagte *forte* ich.

Dann dachte Jordan: Was, wenn ich mal Kinder habe, schlage ich die dann auch? Und Zeke dachte: Was, wenn ich mich mal in einen Mann verliebe, ihn eines Tages verlasse und in ein anderes Land ziehe und nie wiederkomme? Und ich dachte:

Was, wenn ich so wie Großvater Rose werde, was, wenn es das ist, was passiert, wenn meine Hülle platzt, was, wenn ich ein Krimineller werde?

Zeke nahm seinen silbernen Filzstift.

»Wir werden nicht unsere Großväter. Wir werden nicht unsere Väter. Wir übernehmen nur ihre guten Seiten, nicht ihre schlechten«, sagte Zeke.

piano

Er ließ uns einen Eid darauf schwören. Er schrieb es auf unsere Arme.

★

Kayley Schreiber brachte mir neue Sachen bei. Mit ihren Händen brachte sie mir DAS SIND DEINE HÄNDE bei. Mit ihrer Zunge brachte sie mir DAS IST DEINE ZUNGE bei. Sie saß mir gegenüber, ihre Knie berührten meine Knie, und wenn unsere Knie sich berührten, wusste ich, DAS SIND MEINE KNIE. Bis dahin hatte ich sie ganz vergessen. Sie gab mir meine Hände, meine Zunge, meine Knie, alles, was ich brauchte, zurück.

★

Zeke hatte genug Instrumente und Rucksäcke und Sneakers verkauft. Er konnte zu seinem Vater fliegen. Er hatte das Geld zusammen.

Doch als er ein Ticket kaufen wollte, durfte er das nicht. Niemand ließ einen Dreizehnjährigen alleine fliegen. Jedenfalls nicht ohne die Zustimmung seiner Mutter.

Zeke hatte die Zustimmung seiner Mutter nicht.

»Manches geht erst, wenn man älter ist«, sagte *forte* Zeke.

Zeke schrieb jedem seiner Brüder einen Brief. Auf jeden Briefumschlag malte er einen silbernen Wolf. Er schickte sie alle am selben Tag ab.

★

Nach der Schule fuhr ich immer mit meiner Mom zum Pflegeheim. Während sie die Böden wischte, saß ich bei Großvater Rose. Es war nichts übrig von ihm. Er wusste nicht, wo er war, wusste nicht, welcher Tag war, wusste nicht mal mehr, wer er selber war. Er war tot, aber er lebte weiter.

Jeden Tag brachte ich seine in Leder gebundenen Tagebücher mit und las ihm laut daraus vor. »Das ist, wer du einmal warst«, sagte *piano* ich jedes Mal und dann las ich, was er aufgeschrieben hatte. Manchmal lächelte er, als würde er sich erinnern. Aber er erinnerte sich nicht. Ich zeigte ihm die Fotografie von Großmutter Rose, und er starrte sie an, wie er jetzt jeden anstarrte – wie eine Fremde.

In den Tagebüchern schrieb er davon, dass er unsere Erbstücke verkauft hatte, eins nach dem anderen, um Sachen zu bezahlen, die er nie gebraucht hatte. Hotelzimmer, Pokerrunden, teure Zigaretten. Das war die Wahrheit über die Erbstücke. Sogar er hatte unterschätzt, wie eigensüchtig er gewesen war. Alles, was uns gehörte – der Revolver aus Elfenbein, die Uhr mit dem Blasebalg, der goldene Hammer –, hatte er verpfändet, als meine Mutter noch ein Mädchen war. Er hatte alles für sich selber ausgegeben.

Wenn sie Pause hatte, kauerte sich meine Mom auf sein Bett und hörte zu, wie ich ihm vorlas.

»Es gab also wirklich Erbstücke«, sagte *forte* meine Mom beim Durchblättern eines Tagebuchs.

»Früher einmal«, sagte *forte* ich.

Meine Mom lachte *piano* und schüttelte den Kopf. Sie beugte sich vor, um Großvater Roses Strickjacke zurechtzuzupfen – über die Schultern zu streichen, die Brust zu glätten.

»Deswegen bist du weggelaufen?«, sagte *forte* meine Mom und zog die Augenbrauen zusammen. »Es wäre dir ja so peinlich, wenn du wüsstest, dass du losgezogen bist, um etwas zu suchen, das es gar nicht gibt.«

Großvater Rose starrte mit leerem Blick auf einen trüben Sonnenfleck an der Wand. Meine Mom pustete sich ein Haar aus der Stirn, griff dann nach der Fotografie von Großmutter Rose. Sie hatte mit Geld, das wir nicht hatten, einen goldfarbenen Holzrahmen für die Fotografie gekauft.

»Er hat immer gern Ärger gemacht«, sagte meine Mom.
forte
»Es war das Mindeste, dass er noch ein letztes Mal für einen riesigen Wirbel sorgt.«

Am liebsten hatte er es, wenn man seine Hände hielt. Manchmal, wenn man sie drückte, drückten sie zurück.

Später kamen Jordan und Zeke zu mir, und wir gingen alle in die Dünen, wo wir an dem Boot arbeiteten.

★

Im Orchester haben wir neue Begriffe gelernt. Alle haben gelernt, dass grave »spiel ernst« heißt. Alle haben gelernt, dass vivo »spiel lebhaft« heißt. Wir spielten Lieder, die grave waren. Wir spielten Lieder, die vivo waren. Die meisten Lieder waren beides.

★

Als die Bäume wieder Blätter kriegten, zogen wir unser Boot die Dünen hinab und ins Wasser. Opa Dykhouse, die Brille an den Pullover geklemmt, die Jeans bis zu den Knöcheln hochgekrempelt, die Haut seiner Füße so blass wie das Innere eines Apfels nach einem Winter ohne Sonne, war bei uns.

»Es ist ein bisschen kleiner als mein altes Boot«, sagte *forte* Opa Dykhouse.

»Es war das größte, das wir kriegen konnten«, sagte *forte* Jordan.

»Es ist perfekt«, sagte *forte* Opa Dykhouse.

Schaumige Wellen glitten *piano* an den Strand, bis zu unseren Knöcheln, dann glitten *piano* sie wieder davon. Das Segel des Boots flatterte *piano* im Wind. Das Ruder des Boots schlug *piano* gegen den Rumpf. Mit dicken Linien aus weißer Farbe hatten wir das Boot PAWPAW getauft.

»Wo fährst du hin?«, sagte *forte* ich.

»Irgendwohin, wo ich noch nie gewesen bin«, sagte *forte* Opa Dykhouse.

»Aber du kommst doch zurück?«, sagte *forte* Jordan.

»Und dann finde ich dich«, sagte *forte* Opa Dykhouse.

Zeke gab Opa Dykhouse 3889 Dollar (Primzahl).

»Spar nicht am Essen«, sagte *forte* Zeke.

★

In Zekes Briefkasten fanden sich Briefe mit italienischen Marken – ein Umschlag von einem NICO, ein Umschlag von einem DINO. Dann, Wochen später, ein verknitterter Umschlag mit dem Abdruck eines schmutzigen Daumens von einem GIORGIO.

Die Briefe waren in einer Sprache geschrieben, die er nicht verstand.

»Ich glaube, ich muss ein paar Italienischbücher stehlen«, sagte Zeke.

forte

Er nahm die Briefe überall mit hin.

Großvater Roses Blutdruck: 140/90, dann 150/100, dann 160/110. Die Mathematik sagte ihm, dass er sterben würde. Aber er war über die Mathematik hinaus.

Ich las ihm jeden Tag aus seinen Tagebüchern vor.

Aber neben meinem Bruder pflanzte ich eine Eichel.

Großvater Rose war schon gestorben – das war der schwarze Punkt, den ich bekommen hatte. Wenn ich den nächsten erhielt, würde auch Großvater Roses Körper sterben.

Aber dann wäre sein Baum schon gewachsen.

WENN DU DAS HIER FINDEST

Ich werde diese Aufzeichnungen im Geisterhaus aufbewahren, unter den Dielen, in einem Schuhkarton. Wenn du das hier findest, stehst du da, wo alles passiert ist. Und ich möchte, dass du alles weißt. Ich möchte, dass du weißt, dass ich nicht tot bin. Ich möchte, dass du weißt, dass ich nicht allzu weit von da, wo du stehst, wohne, in dem Haus, in dem ich immer gewohnt habe.

Wir verlieren unser Haus nicht. Und wir werden unser Haus auch nicht verlieren. Großvater Rose hat uns ein Erbe hinterlassen – ein Erbe, von dem Großvater Rose vergessen hatte, wie man es benutzt.

Es war, nachdem Opa Dykhouse fortgesegelt war, nachdem Jordan und Zeke und ich zusammen in den Dünen gesessen und Strandhafer gekaut hatten, nachdem ich alleine nach Hause gegangen war, dass mir ins Auge stach, was da auf meiner Kommode lag. Der Pass mit den abgestempelten Seiten. Das verrostete Zahnrad. Die Fotografie meiner Großmutter. Die kaputte Spieluhr. Alles, was Großvater Rose uns hinterlassen hatte. Und da wurde mir klar, dass es eine Gleichung war.

Ich vereinfachte sie – substrahierte den Pass, dann die Fotografie.

Ich sah mir an, was übrig geblieben war.

Verrostetes Zahnrad + kaputte Spieluhr = ?

Ich setzte sie zusammen. Ich zog die Spieluhr auf. Ein Lied klimperte, grave, dann vivo, dann wieder grave.

Ich lief nach draußen, sprang von der Veranda und raste durch den Garten, und die Vögel kreischten *forte*, und der Wind raschelte *forte* in den Blättern an den Bäumen, und die Eichhörnchen raschelten *piano* in den Blättern unter den Bäumen, und ich schob mir eine Locke aus der Stirn und fiel an den Wurzeln meines Bruders auf die Knie, und bevor mein Bruder auch nur etwas sagen konnte, kurbelte ich die Spieluhr wieder auf – das Lied erklang *grave* – und hielt sie meinem Bruder hin und sagte dabei wieder und wieder und wieder und wieder HÖR DIESES LIED, BRUDER, HÖR DIESES LIED – DIESES LIED WIRD DICH RETTEN.

MEIN DANK AN

BRIAN JACQUES, 1939-2011, »Du wirst die Last tragen.«

SERGEJ PROKOFJEW, dessen Ente man noch hören konnte, selbst nachdem sie gegessen worden war.

MARY CLIMIE, für den Brief, den sie mir vor siebzehn Jahren geschrieben hat.

KRISTEN und KARA, AMANDA und ALEXANDRA, die noch besser als Brüder sind.

MUTTER, VATER, dafür, dass sie mich in den Wald haben laufen lassen, dass sie mir Messer und Schaufeln gegeben haben, dass es ihnen nichts ausgemacht hat, wenn ich mit klebrigen Händen und schmutzverkrustetem Haar nach Hause kam.

ANDERER VATER, ANDERE MUTTER, dafür, dass sie mich in den Wald haben laufen lassen.

CHRISTIAN PIERS, der die Skelette in den Dünen entdeckte.

TRACY BARRETT, das wahre Superhirn.

TONY EARLY, der sogar einem Außerirdischen etwas über Kornkreise beibringen könnte.

LORRAINE LOPEZ, für all die Stunden und Stunden und Stunden, die sie hiermit verbracht hat.

NANCY REISMAN, eine der besten Leserinnen auf diesem Planeten.

HEATHER SELLERS, die geschworen hat, dass das hier geschehen könne.

SARAH BURNES, dafür, gegen die Drachen gekämpft zu haben.

BETHANY STROUT, dafür, diesem Außenseiterbuch ein Zuhause gegeben zu haben.

DAVID FOSTER WALLACE, für alles.

SUFJAN STEVENS, besonders für »Holland«.

CHARLES SCHULZ, dessen Kinder in Zahlen und Noten sprachen.

Und, wie immer, Danke an JACK RIDL und seinen Bruder, den Stern.

WELCHES WORT WAS BEDEUTET

forte bedeutet »spiel laut«

piano bedeutet »spiel leise«

da capo bedeutet »zurück zum Anfang«, bedeutet »spiel das Lied noch einmal«

mezzoforte bedeutet »spiel nicht ganz so laut«

mezzopiano bedeutet »spiel nicht ganz so leise«

glissando bedeutet »von Ton zu Ton spingen«

fortissimo bedeutet »spiel sehr laut«

pianissimo bedeutet »spiel sehr leise«

fermate bedeutet »halte die Note«

crescendo bedeutet »spiel anschwellend lauter«

decrescendo bedeutet »spiel abschwellend leiser«

sforzando bedeutet »spiel das mit plötzlicher Kraft«

staccato bedeutet »spiel scharf und abgehackt«

allegro bedeutet »spiel lebhaft, fröhlich«

adagio bedeutet »spiel langsam, ruhig«

caesura bedeutet »Zeit endet hier«, bedeutet »alles ist still«

Homofonie bedeutet »spielt zusammen, alle auf einmal, spielt eure Akkorde gemeinsam im selben Rhythmus«

Falsett bedeutet »singt, so schrill ihr könnt«

Knarren bedeutet »singt, so tief und heiser ihr könnt«

grave bedeutet »spiel ernst, schwer«

vivo bedeutet »spiel lebhaft«

Das ungewöhnlichste Team, seit es Detektive gibt

Bernd Perplies · Christian Humberg
Die unheimlichen Fälle des Lucius Adler
Band 1: Der Goldene Machtkristall

288 Seiten · Gebunden · e-Book
ISBN 978-3-522-18400-7

Dass er kurz nach seiner Ankunft in London im größten Abenteuer seines Lebens steckt, hätte Lucius nie geahnt. Zum Glück sind seine neuen Freunde mit allen Wassern gewaschen. Zusammen machen sie sich auf die Suche nach einem geheimnisvollen Kristall, der aus dem Museum gestohlen wurde – und der von dunkler Magie erfüllt ist!

Band 2: Jagd auf den Unsichtbaren

304 Seiten · Gebunden · e-Book
ISBN 978-3-522-18438-0

Band 3: Angriff der Automatenmenschen

288 Seiten · Gebunden · e-Book
ISBN 978-3-522-18448-9

THIENEMANN
Wir schreiben Geschichten!

www.thienemann.de

Filmreife Spannung und knifflige Abenteuer garantiert!

Bobbie Peers
William Wenton, Band 1: William Wenton und die Jagd nach dem Luridium
240 Seiten
Gebunden
ISBN 978-3-551-55367-6

Bobbie Peers
William Wenton, Band 2: William Wenton und das geheimnisvolle Portal
272 Seiten
Gebunden
ISBN 978-3-551-55368-3

Bobbie Peers
William Wenton, Band 3: William Wenton und der Orbulator-Agent
256 Seiten
Gebunden
ISBN 978-3-551-55369-0

Niemand kann Rätsel besser lösen als William Wenton! Doch damit ruft er leider übermächtige Gegner auf den Plan. Aber zum Glück gibt es Iscia, mit der er selbst die gefährlichsten Abenteuern bestehen kann. Und so muss er sich auf der Jagd nach dem Luridium und der Suche nach dem geheimnisvollen Portal nicht allein gegen den Fiesling Abraham Talley zur Wehr setzen. Doch wer verbirgt sich hinter dem Orbulator-Agenten und werden Iscia und William auch hier den Wettlauf gegen die Zeit gewinnen?

CARLSEN

www.carlsen.de

Durch die Straßen von Berlin

Andreas Steinhöfel
Beschützer der Diebe
304 Seiten
Taschenbuch
ISBN 978-3-551-35665-9

Ein Zettel mit ein paar Zahlen und Buchstaben, darunter eine unregelmäßige Zickzack-Linie. Das ist alles, was Guddie, Olaf und Dags in den Händen haben, um eine zufällig beobachtete Entführung aufzuklären – die ihnen leider niemand glaubt. Unbeirrt machen sich die drei daran, den Fall zu lösen. Eine atemlose Jagd durch Berlin beginnt, die ganz nebenbei ein neues Licht auf ihre Freundschaft wirft ...

www.carlsen.de

CARLSEN